文芸，というよりひろくいって言語表現，その基層をなす発話行為，
さらにいえば人間の意識の根幹には，いま・ここ・わたしという三要素があるとおもわれる。
そして，身体性にふかくねざしたこの要素は，
口頭言語はもとより，書記言語の段階においても，完全には払拭されない……

Hitomaro: poetics of time, space, and narrative

北海道大学大学院文学研究科
研究叢書

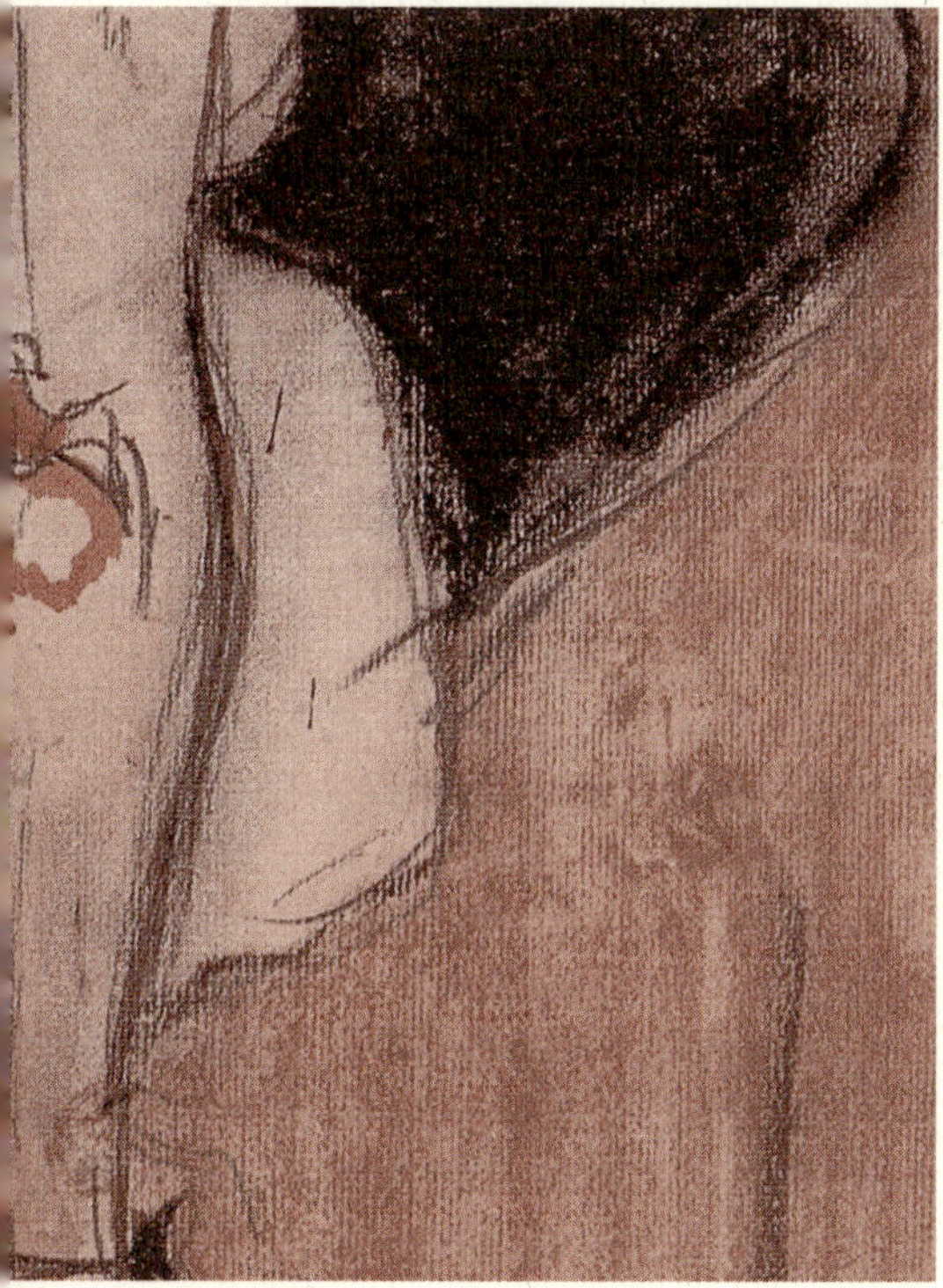

人麻呂の方法

時間・空間・「語り手」

身﨑 壽

北海道大学図書刊行会

研究叢書刊行にあたって

北海道大学大学院文学研究科は、その組織の中でおこなわれている、極めて多岐にわたる研究の成果を、より広範囲に公表することを義務と判断し、ここに研究叢書を刊行することとした。

平成十四年三月

人麻呂の方法

――時間・空間・「語り手」――

身﨑　壽

はじめに

文学作品の「ただしいよみ」ということがかたられてならないわけではない。というより、研究主体にとっては、みずからのよみがその時点では唯一のただしいよみでなければならないだろう。そうでなければ文学作品をよむという行為自体が無意味なものになってしまう。が、もしもそれが研究主体にとってもつねに不変の、そしてまた客観的にも唯一のただしいよみ、ということを意味するのだとしたら、やはりそうしたみかたに対して疑問符をつきつけないわけにはいかない。作品をよむという行為は、極端ないいかたをすればあたらしいひとつの作品をつくりあげることかもしれない。しかしながら、作品をよむことをとおして研究主体のがわも変貌をとげ、それはやがてかれの作品のよみをもかえていくことになる。

また、作品をよむという行為は——とりわけその結果を公表してよにとうことをめざす研究者のばあいは——個我のいとなみであると同時に社会的ないとなみでもあるはずだ。他者のよみに対してみずからのよみを対置させ、論争し対話する、そのことを通じて作品のよみは変容していく。だから、これも極端にいうなら、客観的にはもちろんのこと主観的にも、「ただしいよみ」は残像のようなもの、あるいはながれおちるみずのようでしかありえない。ようやくこのてでとらえることができたとおもったときには、もうそれはゆびのあいだをすべりぬけていき、つめたい感触だけがのこっている、といったぐあいに。

すこし角度をかえて、今度は作品のよみかた、方法という点からみてみよう。文学作品のよみかたもまた、当然のことながらひとつではありえない。いろいろなたちば、いろいろな観点からのよみが可能だ――というよりむしろ必要なのだ。そして、それが真に偉大な作品、古典的な作品であればあるほど、それをよむための方法もまた多様だといえるのではないか。

それはあたかも、山岳の登頂ルート開拓の歴史のようだ。山頂をきわめるためにいくつものルートが、おおくの先覚者、名案内人たちによってつけられ、やがて近代登山技術の確立とともに、その事業はアルピニストたちによってうけつがれ、今日でもさらにあたらしいルートが開拓されつづけ、それでもなお、未踏の岩壁がたちはだかっている。新道の開削によって初期にきりひらかれたルートはひとびとからわすれさられ、もとのけものみち、そまびとのみちにもどっていくかもしれないが、そこをたどった先覚者たちのあしあとは、山頂をめざす登山者たちのこころのなかにいきつづけるだろう。そしてそれは、いつのひか、かれらがあたらしいルートを開拓するための貴重なかてとなるにちがいない。

あるいはまた、こういいなおすべきかもしれない。多様なよみ、さまざまなアプローチのつみかさねが、文学作品自体を変容させ、真に偉大ならしめていく、と。今日、古典作品と称されるものも、つねにおなじような評価をうけつづけてきたわけではない。さまざまな受容の歴史をつみかさね、その時代の感性によってよみなおされつつも、わすれさられることなくよみつがれてきた作品が、古典の座をかちえているのではないか。

直登、迂回路、あるいは「尾根筋」、あるいは「沢登り」と、いくつものルートを開拓し、日進月歩のさまざまな技術や道具を駆使しても、なかなか山頂にはたどりつけない。やっとたどりつけたとおもっても、あとでそれは、真の山頂ではない、ひとつのピークにすぎなかったのではないかとおもえてくる。しかもそれは、あるときは雲霧のヴェールをまとって視線をさえぎり、あるときは新雪のまばゆいころもによってまなざしをはねかえしてしまう。あるいはまた、前哨をなす山群にさえぎられて、なかなか全貌をあらわさないし、本峰にとりつくまでに気のとおくなるようなながいアプローチをしいる。そのうえその相貌は、みる方向によって、これが同一が、大山・名山のなにふさわしいのと同様に。

わたくしはこれまで、すくなからぬ年数をついやして、柿本人麻呂のてになるとされる作品をよんできた。生来のなまけもの、くわえて菲才のゆえもあって、そのあゆみは遅々として、研究者としての人生のたそがれどきにちかづいた今日にいたっている。研究の主体性という点からいっても、はじめのうちはとくに方法意識といったものとてなく、文字どおり先学の驥尾に付して、みようみまねの作品分析をてあたり次第にとりあげてみるだけだったし、そのよみの方法の選択自体、そのときどきの関心と学界の動向にながされるような、安易なものだったと、いまにしておもう。しかし、同年代の研究者が、それぞれの方法をひっさげて大著をよにとうていくのをよこめにみつつ、蝸牛のあゆみのなかでいくつかの作品をてがけるうち、おのずと自分なりの方法的なたちばがかたちづくられていったようにも、一方ではおもわれる。

ただ、それはどちらかといえば、従来の万葉集研究ではあまりもちいられない視点、あるいは問題とはされない分析方法だったといえるだろう。そのためもあってか、それらの旧稿は、なかには一定の——といってもけっしておおきくはない——反響をよんだものもないではないが、おおくは敬遠、というより無視され、またいくつかの論にあっては、あきらかに十分な理解をえないままに、てきびしい批判をうけた。個別の作品論を展開していく際には、どうしてもその作品の全体像の提示、その多様・多面的なありようをとらえることに主眼をおくことになり、その分、そこで採用した分析の方法の独自性について、明確にしめして理解をえるための努力をおこたっていた点はいなめない。その意味において、批判は、こうむるべくしてこうむったともいえなくはない。

本書では、こうした反省をふまえて、はじめに、ややこちたい論議にはなるが、わたくしが本書で採用した分析の方法、その意図というものをできるかぎり明白にかかげて、そのうえにたって個別の作品論を展開していこうとおもう。そしてまた、その方法をもってすべての作品をできるかぎり共通の観点からよみとおす、そういったたちばを堅持したいとおもう。

個別の作品についてのよみは、はじめにものべたように、多角的であるはずだ。試行錯誤をくりかえすなかから、可能なかぎり「ただしいひとつの」よみを追求するという研究のたちばもあるだろう。本書のように、はじめから観点をひとつにしぼることは、まえもってそのよみの多様性をみずから放棄することにほかならない。にもかかわらず、わたくしがこうした方針をとるのは、本書がいわゆる個別作品論の集積をめざすものではないからだ。わたくしは本書で、ひとりの万葉歌人の作品創造の方法をとうてみたいとおもっている。なおいえば、本書は旧稿をそのまま再録したものではなく、さきにのべた方針にしたがって解体・再編したものだ(巻末の《付記》参照)。これはわたくしが二冊の旧著でもとってきたたちばだが、本書は、のべきたったようなもくろみにもとづいているだけに、旧稿との径庭が前二著にくらべても格段におおきい。個別の作品の全体像についてのわたくしのみかたは、むしろ旧稿の方に提示されているばあいがおおい。もっとも、現時点での認識にもとづいて旧稿の主張をあらためた箇所もなくはない。個別作品論としてよんでくださる読者は、面倒でも本書と旧稿とをあわせておよみいただきたい。

目次

第二部

凡例

一　本書にもちいた万葉集の本文は、ほぼ西本願寺本を校訂した鶴久・森山隆『万葉集』(おうふう)にもとづき、現行の諸テキストを参観しつつわたくしによみくだした。白文は、紙数の都合により省略した。

二　一部(上代文献の白文による引用など)をのぞき、引用部分をふくめて基本的に常用漢字字体をもちいる。なお、かなづかいについては引用部分は原文にしたがった。

三　注釈書には以下の略称をもちいることがある。なお、注釈書の類には刊行年月を記さない。

『仙覚抄』　仙覚『万葉集注釈』
『代匠記(初)』　釈契沖『万葉代匠記』初稿本
『代匠記(精)』　釈契沖『万葉代匠記』精撰本
『童蒙抄』　荷田春満述荷田信名筆記『万葉童蒙抄』
『考』　賀茂真淵『万葉考』
『玉の小琴』　本居宣長『万葉集玉の小琴』
『略解』　橘(加藤)千蔭『万葉集略解』
『燈』　富士谷御杖『万葉集燈』
『攷証』　岸本由豆流『万葉集攷証』
『古義』　鹿持雅澄『万葉集古義』
『檜嬬手』　橘守部『万葉集檜嬬手』

『美夫君志』　木村正辞『万葉集美夫君志』
『新考』　井上通泰『万葉集新考』
『口訳』　折口信夫『口訳万葉集』
『講義』　山田孝雄『万葉集講義』
『全釈』　鴻巣盛廣『万葉集全釈』
『総釈』　諸家『万葉集総釈』
『評釈』　金子元臣『万葉集評釈』
　　　　窪田空穂『万葉集評釈』
『全註釈』　武田祐吉『万葉集全註釈』
『私注』　土屋文明『万葉集私注』
『大系』　日本古典文学大系本『万葉集』
『注釈』　澤瀉久孝『万葉集注釈』
『全集』　日本古典文学全集本『万葉集』
『集成』　日本古典集成本『万葉集』
『全注』　諸家『万葉集全注』
『新全集』　新編日本古典文学全集本『万葉集』
『釈注』　伊藤博『万葉集釈注』
『和歌大系』　和歌文学大系本『万葉集』
『新大系』　新日本古典文学大系本『万葉集』

四　先行研究文献の表示については、文中では「長谷川一九三三a」などと著者名と発表年次でしめし、巻末に「引用一覧」として章別に詳細を記した。

序章

1　なぜ人麻呂か

本書でのわたくしのもくろみは、古代和歌がその始発期＝万葉時代において、詩的＝和歌的表現の可能性をどのようにしてきりひらいていったかを、万葉歌人柿本人麻呂の作品の分析を通じて究明することにある。わたくしはこれから、人麻呂の歌業の全体像をわたくしなりの視座にたって論じていこうとおもうが、それにさきだって、いまみぎのようなもくろみを実現するについて、なぜほかならぬ人麻呂の作品を対象として論じなければならないのか、ということをあきらかにしておこうとおもう。

ところで、そもそも「人麻呂の方法」なる表題をえらぶこと自体、すでに、本書がある一定のたちばをとることの表明になっているといえなくもない。この表題は、「(柿本)人麻呂」という歌人名と「方法」という語とからなっている。そのことは、一見すると本書が、いうところの「作家論」的な観点に多少なりともかさなる方法的たちばをとろうとしていることをしめす、と理解されるかもしれないからだ。しかし、みぎにのべた本書のもくろみからいえば、力点はむろん、「方法」の方におかれる。すなわち、ここでは「柿本人麻呂」という歌人によって制作されたとされる作品について、その表現の方法をあきらかにしようとこころみる、いわば表現論的な方向をめざす。したがって、「柿本人麻呂」なる歌人が、いかなる出自を有し、いかなる閲歴をたどったか、かれには妻子があったかいなか、あったとしたらなん人か、そしてかれ自身がどのような官途をたどり、いつどこでみまかったか――そうしたことどもについては、本書はほとんどかかわらない。もっぱら作品を、作品のかたるところだけを考察の対象とする。

だが、それならばなぜ、「人麻呂の方法」という表題をかかげるのか――すなわち、歌人(作家)というレベルを、研究(批評)の対象とするのか。それは、おおげさにいえば、わたくしの文学作品というものに対するみかたにかかわる。いうところの「テクスト至上主義」的な観点からすれば、作家という存在は二義的以下のものにならざるをえない。作品が作家に帰属するものでない以上、分析対象、というより批評の対象そのものが作品のみにかぎられ、作家という概念は無用の長物となりはてるようだ。だがわたくしは、文学作品、あるいは文学というひとなみはすぐれて歴史的・社会的な存在だとおもう。というのも、もとをただせば、わたくしは――このようなことはあらためて揚言するまでもないことだとおもうが――作者・読者をふくめた人間というものが歴史的・社会的な存在だと理解するからだ。ひとはみな、歴史・社会に規定されて存在し、そのなかで、文学作品の創造にたずさわる。その結果として生産された文学作品であるからには、それもまた歴史的・社会的存在であることは贅言を要しないだろう。

したがってまた逆に、文学作品、ひいては人間に関してそのようなみかたをとらないたちばからすれば、このような論議はそもそも無用のこととなる。そのようなたちばもありうることを、わたくしは否定するつもりはない。

さて、文学作品が単に作家という個体=個性の産物ではなく、歴史的・社会的な存在だからこそ、文学研究において作家という個別の次元に対する視点が必要なのだ、といったら、あまのじゃくな主張にきこえるだろうか。作品が作家に帰属するのならば作家論的観点も必要だろうが、作品が作家のものでないならば作家を論ずることは不必要だ、ということにならないだろうか。だが、そうではないのだ。歴史的・社会的な存在だということが、作品が作家に帰属するものではないことに、ただちにはつながらないと、わたくしはかんがえる。というのも、自明のことではあるけれど、作品はどこからか唐突に、あまくだり的に出現するわけではない。作家(そして読者)を通じて歴史や社会につながっている。作品は作家のみに帰属するものではないけれど、すくなくとも作家にも帰属している。だから、作家という次元をまったく消去するわけにはいかないのだ。

そこまではともかくも一般論としてみとめられるとして、それならばなぜ、それがこの時代のほかのだれかれのではなく、「柿本人麻呂」の作品でなければならないのか。もっとも、他の歌人はさておき、いやしくも人麻呂を論ずるのに「なぜ」は必要ない——そうした通念が、万葉研究者のあいだにすらあることはあきらかだ。いや、人麻呂にかぎらず、代表的な万葉歌人についての著作で、研究者がいちいち研究対象にその歌人をえらぶことの意義を読者にしめし、またみずからにといかける、といったことは、要求されないし、実際にもあまりみかけないのではないだろうか。だが、たとえば夏目漱石についてだろうと森鷗外についてだろうと、近代文学研究者が、研究対象の従来の、というより世俗的な評価によりかかって、それをとりあげてみずからの研究対象とすることについてなんの疑問もいだかず、またなんの問題意識ももたずにいるなどということが、いまの研究状況のなかで、現実にゆるされるものだろうか。たとえあるとしても——実際には、近代でもひょっとしてそうなのではないか、とおもわれるような「研究」をみかけることもないではないのだが——それらはまともな研究としてあいてにはされないだろう(すくなくとも、そうあるべきだとおもう)。それは実のところ、かならずしも研究対象自体の価値その他の問題なのではなくて、むしろ研究する主体のがわの、研究といういとなみに対する意識の問題なのだとおもう。

ついでにいえば、いまとは逆のばあいについても、おなじことがいえるだろう。従来あまり研究の対象になっていない作家(歌人)や作品をとりあげる。それは、マイナーポエト、あるいはとるにたりない作品というあやまった常識をくつがえし、再評価をこころみる大胆なとりくみなのだ――おおくのばあい、そんな理由づけがなされる。おもしろいことに、こうしたケースでは、さきのばあいとは逆に、ほとんど例外なく、著者は雄弁にそのことを主張する。しかしどうもそれは胡散くさい。その証拠に、著述のどこをさがしても、おちぼひろい以上の存在意義はみとめられそうにない。どうしてかといえばそれは、やはり研究者の主体性の問題に帰着するもので、なぜその対象を研究するのか、それをなぜいま、ほかならぬみずからがしなければならないのか、という真の問題意識が、そこには微塵もないからだろう――しかも、実際にはそうした「研究」がちまたに氾濫している、といったらいいすぎだろうか。

なにかを研究対象とすることへの自覚、そこにこそ、そのうえにたってこそ、研究者の全存在をかけてのいとなみが実現できるはずだ。そこでいま、かつて長谷川如是閑と斎藤茂吉とのあいだにたたかわされた「御用詩人」論議をはじめとして、近年までの人麻呂論調の推移を想起しておくのも、あながちとおまわりとはいえないだろう。そこに、なぜいま人麻呂を論ずる必要があるのか、というといかけにこたえるための、ひとつのてがかりがあるのではないかとおもわれるのだ。

長谷川如是閑の人麻呂批判は、主として長谷川一九三三aおよび長谷川一九三三bにみられる。前者は「革命期に於ける政治形態との関係」の副題のしめすように、万葉時代を通観するなかで、宮廷詩人としての柿本人麻呂の限界を指摘したものだった。それに対して「御用詩人柿本人麿」という、そのものずばりの表題を有する後者は、著者の万葉体験からかきおこし、著者の「人麻呂ぎらい」のよってきたるところをときあかしていく。そして、その根本的な原因を、つぎのように人麻呂の御用詩人としての性格にもとめる。

人麿の長歌は、多くは宮廷歌人として、今の漢文学者が祝詞や弔文を頼まれて作るのと同じやうな態度で作られたものである。人麿も亦官吏であつて芸術家ではなかつたが、然し下級官吏が作歌のために宮廷に召されたもので、日本に於ける御用詩人の魁であつた。

この如是閑の主張に猛烈な反発をしめしたのが、当時精力的に人麻呂研究をおしすすめていた――やがてそれは、大著『柿本人麿』(五冊、一九三四〜四〇年)に結実することになる――斎藤茂吉だったことはよくしられている。

この御用詩人の魁といふ説も私には幾分づつの疑ひがあり、当時の状態では共同作歌も亦可能であるから、人麿が始ての長谷川氏の所謂御用詩人であつたかどうかが疑問なのである。

それから、縦しんば、御用詩人だつたとしても、作歌が上手であれば、これは尊敬すべきで、決して軽蔑すべき訳合のものではない。(中略)人麿は宮廷的註文に応ずるために、全力をそそいで作歌してゐる。

(斎藤一九三四)

現在では、この有名な論争も文芸界にありがちな不毛な議論の典型のひとつとして、ほとんど忘却されているかにみえる。ただ、現時点でどちらにくみするかととわれるなら、おそらく万葉研究者の大多数は――そして一般の万葉愛好者も――茂吉の方にかたむくだろう。如是閑の批判はたしかに一面的にすぎ、とりわけ、時代の考察に非凡さをしめす半面、うたの内実にふみこんでの考察には意外にとぼしいうらみがある。しかしながら、それならば茂吉の反論にそうしたものがあるかといえば、かならずしもそうとはいえない。むろん茂吉の主張は、如是閑とはちがい、人麻呂作品の徹底的な研究にうらづけられたものだったろう。だがそれにしても、この論争の過程での茂吉の発言には、作品の分析にもとづく精緻な反論というよりは、空疎な感情論、主観にはしった断定的言辞がめだつ。「人麿は最も真率な全力的全身的な歌人であつた」のだから、たとえ実態として御用詩人だったとしてもかまわないではないか――茂吉はそう主張する(前掲書)。が、この反論は妥当なものだろうか。

人麻呂が「御用詩人」だったという如是閑の断定は、「御用詩人」の定義にもよるだろうが、結論としてはただしいと、わたくしはおもう。そこで、それに対する茂吉の反論だが、「御用詩人だつたとしても、作歌が上手であれば、これは尊敬すべきで、決して軽蔑すべき訳合のものではない」というようなみかたは、はたしてことの本質をとらえているだろうか。そうではなくて、人麻呂の「御用詩人」としてのすがたからめをそらせることなく、その時代に御用詩人であったことの意義をとらえることこそ、必要なのではないだろうか。それをしていない茂吉は、結局は如是閑と五十歩百歩だというしかないだろう。

さて、如是閑によってその嚆矢がはなたれた人麻呂批判のこえは、軍国主義、戦争讃美の風潮に迎合する国文学研究の世界では封じこめられ、圧殺されていったとおぼしい。それが復活するのは、したがって敗戦後の一九四〇～五〇年代のことだ。それはむろん、戦後の、歴史学をはじめとする諸学問における、非理性的・非科学的な天皇制の桎梏からの解放、天皇制批判の澎湃たるたかまりとむすびついてのものだった。また一方では、臼井一九四六あたりからくちびがきられた、いわゆる短歌批判の論調も、その淵源をたどって、万葉批判、人麻呂批判をよびおこすことになったとおもわれる。それはともかくとして、歴史学者藤間生大による人麻呂批判論（藤間一九五〇）あたりを、その時期の代表的な論調のひとつとしてあげてもよいだろう。藤間は具体的作品として「近江荒都歌」（1・二九～三一）をとりあげて、「歴史と歴史に対する批判的精神が、この歌にかけている」と批判し、それは結局のところ「古代天皇制による影響が、彼の作品の発展を不可能にさせた」からだ、と分析する。要するに御用詩人としてのたちばが、人麻呂からさらなる可能性をうばった、ということだろう。

だが、このような人麻呂批判の傾向はながくはつづかなかった。そしてその後の万葉集研究の深化は、むしろ人麻呂の「和歌の方法の革新者・確立者」としての位置を、以前にもましてゆるぎないものにしていったといってよい。こうした研究動向の変化は、むろん日本の戦後社会の変貌と無関係ではありえないとおもわれるが、ここではそのことにふれている余裕がない（身崎一九九〇では、わずかながらその点に言及している）。そして、その趨勢は現在までもおとろえていない。とりわけめざましいのが、稲岡耕二、神野志隆光をはじめとする諸氏によってすすめられている人麻呂論の視点だ。和歌における記載の開始を人麻呂にみるという点から、表現史における人麻呂の達成をみなおしていくこの主張は、現在の人麻呂研究の主流をかたちづくっているといっても過言ではないだろう。だが、単純に「すべては人麻呂からはじまった」とうけとられかねないこうした主張に、わたくしはかすかな危惧をいだいている。

時代はすこしさかのぼることになるが、万葉集研究の世界でも、人麻呂批判の観点がまったくあとをたってしまったわけではなかった。人麻呂作品の表現研究におおきな足跡をのこしている清水克彦の人麻呂表現論には、人麻呂の達成したものの正当な評価とともに、そうした人麻呂批判の言辞がおりまぜられている（清水一九六五）。清水は、その序説で、宮廷歌人の役わりというものが人麻呂の詩的創造をもたらした面を正当にみとめる。が、その一方で、たとえば「吉野讃歌」（1・三六〜三九）について、つぎのように批判することをわすれない。

人麻呂が真実に、また、主体的に讃美したその対象（天皇）が、実は非人間的な権威であり、人麻呂の讃美がまったく独善に終っているという矛盾を見抜き得なかったところに、白鳳人としての人麻呂の限界があったと見ねばなるまい。

こうした批判の視点を、その後現在にいたるまでの人麻呂研究は、よしそのままはうけつがないまでも、はたして十分にうけとめ、真にそれを克服するかたちで展開してきたといえるだろうか。わたくしにはどうもそうはおもわれない。わたくしの、近年の人麻呂研究の主流、たとえば神野志隆光の所論に対する「かすかな危惧」は、まさにそこにうまれる。同氏の大著（神野志一九九二）は、まぎれもなく、現段階での人麻呂研究の達成水準のもっともたかい部分をしめすものといえるだろうが、人麻呂の創造したものの評価をいそぐあまり、かれの「時代の子」としての側面、またかれが前代からひきついだものについての考察が、それにみあうかたちではおこなわれていないようにおもわれる。いきおい、その人麻呂像は、さきほどのべたように「すべては人麻呂からはじまった」というような、超越的存在としての相貌をおびてしまいかねない。むろんわたくしは、神野志が人麻呂を、かつての茂吉のように「歌聖」にまつりあげるつもりなど微塵もないことを信じてうたがわない。しかし、人麻呂を論ずるにあたっては、それが英雄崇拝の色調をおびないように、細心の注意をおこたらないようにしなければならないとおもう。

近年の人麻呂評価がおおすじにおいてはただしいとして、それではなぜ、御用詩人(もうすこしおだやかにいって、宮廷歌人)の人麻呂がそれをなしえたのか、そのことを、時代のありように即してかんがえる必要がある。また、そもそもそこにおいて人麻呂がなしえたもの、達成したたかみとはどのようなものなのか、表現そのものに密着して論じていかなければならない。本書の視座は、むろん主として後者をめざして設定されたものだが、前者についてもまったく考察をおこたるわけにはいかないだろう。この時点で、それについてすこしくのべておきたい。

重要なことは、かれのつかえた天皇制が、明治憲法のもとでアナクロニズム的に強化されていった「近代」天皇制でもなければ、おなじく古代とはいっても、摂関体制のもとで変質をとげた古代後期のそれでもなく、まさにその勃興・確立期たる古代前期における天皇制にほかならなかったという点だ。それらをひとしなみに——とくに近代のそれまでも——天皇制というわくでくくってしまっては、ことの本質をみうしなうことになるだろう。そのことをぬきにして、人麻呂の天皇制への奉仕ということだけで、長谷川如是閑のように単純に否定しさることはできないのではないだろうか。むろんそこに、清水たちが指摘するように、天皇制への奉仕と隷属ゆえの限界というものが存在したこと自体は否定できないだろうが、しかしそれと同時に、万葉時代こそは、制度とともにあることが文芸の可能性を最大限に保証するというような、まことに希有な——そういってよければ幸福な——蜜月時代が出現した一時期だったことにおもいをいたすべきだろう(身﨑一九八七)。

人麻呂の時代、ということに関し、もうすこし具体的にいおう。作歌年代を明示するものだけでなく、編年のむずかしい作品もふくめ、人麻呂作品のほとんどすべてが持統朝の所産だということはほぼうごかないだろう。その意味で、かれを持統朝の宮廷歌人と規定してもよいとおもう。むろん、人麻呂歌集のことがある。それを天武朝におけるいとなみと位置づける稲岡耕二の所説のあることももちろんしっている。ここではあえて、人麻呂歌集についてはふれない。ただ、みとおしだけをのべておくとすれば、人麻呂歌集もまた、基本的に持統朝の所産だとおもう。それはまさに、宮廷歌人たる人麻呂のいとなみとして理解されるべきものだとおもう。

さてそれならば、そもそも持統朝という時代はいったいいかなる時代だったのか——いざそうしたといにこたえようとすると、古代史研究者でもないわたくしは、とたんにたち往生せざるをえない。だが、最低限、こういっておいてもよいだろう。持統朝は、天武から文武にいたる、古代王権確立期としての天武王統の中間期にあたり、それだけにまた、さまざまな矛盾をかかえこんだ一時期だったのではないか。ことばをかえていうなら、天武〜持統〜文武の時代を一体のものとしてとらえたうえで、そのなかでの持統朝の独自なありようをかんがえることが必要だとおもう。人麻呂は、そのような持統朝にあって、宮廷歌人として活躍しているのだ。

むろん、こうしたみかたに対しては、正反対の、文学と制度＝政治との緊張関係、文学の政治に対する抵抗や反発こそが創造のエネルギーをうみだす、というような批評的たちばもあるだろう。かつてひろく反響をまきおこした伊藤整の芸術論(伊藤整一九五六)なども、そうした主張の典型的な例といえるとおもわれる。

偽りと無理に満ちた秩序に対して、芸術は常に革命的に、又は訂正的に働きかける。法と礼儀は、芸術の批判を受けることによって、改めて、本当の生命のあり方を土台にして、考え直されなければならない。秩序は常に被告であり、生命が原告なのである。

芸術はこのように、生命が、それに加えられる枠に対する抵抗の形をとるものである。絵も音楽も、これと同じ働きで、生命の認識が起る。それ故、秩序に対する生命の批評として、芸術は他の文化全体を批判する。

わたくしも、こうしたみかたがまったくのあやまりだとはおもわない。いや、むしろ芸術と制度との一般的関係ということでいえば、基本的にはこのようにとらえておいてさしつかえないとおもう。だが、それを歴史のあらゆる段階・局面にあてはめてよいというわけにはいかない。如是閑の人麻呂論の限界もまたそこにあったというべきだろう。人麻呂とそのいきた時代、ということをかんがえるとき、いまはむしろ、この伊藤整の所論に対

する批判としてかかれた山本健吉の評論が、人麻呂を評して、

秩序の中にあって、秩序に対する個の違和の感情を持つことなしに、秩序に合体している自分を意識さえしないで、その中で歌を創ったとき、もっとも生命の濃厚さを表現することができたのである。(山本一九五六)

と指摘しているのに共感をおぼえる。人麻呂はそのように、まさに「時代の子」だったのだ(なお、この伊藤と山本との論争に関しては、金井一九七一が参考になる)。

ただし、文学と制度との、幸福な蜜月時代はながつづきしない。本質的に固定化=秩序を志向する制度は、文学をふくむ諸芸術をむしろ抑圧する装置に、いちはやく転化していく。しかし、文学表現がそうした制度に随順して固定化のみちをあゆむなら、それはたちまちにして、内向しつつ深化する時代の抒情をくみえなくなってしまう。ここでまさに、伊藤のテーゼが適合する状況がうまれることになる(前掲身﨑一九八七)。この蜜月後の時代、金や銀の時代のあとの、青銅や鉄の時代の様相をはかるためには、大伴旅人を、山上憶良を、そして大伴家持を俎上にのぼせることが必要だろう。また、蜜月の時代の黎明期をさぐるためには、額田王の歌業を検討しなければなるまい。だが、それはもはや人麻呂論の範疇ではない。

なぜ人麻呂かという肝腎のといに、わたくしはいまだ直接にこたえてはいない、とおもわれるかもしれない。だが、いままでのべきたったことによって、それはあきらかだろう。日本の文学伝統の根幹をなす和歌は、古代王権とともに発生した。歌謡の世界のまどろみのそこからめざめて。その後の和歌文芸のながい伝統——それはまた一面で、わたくしたちの感性や思想を呪縛しつづけ、そのゆえに、ある時期つよい批判をあびることにもなったわけだが——の、そのみなもとがここに発している。和歌史を根源のところでとらえるためには、その古代王権と文芸との蜜月時代に、まさしく「時代の子」としてうたづくりにかかわった人麻呂の存在をはずすことはできないだろう。人麻呂を論ずることは、やがて和歌史、ひろくいって文学史を、ひいては日本人と日本文化の歴史を、論ずることにほかならない。これこそが、わたくしがほかならぬ人麻呂を研究の対象とする理由なの

だ。

それならば、人麻呂の、「時代の子」としての本質をふまえて、その表現史への正当な定位をおこなうには、どうしたらよいだろうか——如是閑のようにイデオロギー批判のたかみからあまくだるのではなく、かといって、茂吉のように感情的な擁護にはしるのでもなく、あくまでも自覚的な方法的選択として。これに対する断案のようなものがとくにあるわけではない。ありきたりなようだが、先人の人麻呂研究の蓄積にまなびつつ、作品の表現そのものの分析をふかめることを通じて、人麻呂がなしえたこと、なしえなかったことをただしく把握し、時代の表現水準(それは結局、前代が準備したものということになる)がどこのあたりにあり、そこから人麻呂はどのように突出し飛翔したかを、正確につきとめるしかないだろう。

だが、そのためにも、表現分析のためのあたらしい視点が要求されることはいうまでもない。既存の分析のわくぐみに依存していたのでは、従前と同様の評価しかうまれてはこないだろう。余人のことはさておき、わたくし自身の万葉集研究のたちばをふりかえってみるとき、すくなくともある時点までは、先人たちのきりひらききずいてきた研究方法に、漫然と依存してきてしまったという忸怩たるおもいがある。わたくしは本書で、従来の万葉集研究ではあまりあつかわれてこなかった分析の方法を提示してみようとおもう。

2　作家論と作品論——あるいは作家と作者と——

つぎに、本書でもちいることになるいくつかの概念・用語の定義をおこなっておきたい。というのも、以下にのべるような概念、ひいては観点は、たとえば近代文学研究の世界ではすでに常識化していることであっても、古典和歌、なかんずく万葉集研究の世界ではまだなじみがないことがらかもしれないからだ。

まず、わたくしが本書で「作者」というばあい、通常「作者」という語であらわされている意味とはすこしくことなる。それは、個々の作品(それをどのような単位で設定するかは、ときによりことなる。長歌作品全体をひとつの作品とかんがえるばあいもあれば、その長歌作品を構成する一首一首の長歌や短歌をかんがえるばあいもある。またばあいによっては逆に、数首の短歌や複数の長歌作品、すなわち「歌群」によってひとつの作品が構成されているとみることもある)の背後に、その表現を通じてうかびあがってくる表現の主体のことだ。それはおそらく、「語り」論、「物語論」(ナラトロジー)などでいわれるところの「機能としての作者」という概念にちかいものだろうとおもわれる。逆のいいかたをすれば、それはなんら実体的な存在ではありえない。このばあい、当然のことながら、作品のかずだけ作者が存在することになる。

ところで、それら個々の作品は、作者署名を有することもあれば、そうでないばあいもある。作者署名を有するばあい、作者をその固有名でよぶことは、ごくふつうになされていることだ。しかしここでの定義に即して厳密にいうなら、「作者」には固有名はありえないことになる。題詞等によって作品に付された作者名を、あくまでも便宜的にもちいているわけだ。ただ、本書でものちにのべるような理由によって、作者を固有名であらわすばあいがある。

一方、「作家」というばあい、それは社会的・歴史的存在としての、文芸作品の制作者・生産者をさすこととする。わたくしがいくつかの旧稿において「なまみの作者」などと称したものがそれにあたる。おおく、かれらは固有名を有する。しかし、作家名がしられない作品も、とくに古典作品にはすくなくない。むろんそのばあいでも、当然のことながらわたくしたちは、事実としてだれかがその作品をかいたのだと確信できる。その制作者の固有名がしられないというだけのことだ。このようなばあい、むしろ作家は存在せず作者のみが存在する、というべきなのかもしれない。作品と外部世界とを真にむすびつけるのは、当然のことながら「作者」ではなくてこの「作家」だ。ちなみに、「物語論」の領域においては、このふたつの用語はしばしばちょうど正反対の意味あいでもちいられることがあるらしい。これはおそらく翻訳技術の問題なのだろう。本書ではいまのべたように定義してもちいることにする。この方が日本語としてただしい選択だとおもうからだ。「あなたの御職業は?」ときかれて「作家です」とはいっても「作者です」ということはないだろう。

万葉集研究の世界では、通常このふたつが厳密に区別されることはない。万葉集にかぎらず、和歌文学にかぎらず、古典文学研究の世界ではおおむねそうだろう。またたしかに一般的にいっても、一面でこの両者は交錯し、截然とはわかちがたい局面を呈することがある。とりわけ万葉集にあっては、歌人のおおくがただ万葉集にうたの制作者としてのみそのなをとどめる存在だからだ。しかし、個別の作品をそれとしてあつかうかぎり、すなわち個々の作品論の局面では、わたくしたちは両者の区別をはっきりとつけることができる。問題は、同一の作者署名をもつ複数の作品をひとつの、同じ平面上で論ずるばあいだ。つまり、個別の作品論から作家論に通ずる道程においてそうした事情が発生する。

徹底的な作品論中心主義、すなわち作家論不要説も、とりうるひとつの方法的たちばかもしれない。かつての分析批評の提唱以来今日にいたるまで、そうした批評のたちばは強固にある。だが、わたくしはそのたちばにくみしない。なぜなら、すでにのべたように文芸作品もそれ自体、同時代を、あるいは時代をこえて、この現実の社会にいきる作家と読者と(それは単に生産者と消費者とに対応するわけではない)によって形成される社会的・歴史的存在だからだ。そこには——むろん読者論とともにではあるが——作家論が必要なのだ。作家論は単なる伝記的考証を意味するものなのではない。本書の書名をあえて「人麻呂の方法」としたのは、わたくしがそうした意味においての作家論的見地を放棄しないことを表明したかったからだ。

個々の作品を、それらが作者署名を共有するという理由で統合して論ずる根拠も必要性も——すくなくとも第一義的には——作品のがわにはない。わたくしたちのがわにある作家論への欲求がそれを要求する。そして、おおくの古典作品のばあい、わずかに作者署名のみがそれを保証する。近代文学作品ならば、作品以外の外部資料(出版資料、作家の談話、等々)がそうした役わりをはたす度あいがおおきくなる。しかし古典文学作品ともなれば、そのような外部資料はまったくといってよいほどのぞめないばあいが大部分だからだ。たとえば柿本人麻呂という人物の情報は、万葉集以外の同時代史料にはいっさい存在しないから、外部資料に依存して作家の存在を保証することはできない。個々の人麻呂作品は、まさにそれが有する柿本人麻呂作という署名によってのみ、統合されうる。だからこそ、ときには題詞等の記載に疑念がさしはさまれ、人麻呂作品であることの妥当性がうたがわれることもおこる。したがって極端にいうなら、古典文学作品においては、「作家論」、ひいては「作家」は存在しえない。そこにあるのは、ただ、同一署名による作品の集合だけ、ということになる。にもかかわらずそこから、というよりそのことに対する認識のあまさから、作家論まがいの曖昧な論述がうまれ、「万葉歌人」の虚像がかたちづくられていくばあいもすくなくない。

だがそれならば、万葉集研究では作家論的な研究などというものはいっさい不可能だとして、個々の作品の分析を統合しての検討はきりすててしまうほかないかというと、そうでもないようにおもわれる。同一作者署名による作品群の、個々の分析から相互検証へとすすんだとき、わたくしたちがそこにまぎれもなくひとつの表現主体の存在を認識できるなら、つまり一種の仮説検証法によって、同一署名作品群に共通の個性を、あるいは一貫した表現意識の展開といったものを発見できるとしたら、そこに、その時代にいき、表現者としてのみちをあゆんだひとりの作家の存在をみとめてもいいのではないだろうか。古典文芸の世界における作家というものは、おおくのばあい、そのようなものにすぎない。ここでは、通常の意味の作家と区別するために、これをかりに〈作家〉としておきたい。古典文芸の世界における作家というものは、おおくのばあい、そのような意味においてとらえられるべきものだとおもう。柿本人麻呂という万葉歌人などもその典型だといってよい。むろん、たとえば大伴家持などのばあい、一方で史書にその存在が確認できるわけだが、『続日本紀』などに登場する「大伴家持」と、万葉歌人「大伴家持」とは、官位・閲歴等の一致においてわずかにつながるだけで、歴史史料自体がその「大伴家持」を歌人として認定するわけではないから、基本的には人麻呂も家持も同様に〈作家〉としてとらえておいてよいとおもわれる。

本書では作家論的観点を放棄しないことの当然の帰結として、人麻呂という作家（歌人）名をもちいるばあいがあるとおもう。だが、ほとんどのばあいそれは、通常の意味での作家人麻呂ではなく、〈作家〉人麻呂の意味――再度いうなら、柿本人麻呂なる作者署名を有する作品（群）の共通の制作者という意味――でもちいている。さらに念のためつけくわえるなら、本書が〈作家〉人麻呂ではないところの作家人麻呂を問題にすること、いいかえれば人麻呂に関する伝記的考察をおこなうことは、ほとんどまったくない。というより、すでにのべたようにそれはほぼ不可能なのだから。以下、本書では、便宜上作家と〈作家〉を区別せずに、すべて作家とのみ記すが、そのおおくは厳密にいえば〈作家〉と記すべきものだ。

3　人麻呂論の視点

つぎに、本書での表現分析の方法についてのべる。本書が志向するのは、通常の意味においての個別作品論ではない。実際の叙述においては個々の作品に即して分析をすすめる形態をとるが、そのばあいでもおおむねただひとつの視点・要素からのみ分析の対象とする。したがって、個々の局面においては、その作品の全体像をあきらかにすることにはならない。というより、目的はそこにはない。むしろ、複数の人麻呂作品に共通してみられる表現の方法を析出する方向をめざす。

さてそこで、本書が採用する分析の視点について、逆にいえば、なにをもって「人麻呂の方法」ととらえるか、についてここであらかじめのべておくことにする。

文芸、というよりひろくいって言語表現、その基層をなす発話行為、さらにいえば人間の意識の根幹には、いま・ここ・わたしという三要素があるとおもわれる。そして、身体性にふかくねざしたこの要素は、口頭言語はもとより、書記言語の段階においても、完全には払拭されないとかんがえられる。もっとも、このいま・ここ・わたしという問題をめぐっては認識論的にわずらわしい論議のあることが予想されるところだが、ここではそうしたことにはふかいりしない。さしあたっては、素朴実在論的なレベルでかんがえておいて支障はないとおもわれる。

順序は逆だが、まずわたしのばあいについてかんがえてみよう。言語表現には、口誦であれ記載であれ、かならずその表現の主体が存在する。文芸(文学)作品もその例外ではない。それを「語り手」とよぶことにする。「語り手」はいろいろなたちば・資格で作中世界と交渉をもつ。個々の作品にどのような「語り手」が設定されるかは、その作品の本質にかかわる。

つぎは、いまの問題、すなわち時間の問題だ。「語り手」はつねにいまという時間＝「語り」の時間のなかでかたるわけだが、その「語り」の時間としてのいまとかたられていることがら・世界の時間とのあいだには、さまざまな距離のとりかたがありうる。またかたられる世界のなかを、どのような時間がながれるか(ながれないか)も、ケースによってことなるだろう。個々の作品についてそうした時間のありよう、時間と時間とのあいだの関係をあきらかにすることは、作品の表現の特徴をとらえることにつながる――たとえば作品が回想のスタイルをとっているかいなか、は作品の質をおおきく規制することになるだろう。

そしてもうひとつは、空間、ここの問題。「語り手」はつねにここという〈場〉＝「語り」の空間にあって、そこからかたっている。そのここと、かたられている作中空間とは、かさなるばあいもかさならないばあいもある。物語・小説などの叙事的作品にあっては、かさならないばあいが圧倒的におおい。また、その「語り」の空間は、具体的にしめされるばあいもあるが、むしろ抽象化されたというか、実態を有しないもののばあいの方がおおい。それに対して、和歌のような抒情詩では、叙事的要素を有する作品は別として、通常でいえばかさなるばあいの方が圧倒的におおい。当然のことながら、そこは具体的な〈場〉だ。いずれにせよ、作中空間は、それとはしられないままに「語り」の空間によってつねに相対化されつつ、作品世界をかたちづくる。

いま、便宜上時間と空間の問題とをわけてしめしたが、この両者は表現の実態からすれば複雑にからみあっているばあいの方が、そうでないばあいよりもはるかにおおい。純粋に時間形式をとる作品はあっても、純粋な空間形式をとるものはすくないだろう。なぜなら、静止した空間ならまだしも、作中の世界が空間移動をともなうようなばあい、そこから時間という要素を排除することはできないからだ。また、いままでの説明でもしられることだが、時間・空間の問題が「語り」の問題と密接不可分な関係にあることもあきらかだ。

このように、どのような作中世界を提示するにしても、あくまでもいま・ここ・わたしという原点において、いつ・どこで・だれが、ということが把握可能になるわけだ。そうだとしたら、文芸作品の表現の分析に関しても、それぞれに対応する三点、すなわち時間・空間・「語り手」というものがもっとも根幹的な視点を提供しうるものなのではないだろうか。

かくして、本書では、作品の構成の原理、表現の原理としての時間・空間・「語り手」を追求する。だが、一般論としての、いま・ここ・わたしの重要性はともかくとして、なぜそれが、古代和歌論、そしてほかならぬ人麻呂論において採用されねばならないのだろうか。またそれが方法としての有効性を、研究の現状において主張しうるのはなぜだろうか。

ここでその人麻呂研究の現状にめをむけてみよう。万葉集研究一般の現状を反映して、ここでも多彩な研究方法が——あるばあいにはひとりの研究者によっても——駆使されている。その一例として、近年上梓をみた上野理の浩瀚な論文集をあげておく(上野二〇〇〇)。そこには、漢詩文の影響、民俗学的知見、歴史背景の解明等々、あらゆる分析の手法が採用されている。そうした多彩な研究の視点にくらべると、わたくしが本書でもちいようとしている時間・空間・「語り手」という視点は、きわめて限定的な、「とざされた」方法といわなければならないかもしれない。しかし、それをさかてにとる主張も可能ではあろう。作品論・作家論・時代背景論等々の「ごった煮」的研究状況に対して、ほぼ純粋に作品論・表現論に徹しうるという意味において、このような方法は研究の現状へのひとつの批評たりうるものだろう。

しかしながら、それだけでこの方法が有効性を主張できるとはおもわれない。とくに、「時代の子」としての人麻呂の表現、ということとどうむすびつくのか、わかりにくいところがあるようにおもわれる。もっとも根幹的な視点、とさきにいったが、それを一般論としてでなく分析対象、すなわち古代和歌に即して主張することはできるのだろうか。たとえばここに、近年の人麻呂研究、ひいては万葉集研究の全体的動向を決定づけているひとつのうごきがある。それは、天武「新王朝」論とリンクしつつ、天皇神格化表現の展開の歴史をおう前掲神野志一九九二や遠山一九九八のたちばで、これなどはだれのめにも、「時代の子」人麻呂を直接にとらえうる有効な視点としてうつるだろう。

だが、それは人麻呂が「何を」うたったか、という側面からの接近のしかただ。わたくしはむしろ、「どのように」うたったか、の側面を追求したいとおもう。むろん、「何を」と「どのように」とを機械的に分離することはできない。しかし、それぞれの側面への接近のしかたははっきりとことなる。従来はどちらかといえば「何を」が「どのように」に優先して論じられてきたとおもう。わたくしは逆に、「どのように」を重視したい。「どのように」うたうのか、ということに照明をあてるとして、それならばなぜ時間・空間・「語り手」なのか。それは、わたくしが本書であつかうのがほかならぬ「古代」の「和歌」だからだ。和歌とはなにか、と大上段にふりかぶって論じているいとまはないが、短詩型文学という条件のほかに、それが基本的には主情的な抒情詩、いいかえれば〈われ〉そのものの文学だということはうごかないだろう。しかし、和歌が文芸としての可能性をひろげるためには、こうした本質はばあいによっては桎梏となりかねない。しかも、やまとことばによる散文体の確立していないこの時代にあって、和歌がになわなければならなかった文芸としての可能性の範囲は、その後の時代にくらべてはるかにひろい。たとえば叙事性の問題がある。抒情詩としての本質をかかえつつ叙事性をも追求しようとするとき、必然的に叙述の様式には多様性が要求されることになり、「語り」「語り手」の多様なありかたが模索されることになる。

一方、古代は、和歌文芸の確立の時代と目されている。それが古代民謡・宮廷歌謡などの母胎から特殊な昇華をとげて自立した段階で、なにがなしとげられたのかをとおうとするとき、必然的にうかびあがってくるのが、時間・空間というふたつの要素なのだ。くわしくはのちにのべるが、祭式を〈場〉として発生した歌謡は祭式の論理にしたがっていま・ここのみをうたう。しかし、ここでも文芸としての可能性への要求は、いま・ここのみでなく、いまではない過去や未来、そしてここではない局面を表現世界にもたらすことになる。問題があるとすれば、口頭言語の身体性のもたらすいま・ここ・わたし、すなわち時間・空間・「語り手」という要素は、口誦(口承)の世界では重要な要素だとしても、記載文芸の時代についてかんがえるばあいにもはたして有効な分析の視点たりうるのかどうか、という点だろう。これについていまの段階でたしかなこたえをしめすことはできない。ここで千万言をついやすよりも、実際の作品分析の成果をしめすことでこたえるしかないだろう。

本書では、主としてこの時間・空間・「語り手」の三点にわたって、人麻呂作品においてそれらがどのように表現を規制しているかをみていく。むろんその過程では、古代和歌研究において普遍的にもちいられている分析の視点——表現形式(歌体等)・主題など——にも、随時ふれることがあるだろう。しかし、それら自体を前景化して論じていく方法を、本書でとることはない。

念のためにいっておくなら、むろんこうしたことは、万葉歌人としての柿本人麻呂が、たとえば〈われ〉＝主体としての自覚的意識をもっていたかどうか、とか、また、いま・ここ——杉山一九七六のことばをかりるなら「表現位置」ともいうべきもの——についての正確な認識をもっていたかどうかということとはかかわらない。人麻呂が、わたくしたちとおなじ程度にそうした意識・認識を有していたとはおもわれないが、しかしまたそうした意識がまったくなかったともいいきれない。ただ、そのことの有無にかかわることなく、わたくしが本書において、人麻呂の作品を分析する方法としてこれらの観点をもちいるということにつきる。

4　「語り手」という概念を設定すること

そこで、時間・空間・「語り手」についてもうすこしくわしくのべておく。いま・ここ・わたしという順序からいうと逆になるわけだが、ここでも最初にわたしの問題、すなわち作品における「語り手」の問題からはいっていこう。さきほども簡単にふれたところだが、本書で「語り手」という概念をどういうものとしてとらえておくか、また人麻呂作品の表現の分析にあたってそれを設定することにどういう意義があるのか、といったこと自体について予備的な考察をおこなっておきたい。

従来の万葉集研究においては、ある条件を有する特定の作品（＝制作事情のからむものや〈代作〉性のつよいもの等の、虚構性・フィクション性の介在するもの）をのぞいては、制作者と別に「語り手」という概念を設定することはおこなわれていない。大多数の作品では「語り手」のかわりに「作者は」といってみたり、さらには、「人麻呂は」とか「家持は」と作家レベルまでふくむいいかたですませているのが現状だし、またたしかに、そういってしまっても作品の分析にほとんど支障はないといってよいかもしれない。しかし原理的にいうなら、あらゆる発話行為にその発話の主体が存在するように、あらゆる文芸表現にもその表現の主体が存在するとみるべきだろう。むろん、こうしたたちばが、「語り」論、「物語」論の領域においてさえ、かならずしもひろく承認されているわけではないことは周知のとおり（参照、花輪一九七八）だが、本書の立論の出発点として、あえてこのみかたを提示しておきたい。

わたくしたちは、ある言語表現にその表現の主体を意識する。意識のしかたにはさまざまな程度があるし、言語表現の種類によっても意識のしかたには差がでてくる。が、通常はまったくそれを意識していないようなばあいでも、多少なりとも反省的に観察してみると、そうした表現主体の存在がかならずやうかびあがってくるだろう。たとえば、「むかしむかし、あるところに、おじいさんとおばあさんとがありました」というとき、そこにみられるのはむかし・どこか・だれかで、一見みぎの三要素はまったくあてはまらないようにみえる。だが、それはかたられている内容の方だ。その内容を提供する主体――いま・ここにおいて「むかしむかし、あるところに、おじいさんとおばあさんとがありました」とかたっているわたし――がいて、はじめてこの言述はなりたつ。

ここでは、「昔話」という、かたる主体の存在がもっとも意識されやすいともいえる例をあげたが、それとは対極的な例においても、基本的なところはなんらかわらない。より説明的・解説的な性格の言述にあっても、この基本的な要素は保持されている。たとえば、新聞の天気図の解説に「きょうの日本列島は、全体が気圧の谷にはいって大気が不安定になっている」とかかれているとき、ふだんそれらをいちいち意識しているわけではないにしても、すこしたちいってそうした言述を観察してみるなら、わたくしたちは天候について解説をしているだれか――より実体的な想定としては、日本気象協会のだれかれ、あるいは気象予報士の何某氏ということになるが――の存在をおもいうかべることができるだろう。

こうしたことは、第一次的には前者に反映しているような口誦の言語においてみとめられるわけだが、後者のような記載の言語の場合にも、それは基本的にうけつがれているとおもう。これは誤解をまねくいいかたになるかもしれないが、わたくしたちはおおく、記載の言語の背後に、暗黙のうちに口頭の言語の存在をおもいうかべているのではないだろうか。

記載の言語表現の領域のひとつとして、文芸(文学)作品がある。なお、いま文芸(文学)とはなにか、についてはのべない。それは本書の考察のそとにおくしかない。とにかく、文芸作品にもそうした表現・言述の主体がつねに存在するとみることができる。それを「語り手」とよぶことにする(この用語の選択についてはのちにのべる)。和歌文芸にも、したがって「語り手」は存在するとみなすことができる。

こうした分析の視点は、近代文学研究の分野ではすでにつかいふるされた、ありきたりの視点になっているといっても過言ではあるまい。小説はもとより、和歌に比較的ちかいジャンルともいうべき詩についても、はやくに入沢康夫によって「語り手」と制作者とを区別する必要があることが主張されている(入沢一九六八)。ここで入沢は、《詩人》と《発話者》とを区別する必要があることをのべる。この区別は、本書のことばでいえば作家と「語り手」におきかえられるだろう(もっとも、それは批評するがわというよりは制作者＝詩人のがわの問題として提起されていたようだ)。また古典文学の分野でも、たとえば平安朝物語文学の研究については、いわゆる草子地論の伝統をひきついで、「語り」についての議論がつみかさねられてきた(草子地論とナラトロジーの方法とがひとつづきのものだということは、たとえば中山一九九五などにあきらかだ)。それにくらべると、たしかに和歌研究において「語り手」が問題にされることはおおくない。それがなぜなのかも大体において想像がつく。それはひとくちでいえば、和歌の発想形式というか、叙述のスタイルがきわめて単純なことによるだろう。すなわち、基本的にそれは(長歌体もふくめ)抒情詩だということ、つぎに、したがってそれは主観叙述によるものだということ、そしてそれにともなって、時間・空間の設定も、物語文学のような叙事的な作品とはことなり、ほぼいま・ここに限定される傾向がつよい。つまり、和歌をふくむ抒情詩一般は、文字どおりいま・ここ・わたしの文芸そのものであって、わざわざそのことを意識化する必然性にとぼしいということなのだ。さきほどの入沢の論にはなしをもどすと、その時点で入沢の論がおおきな反響をもたらしたのも、それが散文ではなく詩というジャンルにおいてだったからこそ衝撃的だったのではないだろうか。

いいかえれば、和歌とはそもそもわたしの文芸で、わたしという「語り手」ははじめから無前提に(無意識に)そこに用意されている。しかもそれは無条件で作者と、さらにまたなまみの作家とも同一視され、その結果として「語り手」などという概念はどこかへわすれさられてしまう。またたしかに、おおくのばあいそれでことたりてしまうという現実がある。とりわけ万葉集研究の世界では、伝統的にフィクションの問題が等閑視され、「現実的」「写実的」というレッテルがはりかさねられてきたから、なおのこと「語り手」は意識されることがなかった。

だが、どこにも例外というものがある。和歌においても、いくつかの条件のもとでは「語り手」の問題が浮上してきうるのだ。歌人とは別に作中の主体をかんがえることは、実際に平安朝以降の和歌研究においてなされてきている。その原因としては、この時代に和歌の詠法として「題詠」が一般化したこと、それともうひとつ、屏風歌の存在があげられるだろう。

題詠は、和歌という主情的・実感的な抒情詩に、フィクションの要素をもちこむ結果をまねく。制作者の体験の有無をこえ、また感情のいかんをとわず、ある状況のなかにおかれた人物のたちばで発想することが要求される。いったこともない土地の景観をよみ、あじわったことのない恋愛のシチュエーションをよむ——それは要するに、制作者がみずからとはことなる「語り手」を作中に措定することだ。

その点は、王朝和歌、とくにハレのうたの制作機会の中心をなす屏風歌のばあいもおなじことで、和歌制作者は、おおく屏風絵にえがかれた人物の心中にわけいって、その視点・心情から発想することをほぼ義務づけられる。このとき制作者のなかでは、確実に自己と作中の人物、すなわち「語り手」との分離が意識化されるだろう。ある意味でその意識化の度あいは題詠のばあいよりもはるかにつよいかもしれない。王朝の歌人、とりわけ専門歌人たちはこうした作歌経験をかさねるうちに、みずからと作中の〈われ〉すなわち「語り手」との分離ということを認識していったのではないか。そしてまた、制作者ばかりでなく、享受者のがわも（というより、この時代には制作者と享受者との分離は基本的にないわけで）、こうした作品を通じてその認識をふかめていったはずだ。

それならば、題詠も一般化せず、屏風歌のような制作状況もかんがえられない万葉集のばあいはどうなのか。それでも、「語り手」の視点を導入することに意味があるのだろうか。またあるとすれば、それはなぜか。

万葉集においては、おおくのばあい、「語り手」という概念をもちいることなしでも作品の分析に支障がないが、ときには、そのことが作品の理解にとっておおきな障害になることもある。作中の主体をそのまま歌人自身とするみかたからは、おのずと作品をかれの生活の現実と直結してしまう傾向がみちびかれる。このような傾向が万葉歌のただしい理解をいかにさまたげてきたかは、いくらでも実例をあげてのべることができるだろう。大伴坂上郎女は淫乱な女性であるとか、人麻呂は生涯にいくたりものつまをめとり、しかもたびたびそのつまにさきだたれているとか。このような誤謬や混乱におちいらないために、わたくしたちは、問題のなさそうな作品もふくめてすべての作品について、きちんとした分析のたちばを確立すべきだ。作品というものは究極的にはすべてフィクションであり、その「語り手」はそれ自身作品世界に属するもので、作者や作家という概念とははっきりと区別しなければならない、と。だが、こうした一般論をいくらのべてみたところで、「語り手」という概念を導入する必要性は理解されないかもしれない。さきほど、「語り手」が意識されやすい条件として、虚構性の介在するばあい——すなわち制作事情のからむもの、〈代作〉性のつよいもの等をあげた。これについてもうすこしくわしくみてみよう。

万葉歌における虚構の問題は、伝統的な万葉集観によって不当に無視されつづけてきた。そうした批評伝統のなかにあって、おそらく唯一の例外といってよいとおもわれるのは、折口信夫だ。折口は民俗学・口承文芸の視点から、文芸の生成する〈場〉や〈機能〉というものにおおきな注意をはらった。その結果は必然的に、うたを単なる写実としてしかみない態度に対する痛烈な批判となってあらわれた。折口やその衣鉢をついだ研究者による万葉歌解釈(典型的な例としては池田・山本一九六三のばあいがあげられよう)が衝撃をもってむかえられたのはそうした理由による。そこから、万葉集研究に虚構の視点を導入する道がきりひらかれたといってもさしつかえないだろう。

たとえば、虚構の発生に〈場〉が関与するというのはつぎのようなことだ。うたの生成をささえた原初的かつ基本的なものとして、祭祀や儀礼の〈場〉があげられる。そうした〈場〉にあっては、日常的な思考や論理にかわって、祭祀や儀礼に特有な思考や論理が支配する。そしてその支配は、当然のことながらそこにうまれるうたにもおよぶ。日常の思考や論理とことなるということは、これを日常性のがわからいえば、まさに現実ではなく虚構だということになる。「語り手」の問題に即していえば、実際には男性の歌人がうたっても、その〈場〉においては女性のうたと解される、とか、臣下が制作したうたが、祭式の〈場〉を主催する天皇のうたとされる、といったぐあいにだ。おそらく、万葉時代のうたにおいて制作者とは別に「語り手」が想定されなければならないようなケースのおおくが、こうしたところに胚胎するものだ。むろん、うたの生成の〈場〉もそのうた自体も、徐々に祭祀性や儀礼性を希薄にしていきつつあっただろうが、それが完全に払拭されるにはいたらなかったとおもわれる。

ただし、〈場〉の問題だけが、すなわち伝統的な要因だけが虚構を万葉歌にもたらしたわけではない。先進大陸文芸の影響のもとで、文芸意識のたかまりがもたらされ、そこに創作意識・文芸意識といったものがうまれる。そこに、虚構の導入につながるさまざまな要素がはらまれていっただろう。それがまた「語り手」を産出することになる。

ここで、〈代作〉の問題にふれておかなくてはならない。代作というのは、これもひろくいえばフィクションの問題ということになろう。〈場〉や〈機能〉がもたらす虚構、文芸的創作意識がもたらす虚構、いずれのばあいにも、この代作の問題がからんでくることがすくなくない。そしてとりわけ、「語り手」という要素にこの代作の問題はふかくかかわってくる。代作は結局だれかがだれかに「代って作る」という外貌を呈するわけで、そこではすでに制作次元において、作家とはことなる「語り手」が明確に意識されていることになる。「語り手」はまさにここに発生したといっても過言ではないかもしれない。

叙述が前後するようだが、ここで本書で「語り手」という用語を採用したことについてすこしのべておきたいとおもう。従来、わたくし自身こうした概念をあらわす用語としてさまざまなものを模索してきた。ほぼおなじような概念を、研究者によっては「作歌主体」とか「詠歌主体」などとも表現している。従来の自他の用語に対する批判をのべ、「語り手」を採用するにいたった理由をあきらかにしたい。

まず、「制作主体」あるいは「作歌主体」という用語について。制作・作歌の主体となると、あきらかにそれは作品のそとがわの存在だ。したがってかれは、いかなる意味においても、作品の内部、すなわち作中世界には属しえない。このことばを使用している論者自身、おそらく「作者」とほとんど区別していないのではないかとおもわれる。これは問題外だ。その点で、「詠歌主体」という用語は多少なりとも曖昧さをのこし、その曖昧さが逆にここで採用される理由にもなっている。だが、このばあいも、「詠歌」とは結局のところ「作歌」と同義だとみるときは、「作歌主体」とか「制作主体」とえらぶところがない。

つぎに、わたくし自身の従来もちいてきた用語についてのべよう。最初につかったのは「話者」だった。これも、「語り手」とおなじく、物語論の用語として定着しているので、もっとも無難のようにおもわれた。ただ、あえて欠点をあげるとすれば、それが作中世界における具体的な会話の発話主体(当然それは作中人物にかぎられることになる)のみをさすように誤解されるおそれなしとしないことだろうか。これも、特定の作品形式のなかでは問題にならないようにみえる。たとえば、作品が純粋に会話のみからなりたっているようなばあいで、よくしられている例でいえば、「貧窮問答歌」長歌(5・八九二)などがそれにあたるだろう。だが、こうした特殊な形式にのみ通用するのでは、用語としては不適切だ。それに、たとえそうした作品でも、題詞や序文までも視野にいれるとき、やはり問題がないわけではないことがわかるだろう。

では「作中主体」はどうか。おなじく「主体」ということばをもちいていても、「作歌主体」や「詠歌主体」のおちいっているあやまりはまぬがれている。この主体はあくまでも「作中」世界内の存在だからだ。ただし、その「作中」の意味するところの問題については、すでにのべた。そのうえ、「主体」ということばについても、実は問題がないわけではなかったのだ。このことばには、作品世界のなかで主体的に行動し、かつ中心的に描写され叙述される登場人物、すなわち主人公のことを意味するようなニュアンスが、たしかにふくまれている。だから、誤解をさけるためにはもうすこし厳密に「作中発話主体」とでもいっておけばよいのかもしれない。しかし、それでは作中世界で発話行為をおこなうすべての登場人物をさししめしてしまうおそれがある。

要するにそれは、作品世界の最外縁部に位置して、特権的に発話行為をおこなっている主体のことなのだ。その最外縁部がどういう性質なのか、どのように構造化されるのかは、それこそ個々の作品の「語り」の構造によってことなってくるだろう。ちなみに、ジュネット一九七二(邦訳一九八五)はこのような最外縁部の発話主体のことを、「物語世界外の語り手」と表現しているようだ。フランス語文の実態に即していえばそうなるのかもしれないが、すくなくとも日本語表現に関するかぎり、「物語世界外の語り手」といってしまってはならないようにおもわれる。この特権的な発話主体の属する世界もまた、現実世界ではなく作品世界なのだから。ことは、さきにものべておいたように、「物語世界」「作中世界」をどう定義しどう限定するかにかかわる。それをせまく登場人物たちの活躍する世界にだけ限定してかんがえるのなら、最外縁部の発話主体の属する世界を「物語世界外」といってしまってもよいかもしれない。だが、わたくしは「作中世界」を、作品によって開示されたすべての次元をさすものとかんがえてきた。だからこそ、「作中主体」とか「作中の〈われ〉」という用語をもちいてきたのだが、たしかに「作中」ということばはかならずしも適当ではないのかもしれない。最外縁部の発話主体の属する世界もふくめた全体を、「作品世界」とでもなづけ、登場人物たちの活躍する「作中世界」と区別しておくべきかもしれない。だとすれば、「作中主体」という用語の使用にも慎重でなければならなくなる。

さきにも指摘しておいたように、物語文学研究にあっては、いわゆる「草子地」論の伝統がこうした問題への関心をふかめてきた。そのなかで、「作中場面」と「語り場面」とを区別するみかた(小西一九六七、根来一九六七など)が提起されているが、その「作中場面」というのがほぼ狭義の「作中世界」にあたろう。そして、「語り場面」というのが、わたくしのいう「作品世界の最外縁部」にあたるとみうる。「語り場面」は単純な一層構造のばあいもあれば、複雑な多層構造をとるばあいもある。「最外縁部」といったのは、それを意識したもので、和歌作品、とりわけ万葉歌のばあいにはほとんど考慮する必要はないのだが、慎重を期してそう定義しておく。

さて、もとにもどって、作品世界の最外縁部に位置して、特権的に発話行為をおこなっている主体をなんとよべばよいか。要するにそれは、作品世界の最外縁部におけるわたしなのだ。だから、それをそのまま用語としてもちいることもかんがえられる。現にわたくし自身、さきにものべたように、「作中の〈われ〉」といった表現をつかってみたこともある。だが、これにも問題がある。ひとつはすでにのべた、「作中(世界)」の定義の問題だが、もうひとつは、〈われ〉のたちあらわれかたの問題にかかわる。〈われ〉は、きわめて禁欲的な自己表示にとどまるばあいから、逆にきわめて自己顕示的にふるまう段階まで、さまざまなかたちで作中世界にたちあらわれる。それらに対しひとしなみに、「作中の〈われ〉」という用語をもちいたばあい、顕在化している〈われ〉のみをさすような誤解が生じかねないのではないか。こうなると、微妙なずれや無用の誤解をさけるためにも、むしろまったくあたらしい用語——たとえば「提示者」など——を使用してみたい誘惑にかられるが、やはりそれではいたずらに選択肢をひとつふやすだけの結果になりかねない。

ここではあえて「語り手」という用語を採用しようとおもう。すでに一部の論文においてわたくしはこの語を採用してきた。これにはしかし、いままであげた用語以上におおきな反発が感じられるかもしれない。和歌の問題をあつかうのに、「語り」という語をもちいることに対する違和感が生ずるとおもわれるからだ。現に、太田豊明からは、この語に対してあからさまに「抵抗を感ずる」との意見も表明されている(太田二〇〇〇)。

それならば、「歌い手」とでもすればよいか。だがそれでは、「詠歌主体」とおなじことになってしまいかねない。実態論にあしをすくわれてしまうおそれがおおきいのだ。それに、わたくしはこれを、あくまでも表現一般に通用するものとして措定したいとおもう。和歌だけ、あるいは万葉歌だけにまにあわせる概念にとどめたくない。だとすれば、ナラトロジーの用語としてともかくも一般性をみとめられている(かならずしもニュートラルなことばともいえないかもしれないし、またその概念をめぐって微妙な差異が生じていることもたしかだが)

「語り手」の語をもちいるのが、現時点では最善の方法なのではないだろうか。

この、「語り手」を分析の視点（支点）とする、という本書の方法に対しては、つぎのような批判が予想される——屏風歌や題詠の方法の発達した平安時代ならばともかく、人麻呂をはじめ万葉時代の歌人は、「語り手」あるいは「語り」などということは毫も意識することがなかった、したがって、このような分析はそもそも無意味だ、と。だが、このような主張は、二重の意味であやまっているといわなければならない。第一に、これはいうまでもないことだとおもうが、作家が意識してもちいたことかどうかは、作品の分析方法の有効性とは——すくなくとも直接には——かかわらない。分析の主体はあくまでもよみてのがわにある、というのが本書のよってたつたちばだといっておきたい。もっとも、だからといって、かつていわゆる「分析批評」がはたじるしとしてかかげた「インテンショナル・ファラシー」のような主張を、いまさらふりまわす時代錯誤をおかすつもりはない。ただ、そもそも、作家がこう意図した、ああかんがえた、といったこと自体、すくなくとも古典文学の世界では、作品そのもの、その表現のありようからみちびかれたひとつのフィクションにすぎない。つまり、わたくしたちにできることといえば、作品そのものの解読を通じて作者（むろんそれは実体的な作家ではなく、機能としてのそれだが）の意図をできるかぎり正確によみとること、ぐらいのものだ。そして第二に、そもそも批判者たちが前提として依拠している認識自体、正当なものなのだろうか。すなわち、「語り手」「語り」は、本当に万葉歌人たちにはまだ意識化されていなかったのだろうか。万葉歌人が〈われ〉としてうたうばあい、つねにそれは等身大のかれ自身のことだったのだろうか？　そこにはいささかのフィクションも生ずる余地はなかったのだろうか——そんなことは到底信ずるわけにはいかない。

人麻呂の時代までに、「語り手」「語り」の問題は歌人たちに十分に意識されるべき問題として日程にのぼせられていたとみてよい。その軌跡をおおまかにたどってみよう。まずはじまりの状況を想定してみる。うたの原初的な状態として、共同体の祭式の歌謡を仮定してみよう。そこでは、うたは個人にでなく共同体に属し、その成員全体によって共有されていた。うたはかならず目的と機能とをせおい、共同体の祭儀の〈場〉において提供・享受された。そしてうたうものたちにとっては、それはいうまでもなく〈われ〉のうたにほかならなかった。すなわち、この段階にあっては、うたの発話の主体(「語り手」)と実際のうたいてたちとのあいだには、意識のうえで乖離というものがまったく存在しないといってよいだろう。

変化は、共同体の歌謡が王権のもとに管理され、宮廷社会に供されるべきものとなった時点でおきる。そこでは、うたは支配者の権力のよりどころのひとつとして機能することになる。その過程で、うたを専門的に管理するものがうまれる。専門歌人の先蹤だ。やがて、「書く」うたが口誦のうたの背後からおこってくる。それは「作者」という意識をつくりだすだろう。一方でうたは、背景をなす祭式や儀礼から分離するなかで、うたわれることそのものにおいてたもちえた権威=呪性を保持することがむずかしくなり、あらたな種類の権威をもとめて、ものがたり(所伝・由縁譚)と結合しはじめる。口誦のうたははじめから由縁譚をともなっていた、という主張はおおくの研究者のみとめるところだが、実のところひとつの幻想にすぎない。うたがものがたりと結合するばあい、もっとも単純なしかたでは、ものがたりの登場人物のうたったものとしてよそおわれる。うたはその登場人物(おおくものがたりの中心をになうべき人物)の内面をかたるものとして機能しはじめる。

はじめにのべた王権とのかかわりについていえば、そのような状況のもとに、代作的な機構が成立する。その一方で、うたとものがたりの結合の問題は、当然のこと、フィクション性をもたらすことになる。ここでは、さきにもすこしふれておいたが、〈代作〉性の問題を中心にみていくことにしよう。とはいえ、この件に関しては、身﨑一九九八でのべたところだ。したがっていまは、「語り手」の問題にかかわる範囲で簡単にのべるにとどめる。初期万葉時代の代作の存在をめぐっては賛否両論が対立しているが、わたくしは「古代的代作」の存在をみとめる。「古代的」というのは、当然のことながらこの時代の代作が、近・現代的な意味での代作とはことなる面を有するからだ。具体的にいえば、古代的代作はつぎのような要素からうみだされている。

①座の中心人物(天皇その他)のたちばにおいて、その人物になりかわり

②ただし、その人物の個別の意志・感情ではなく座の共通感情を集約するかたちで

③専門的な歌人がうたう

専門歌人とは、このような機構のなかに出現したもので、その嚆矢は額田王だった、というのが前著の趣旨だった。このばあい、うたわれる意志・感情は、座の中心人物のものでありつつ、全体の共通の意志・感情でもあり、そして当然のことながらそれは専門歌人にも共有されるものだから、現代の代作者のように自己と表現されるものとのあいだの決定的な矛盾にさいなまれる、というようなことにはならなかっただろうが、それでも、代作の経験は、専門歌人に〈われ〉の認識をあらたにさせる契機にはなっただろうし、享受者のがわもまた、形式上の「作者」(座の中心人物)と実質的な制作者(専門歌人)、さらにはその〈場〉につどう集団とのあいだの分裂に気づかずにはいなかっただろう。こうした代作の経験のなかで、なまみの〈われ〉の表出とはことなる「語り手」を設定するという方法が意識化されていったのではないだろうか。

同様のことは、もちろん、ある意味でより直接的なかたちで、いわゆる「歌謡物語」などのフィクションの制作者によっても経験されていただろう。だが、三人称の客観的な「語り」をともなう点において、これらのフィクションのばあいは、かえって〈われ〉の意識が先鋭化することをさまたげたということもできそうだ。それはさておき、ここで想起しておきたいことは、旧著(身﨑一九九四)にものべたところだが、第一に、ほかならぬ柿本人麻呂自身、その宮廷歌人としての出発にあたって代作を経験していたことが推測されること(第二章「初期宮廷挽歌の様相」――これについては、本書第二章でふれる)、第二に、かれの私的挽歌系列の最初の作品と目されるいわゆる「献呈挽歌」(2・一九四、五)が、まさに代作的な制作背景をもつこと、だ(これについても旧著第四章「殯宮挽歌の達成」であつかっているが、本書第三章であらためて検討することにしたい)。

以上の考察からいえることは、柿本人麻呂という歌人は、制作にあたってなまみの自己と作中の〈われ〉すなわち「語り手」とを、さまざまな距離においてとらえることに十分に意識的だったということだ。通説的な理解はその意味でもただしくないというべきだろう。

5　時間と空間

つぎに、いま・ここ、すなわち時間と空間についてまとめて考察しておく。時間と空間と、このことなるふたつをひとつにあつかうことには無理があるようにもおもわれる。また実際に、万葉歌について、あるいは人麻呂の作品について、空間の観点から考察するというような視点は、部分的な考察においてはともかく、中心的な方法としてはいまなお一般化しているとはいえない。それに対して、時間の問題は従来もしばしばとりあげられてきた(ただし、そのとりあげかた自体は、本書でこれから論じていくようなものとはことなっている。そのことについてはのちにのべる)。したがって、その意味からも時間の問題と空間の問題とはきりはなして別個に考察するべきものなのかもしれない。しかしながら一方で、あるばあいには時間と空間とはわかちがたくむすびついている。いちばんわかりやすい例は、ひとつの作品、または作品群のなかで、ある人物(「語り手」もふくめ)の行動が、空間移動をともなってかたられていくようなばあいで、このばあい、かならず時間の推移がともなう。これを、多少問題はあるが「叙事的」な表現ということもできるだろう。もちろん、表現において、時間の推移が空間移動をともなわないばあいがあり、反対に、空間の変化がかならずしも時間の推移をともなわないばあいもある。前者はいわば定点観測的な表現のばあいであり、それに対して後者は、同時並行的にふたつ(以上)の空間がえがきだされるようなばあいだ。しかし、こうしたケースは古代和歌のありようとしては例外的なものとみなせるだろう。実際の作品にあっては、これらの状況が複雑にからみあっていたりして、単純なふわけは不可能だが、趨勢としては、時間の推移に空間の変化がともなう事例が圧倒的におおいということはいえそうだ。

したがって、作品分析に際しても、時間と空間とをあわせて考察しないわけにはいかないケースがおおい。むろんそうではあっても、ある作品の分析にあってはもっぱら時間構造の観点からの分析が有効であり、また一方ある種の作品では、主要な分析の観点はむしろ空間的な配置の問題だったりする。だが、それらのケースもふくめて、時間・空間をひとつにまとめて考察することは不可能ではないし、むしろ積極的に推進するべき方法ではないだろうかとかんがえる。以下の各章では、「語り手」の観点とともに、作品の質に応じて時空の観点を別々にとりあげたり、ともにあつかったりすることになるだろう。

なお、さきにものべたように、先行の諸研究のなかでも、空間の視点はさておき、時間の問題をあつかったものはかならずしもすくないとはいえない。問題はその内実だ。それらはおおく万葉歌人、たとえば人麻呂の時間意識のありようを、作品の表現を通じてとおうとするものだ。いわばそれは、作品を通じての精神史的な考察をめざすものということになろうか。そうした研究の、すでに評価のさだまったすぐれた成果として、たとえば平野一九七三や永藤一九七九、それに条川一九七三(条川にはこのほかにも諸歌人の時間意識にせまった一連の論文がある)、また近年でいえば、森一九八九や伊藤益一九九〇などにも、そうした観点からの有益な考察がおおくみられる。したがって、このような意味での「時間」論は、万葉研究の世界でもけっしてめあたらしいものとはいえない。それに対して、本書がとろうとするたちば・視点は、まったくといってよいほどことなる。また事実、そうした観点から万葉歌を論ずることは、「空間」論ほどではないにせよ、いまだ一般化した方法とはいえないようにおもわれる。

ここで問題にしようとおもうのは、人麻呂の作品では時間という要素がどのように設定されているのか――作品世界にどのような時間がながれているのか、また、それが作品世界になにをもたらしているのか――ということだ。つまり、ここであつかうのは、作品をとおしてうかがわれる歌人の「時間意識」――時間というものをどう対象化しているか――ではなく、作品の「時間(の)表現」あるいは「時間構造」そのものの問題、いわば「方法としての時間」の問題なのだ。いうまでもなく、「方法としての時間」は、まちがいなく「時間意識」によってうらうちされている。だからこのふたつは無関係ではありえない。したがって、「方法としての時間」をとうためには、その前提として「時間意識」についての考察がかかせない、また逆に、「時間意識」のありようは「時間表現」の分析を通じてこそ確実なものとなる。現に、さきに列挙した「時間意識」に関する諸研究は、しばしばすすんで作品の時間構造そのものの分析をこころみている。

しかしながら、本書では、「時間意識」についての考察は前掲の諸研究にゆだねて、もっぱら「方法としての時間」に照明をあてていこうとおもう。「時間意識」についての考察を徹底させようとおもえば、ことはもはや前掲の諸研究にとどまりえず、宗教史学や文化人類学の見地からの、たとえばエリアーデ一九五七(邦訳一九六九)や真木一九八一、そしてその真木が参照しているリーチ一九六一(邦訳一九九〇)などひろい視野からの時間論の著作、ひいてはミンコフスキー一九三三(邦訳Ⅰ一九七二、Ⅱ一九七三)、そしてさらにそこからさかのぼって、ベルクソン、ハイデガー、はてはアウグスティヌス以前へと、古典古代以来のいわゆる「時間の哲学」のそれこそ膨大な諸業績へと、際限もなくひろげていかざるをえない。それらの内容を的確に紹介することは、到底わたくしなどのよくするところではないし、またそれは本書の内容をいたずらに拡散させることにもなろう。

一方、「方法としての時間」の視点からのアプローチは、万葉研究のなかでみても、いまだ十分に認知されてはいない状況だ。自覚的にそうしたたちばに固執した表現研究は、ごく少数だ。だからこそ、本書はあえてそこから人麻呂の表現の方法的核心のひとつにせまっていこうとおもう。

いまはもっぱら時間についてのみわたしてきたが、空間論についてもほぼ同様のことをいわねばならない。つまり、ここで分析対象とするのは、人麻呂の作品をとおしてうかがわれる人麻呂の「空間認識」ではない。人麻呂の作品では空間という要素がどのように設定されているのか——作品世界はどのような空間によって構成されているのか、また、それが作品世界をどう規定しているのか——ということが検討される。すなわち、これを時間論のばあいにならっていうなら、「方法としての空間」ということにでもなろうか。したがって、ここではたとえばボルノー一九六三(邦訳一九七八)などからまなばれるべき空間認識に関する論議にもまた、ほとんどあいわたることがない。

くりかえしになるが、本書でみていくのは、人麻呂の作品世界(作中世界)がどのような時空の構造によってささえられているのか、それによって人麻呂の作品は表現においてなにを達成しえているのか、ということだ。さてしかし、時空についてみるということは、「語り手」の問題ともわかちがたくむすびついている。作品のなかの時間や空間は「語り手」の位置・視座によって規定されるものだからだ。ただしそれは、もっぱら「語り手」の位置=いま・ここのみをかんがえるということではない。たしかに、すぐのちにもみるように、表現史の始源にあっては、まさにいま・ここ・わたしによるいま・ここ・わたしについての表現のみがありえたと想像できる。しかし、やがて、ひとは、いまではない・ここではない・わたしではないことがらについてかたり、うたえるようになった。時空についていうと、いつか(過去、または未来)どこかでのできごとについての表現がなされるようになったわけだ。そうすると、ここに作品分析のための視点が生ずることになる——ある表現の分節において、「語り手」のいま・ここがどのようなものなのか、そして、作品世界全体の時空がそれとどのような関係(複数または単数の)のもとにおかれることになるのか。

わかりにくいいいかたをしたが、要するに、あることがらを現在のこととして表現するのか、それとも過去や未来のこととして表現するのか、あるいは、眼前のできごととしてえがくのか、想像としてえがくのか、さらにそれらがひとつの表現のまとまり=作品世界においてどのような推移をみせるか、といったことだ。そのことがなぜ重要なのかといえば、時間や空間をどのようにえがくかということは、むろん作品外の事実によって規制される面もちいさくはないが、それよりも、作品のモチーフ、ひいては主題のありどころを端的にしめすものなのかもしれないからだ。

さて、人麻呂の作品における時空の問題をとりあげるにあたっては、表現史における人麻呂以前の段階について一瞥をあたえておく必要がある。そのことを通じて、時空表現において人麻呂がなにを前代からうけつぎ、またなにをうしない、そしてなにを創造していったかという問題設定の輪郭があきらかにされるだろう。

はじめに、古代宮廷歌謡における時空の表現についてみていくことにしよう。それらは一般に、「記紀歌謡」とよびならわされているうたうたにふくまれていて、おそらくは古代民謡を母体としつつ、宮廷社会の成立にともなってそこに形成され伝承された、呪的・儀礼的性格を多分にふくんだ歌謡をさす。その代表的なものが「宮廷寿歌」といわれる類の歌謡だ。むろん、「記紀歌謡」のすべてが宮廷歌謡とはいいがたい。なかにはものがたりのために制作された、いわゆる「物語歌」的な性格のうたもすくなからずふくまれているからだが、それはともかくとして、この宮廷歌謡の性格をかんがえるにあたっては、それが日常のことばの次元とはことなる祭式のことばの論理によってかたちづくられているという点に注目しなければならない。さきほどは省略したが、宗教史学や文化人類学の知見によれば、日常の時間・空間と祭式のそれらとのあいだには、容易にはこえられない懸隔が存在する。そこで、祭式のことばによるうたは、ほぼそのまま、祭式それ自体の時間・空間の性格のありように規定されることになる。そこでは日常的な時間・空間の廃棄、「始源」への回帰がはかられる。そのとき、時間と空間とは永遠のいま・こことして固定される。たとえばそこでは、将来への期待などもまさしく現在形においてうたわれる。しばしば「予祝」という概念によって説明されるものが、まさにそれにあたる。

具体例をみよう。ここではつぎの「初期万葉」のばあいと比較できるようにするためにも、いわゆる「国見歌」を例としてあげることにする。

①其幸行而、到能煩野之時、思國以歌曰、

倭は　国のまほろば　たたなづく青垣　山隠れる　倭しうるはし　（景行記）

②一時、天皇越幸近淡海國之時、御立宇遅野上、望葛野歌曰、

千葉の　葛野を見れば　百千足る　家庭も見ゆ　国の秀も見ゆ　（応神記）

③於是、天皇戀其黒日賣、欺大后曰、「欲見淡道嶋」而、幸行之時、坐淡道嶋、遙望歌曰、

おしてるや　難波の崎よ　出で立ちて　我が国見れば　淡島　おのごろ島　あぢまさの　島も見ゆ　さけつ島見ゆ　（仁徳記）

①や②は、ほとんど時空の展開を表示しない。ほぼ静止画面のおもむきといってもよいだろう。②ではそれでも「家庭も見ゆ国の秀も見ゆ」といったあたりに、時空の変化が感じとられるかもしれないが、そこに視線（まなざす方向）の変化はあっても視点（「語り手」の位置）の変化はとぼしい。それにくらべて、③になると、相対的なちがいではあるが、

おしてるや　難波の崎よ　出で立ちて　我が国見れば

というあたりに、空間移動の要素や時間的な要素がくわわってきていることは否定できないかもしれない。しかしそれはいまだ比較的ちいさな移動・経過にとどまっていて、いま・ここというわくぐみをおびやかすようなレベルに達しているとはいえない。

ここで注意しておくべきことは、この時代といえども、おそらく日常の言語生活にあっては、過去や未来について言及するすべをしらないわけではなかっただろうし、ここではない空間に関する表現も獲得されてはいただろう、という点だ。逆にいうなら、うたの表現について、それをそのまま、意識の水準をはかるバロメーターとしてもちいるような発想には、あやまりが生じかねないことを指摘しておかなければならないだろう。

つぎはいわゆる「初期万葉」段階での状況だ。ここではまず、儀礼的な宮廷歌の変容が確認されねばならない。ここでもはなしを抽象論でおわらせないために、「舒明国見歌」を例として、この問題について考察しておこう。

天皇登香具山望國之時御製歌

倭には　群山《むら》有りと　とりよろふ　天《あめ》の香具山　登り立ち　国見をすれば　国原は　煙りたつたつ　海原は　鷗《かまめ》たつたつ　うまし国ぞ　あきづ島　倭の国は　（1・二）

このうたの原型が、さきに瞥見しておいた宮廷儀礼歌の一典型としての「国見歌」に発することはまちがいない。しかしながら、のちにものべるように、時空の構造の面でこの歌は「国見歌」をのりこえてしまっているところがある。とりわけ空間性の面において、この歌には画期性が検出できるだろう。それにくらべると、時間性の面においては格別の変化はおこっていないようにもおもわれる。前掲の諸作品とくらべても、さしておきな懸隔はないようにみえるかもしれない。だがそうした分析はかならずしも十分なものとはいえない。

それならば、それらの宮廷歌謡と「舒明国見歌」とでは、具体的にどのような点でことなっているといえるだろうか。しばらくその表現をおってみよう。

倭には　群山有りと　とりよろふ　天の香具山

といううたいだしは、どのような地点からのまなざしによるものだろうか、あるいは、「語り手」はいまどこにいるのか。「天の香具山」が、「倭国原」をかこむようにつらなる「群山」を周囲にしたがえめぐらせている、という表現からして、「語り手」は「天の香具山」と「群山」の両者をともに視野にいれることのできる位置にいるとかんがえることができるだろう。このばあいもっとも自然な想定としては、「語り手」は平地――おそらくは香具山のふもとの――にいて、香具山と、平野の周囲のやまなみとをみわたしている。しかし、つぎに「登り立ち国見をすれば」という行動がえがかれ、「語り手」の位置は山麓から山頂へと移動する。「国原は煙りたつたつ」「海原は鷗たつたつ」という景は、現実であれ幻想であれ、香具山の頂上にたつ「語り手」によってみわたされるところの景だ。たしかに、このうたの終局部の「うまし国ぞあきづ島倭の国は」は、典型的な予祝、すなわち儀礼歌の表現にとどまっているが、その呪詞的な断定は、国見歌的宮廷歌謡にあるように無前提に存在するものではなく、あくまでも「語り手」の行動によっていわば獲得されたものだという点が、このうたを宮廷儀礼歌謡からへだたらせている。そればかりではない。ここでは、みじかい長歌形式のなかで、「見る」位置と「見られる」景とが明白に変化している。そして重要なことは、ここでの空間の変化はあきらかに時間の経過をともなっているということだ。その点がさきにあげた①②さらには③などともはっきりことなるところで、あえていえば、祭式のうたの無時間的な性格を、このうたはもはやふりすてている(なお、この作品のかかる画期性をはやくに指摘したものとして杉山一九七〇があり、参考になる)。

このように、初期万葉といわれる時期には儀礼的な宮廷歌にも変容がみられるのだが、そうしたあたらしいうたの可能性は、当然のことながら非儀礼的な局面において、よりいっそうおしすすめられる。ここでは、前著でもとりあげたところだが、額田王の作品を例として、その様相をみていくことにしよう。ただしここでも、前著の内容との重複をさける意味からも、時空の問題のみを、なるべく簡潔にとりまとめることをむねとしたい。

「宇治のみやこのうた」(1・七)では、うたわれるときもところも、いま・ここととはことなっている。そして作品の眼目はといえば、それが回想を中心としたうただということだ。しかしただ回想をうたうというだけならば、記紀のうたのなかにもそれはみとめられる。このうたの回想の質のあたらしさは、まずそれが、だれかしら「語り手」のおもう人物＝他者を対象とするものではなく、自己の経験そのものに収斂するところの回想だ、というところだ。そしてつぎに、このうたの回想が、それのみで完結せずに、「思ほゆ」という語句によってしめくくられている点が注目される。それは、回想の対象(過去)と回想という行為(現在)とをともにひとつの経験として把握していることをしめす表現だ。そのことを通じて、自己が対象化され、ひいては、過去(と現在)自体が対象化されることになる。いわば、この表現を通じて真の意味での「時間の発見」がなされたといってよい。

額田王の代表作ともいうべき「熟田津のうた」(1・八)のばあいはどうか。この作品の眼目はもっぱら時間の立体的な把握という面にみられるとおもう。短歌形式のなかに、熟田津の地で「月(の出)」をまっていたときの経過(過去)、「月の出」と「潮時」(現在)、「出航」へとむかうこころ(未来)——この三者がみごとに封じこめられている。

ついでのことに、額田王の作品をはなれて、中大兄の作とされるいわゆる「三山歌」の第二の反歌(1・一五)の様相をみておこう。

わたつみの　豊旗雲に　入り日見し　今宵の月よ　さやに明けこそ

この作品の制作背景等にはここではいっさいふれないことにする。また、三句め「伊理比弥之」については、本文整定や訓詁注釈の点で論議のかまびすしいこともよくしられている。ここでは、元暦校本・類聚古集にしたがい、みぎのように解しておく。さらに、五句めが難訓句だということもいうまでもないが、ここではみぎのようによんで、「明日はさわやかな夜明けをむかえたい」と解しておく。そうすると、ここには、「熟田津のうた」のばあいときわめて類似した時間把握が表明されていることが理解されよう。すなわちこの一首には、「入り日」をみたというちかい過去の経験がまずかたられ、ついで「今宵の月よ」によって、現在のときが暗黙のうちにしめされ、最後に、「さやに明けこそ」に、ちかい未来への希求が表明される。すなわち、そこには時間の立体的な把握が実現されているのをみることができるのだ。

ところで、額田王の作品のなかでも、「三輪山のうた」は、以上の作品どもにくらべて、よりいろこく祭式的・儀礼的要素を背景にもつうただとおもわれる。だが、ここにも、時間・空間の双方について注目すべき現象がみられる。この作品についても簡単にみておくことにしよう。

額田王下近江國時作歌井戸王即和歌

うまさけ　三輪の山　あをによし　奈良の山の　山の際に　い隠るまで　道の隈　い積もるまでに　つばらにも　見つつ行かむを　しばしばも　見放けむ山を　心なく　雲の　隠さふべしや

反歌

三輪山を　しかも隠すか　雲だにも　心あらなも　隠さふべしや　（1・一七、一八）

ここで注目すべきこととは、ひとことでいえば時空のさきどり、とあらわせるだろう。このうたは、天智六年(六六七)三月の近江遷都に際し、「大和」のいわば「国霊」のしずまるところともいうべき三輪山の近傍でいとなまれた、慰撫・鎮魂のためのうたの座に供されたものとおぼしい。ところが、歌中では、

あをによし　奈良の山の　山の際に　い隠るまで　道の隈　い積もるまでに　つばらにも　見つつ行かむをというふうに、これからたどることになる行程、すなわち時間と空間とをさきどりして、ただしそれを未来のこととしてえがいている。むろんそれは、宮廷寿歌にはありえなかった表現だ。おなじく初期万葉といっても、舒明朝と、天智朝(近江朝)とでは、儀礼的な要素のしめる位置に変化がおこったこともいなめないだろう。

以上、初期万葉時代における時空の表現について、額田王のばあいを例として概観してきた。宮廷寿歌の単純な、というより原始的な時空表現から、それらはあきらかに一歩をふみだしつつある。このことは、現実のレベルでいうと、この時期すでに不可逆的な「流れる」時間を分節化し計量する制度が中国から導入されていたことと無関係ではありえないだろう。すなわち、斉明六年(六六〇)五月に、漏刻の設置が実現している。それはまさに、「民をして時を知らしむ」るためのものだった。

しかしながら、額田王によって代表される初期万葉の表現意識は、時空を操作し、そこに作品世界を積極的に開示する、というところまではいまだ到達していないようだ。

そうしたいとなみを可能にする時空意識のふかまりは、一般的にいってある種の断絶、あるいは飛躍を経験することによってもたらされるだろう。このばあいそれは、壬申の乱という未曽有の内乱によってもたらされた。この内乱は、日本の古代国家の成立過程における確実な新段階をひらいたものといえるだろう。さらに近年では、天武「新王朝」論も提起されている。このような状況のなかで、それまでとはことなる時間意識がはぐくまれて

いった。それは時間意識というより、むしろ歴史意識というべきものなのかもしれない。人麻呂の作品に即して、その歴史意識の形成を究明しようとのこころみはすくなくない。前掲の平野や真木の著も、「近江荒都歌」(1・二九〜三一)についてそうした観点から論じている。この作品に関しては本書でも、のち(第八章)に考察をこころみようとおもう。

以上、本書の分析の視点・方法についてのべた。以下、第一部では人麻呂の挽歌作品を、第二部では雑歌・相聞歌を、それぞれとりあげて論じていく。

第一部

さて、実際に人麻呂の作品についてその時間・空間そして「語り手」のありようを分析していくわけだが、どのような作品系列からとりあげていくべきだろうか。時間や空間の問題も「語り手」の設定にともなって問題化するばあいがすくなくないことから、ここではとくに「語り手」の問題に即してかんがえてみよう。

「語り手」の問題が顕在化しやすい作品という点からは、多少なりとも叙事性、ひいては虚構性を有する可能性のたかい作品を対象とすることがかんがえられる。具体的にいえば、そうした叙事性・虚構性をになうやすい形式、すなわち単純な形式の作品——たとえば短歌一首からなるものなど——ではなく、長歌作品や、短歌連作的な構成を有する作品ということになろうか。

この第一部では、そうした形式の作品のなかから、まず挽歌作品をえらんで検討していく。なぜ挽歌をえらぶのか。それは、旧著(身﨑一九九四)でもみたように、またつぎにのべるように、さらにはまた、個々の作品に即して確認するように、挽歌作品においてしばしば、近親者の死者に対する哀悼の情=「しのひ」の表出という挽歌の本質と、実際の制作者(おおく専門歌人、いまのばあいいうまでもなく人麻呂)の存在とのあいだに、深刻な矛盾が惹起されるからだ。さらに、「宮廷挽歌」などとよばれる、公的性格のつよいものになると、そこには前二者以外に、宮廷人のありうべき「共通感情」という第三の要素がくわわる。この問題は挽歌における抒情の実現の方法におおきなかげをなげかけることになるだろう。

そうした問題とかかわって、作品における「語り手」の設定のしかた、時間・空間の構成にさまざまなこころみがなされているさまを、わたくしたちは個々の挽歌作品にみていくことになるだろう。

そこで、人麻呂の挽歌作品における「語り手」および時空の様相をみていく前提として、ここでは特に挽歌の「語り手」の問題について、旧著にのべておいたことではあるけれど、もう一度概観しておくことにしたい。

挽歌は、死者への「しのひ」のうただ。その原核は死者の近親者すなわち肉親・配偶者などの、死者に対する哀惜(哀悼)の感情を、かれら自身のたちばで表明したものだ。むろん、これは挽歌の歴史(起源)の実態とは一応別の問題だということをいっておかなければならないだろうが、ともかく、挽歌的抒情の中核にあるのは近親者による「しのひ」だと規定しておくことにする。

ところが、実際には、挽歌の歴史はそうした挽歌的抒情の単線的な成長・進化というかたちをとらなかった。公的・儀礼的な挽歌、いわゆる「宮廷挽歌」の展開という問題がそこにたちはだかる。「宮廷挽歌」は、公人としての死者を公的に哀悼することをむねとする挽歌だ。いたまれるべき死者は天皇、そして皇子皇女などの高位者で、その死を、宮廷人のありうべき共通感情という点からいたむものだ。歴史的にみれば、それは古代国家形成期に王権の伸長とてをたずさえて発展したもので、きわめて歴史的・限定的な存在だったといってよい。したがって、文芸における政治の季節の終焉とともに、挽歌はもとのみちすじにかえっていくのだが、それはともかくとして、それらの宮廷挽歌の制作は、おおく専門歌人のてにゆだねられた。本来的な挽歌的抒情のにないてと実質的な制作者との乖離にくわえて、歌人が宮廷人の共通感情を代弁することを要求される事態が、そこにおこるわけで、歌人は複雑な条件のもとで挽歌的抒情の実現につとめることになる。

それならば、非公的・非儀礼的な挽歌にあってはなんの問題もおこらないかといえば、それもそうはいかない。「作品」としての演練(演出)の問題がそこにからんでくるばあいがある。挽歌はしばしば個人的・私的な「しのひ」のうたという原態をはなれて、享受の対象とされるにいたる。そうなったとき、そこにフィクショナルな要素がしのびこんでくることはさけられない。そしてここにも作家と死者およびその近親者との距離、そして「作者」と「語り手」との問題が生じてくる。斎藤茂吉が

どうしてこんなに自分の悲嘆として表現出来るか、このやうに気乗がして精根を盡すことが出来るか、これ等のことも作歌実行の問題として考へると決して軽い問題ではないと思ふのである。

(『柿本人麿　評釈篇』「吉備津采女挽歌」の条)

といぶかった、その「作歌実行の問題」の中心に、わたくしは「語り手」の問題があったとおもう。

柿本人麻呂は、専門歌人として、一方で宮廷挽歌の制作に従事し、他方、宮廷社会に提供すべく、私的な題材の挽歌を制作した。そしてそのいずれの領域においても、それぞれの対象にふさわしい挽歌的抒情を実現している。当事者＝死者の近親者ではない作家が、「しのひ」の抒情を欠落させることなく、しかもその挽歌の目的、すなわち儀礼性や作品としての演練にかなう表現をあたえることには、非常な困難がともなう。それを克服するための、いわば「方法」として、表現技法の複雑化・多様化とともに採用されたのが、「語り手」の位置および作中世界の時空構造の設定、というものだったのではないか――これがこの第一部での主たる検討課題のひとつだ。

以下、はじめに公的・儀礼的な性格を有するいわゆる「宮廷挽歌」の類を考察し、つぎに私的な題材からなる作品をみていくという順序をとろうとおもうが、方法的な観点からいえば、どちらも共通のながれに属するもので、単に公・私という点からのみ両者を峻別することは妥当な処置とはいえない。むしろここでは、それが方法的な展開のながれにそったものとなっている、という点で、わずかにそうした順序の妥当性がみとめられるだろう。

第一章　「日並皇子挽歌」「高市皇子挽歌」

ここでは、「殯宮挽歌」とよびならわされてきた人麻呂の宮廷挽歌作品のうち、「日並皇子挽歌」と「高市皇子挽歌」とをひとまとめにして検討をくわえることにする。人麻呂作の殯宮挽歌にはもうひとつ、最後に制作された「明日香皇女挽歌」があるが、この作品のばあいは、いたまれるべき死者が女性だということ、しかも天智天皇の皇女だということがあって、皇位継承の問題からは完全に排除されている。そのことが挽歌制作においても、前二者と決定的にちがう方法をもたらすことになったとおもわれる。それは「献呈挽歌」にはじまる、のこされた配偶者と「語り手」との距離・角度のとりかたによって挽歌的抒情を確保しようという手法を中心とする、一連の作品系列のなかに位置づけられるだろう。よって、ここではそれをのぞいた二作品を一括してみていくことにする次第だ。

まず、「語り手」の問題についてまとめて考察しておこう。「語り手」の問題に関するかぎり、この両殯宮挽歌はほぼ等質のものといってさしつかえないし、その点からいえば、すでに旧著（身﨑一九九四）において、宮廷挽歌の表現の展開過程を検討した際に、この問題に実質的に言及している。したがって、ここでは旧著との重複をさける意味からも、両作品の「語り手」の問題については個別に分析することなく、まとめて概観しておいてさしつかえないとおもう。

両殯宮挽歌では、「我が大君」という慣用句を別にすれば、「語り手」は表現の表層に顕在化することがない。わずかに、「いかさまに思ほしめせか」（一六七）とか「かけて偲はむ」（一九九）とかいうような措辞に、そのようにうたがいいぶかる主体、意志を表出する主体としての「語り手」の存在が暗示されている、という程度だ。しかもそこに予想されるところの「語り手」＝〈われ〉は、作家に代置可能な個人というよりは、むしろかれをふくめた宮廷人の共通感情を代弁する役わりをはたしている。伊藤一九五七ａが「代表的感動」という定義づけによってあらわそうとしたところのもの、すなわち「宮人や遺族たちの悲嘆に作者人麻呂が共感し融けあう」と指摘されるような表出の方法は、こうした「語り手」のありように具現しているといえるだろう。

「語り手」の問題についてはこれくらいにとどめて、もうひとつの観点、時間や空間の様相の問題にうつろう。挽歌、とりわけいま検討の対象にしているような公的な性格のつよいそれのばあい、その本性からいって、一般につぎのようなことが予想される。公的な挽歌は

①死者の生前の功業、ありしひのおもかげの賞揚

②おもいがけぬ死の現実と悲嘆

③将来にわたる「しのひ」

という要素をそなえる。そしてこの三要素は、おおむねそのまま過去―現在―未来という時間軸のうえに排列されるだろうから、これらの挽歌作品はそうした時間のわくぐみにそった叙述の展開をみせるだろう、と。したがってここでは、時空のうちでもとくに「時間」の面からの考察を中心においていきたい。なお、おなじ殯宮挽歌でも、この二作品とはひきはなして、のち（第四章）に検討の対象とすることになる「明日香皇女挽歌」のばあ

いには、たしかに時間の要素が中心的な方法をになっているとはいえ、空間の問題もまた作品の構成におおきく寄与している側面がある。作品の制作意図――それは、主としていたまれるべき死者のいかんにかかわるだろう――によって、方法もそれぞれことなることのあらわれとみてよいだろう。

しかし、あらかじめいっておくなら、実際には、「未来」にむかってひらかれた叙述の構造は、公的性格の濃厚な宮廷挽歌の系列においても、はじめから構想されていたわけではない。のちにのべるように、これらの作品群に未来時間が導入されることになるのは、制作順でいうと第二の殯宮挽歌「高市皇子挽歌」からで、巻二の排列順ではこれにさきだつものの、制作年次からいうと最後の殯宮挽歌作品となった「明日香皇女挽歌」において、この方法は一応の完成をみることになる。

これにともなって注目されることは、殯宮挽歌などの公的挽歌が、その成立にあたっておおきな影響をこうむったとされる漢土の「誄」のばあい、過去(=世系や本人の治績)や現在(=死の事実の叙述)に比して、未来への言及はほとんどみられないといってよいかとおもう。古代日本でも、そのことはおおすじにおいてかわらない。たとえば、多少ながい引用になるが、宝亀二年(七七一)二月、左大臣藤原永手の薨去に際して発せられた宣命(五一詔、『続日本紀』三二)では、

大命に坐せ詔りたまはく、大臣、明日は参出来仕へむと待たひ賜ふ間に、休息まりて参出ます事は無くして、天皇が朝を置きて罷り退すと聞し看して思ほさく、およづれかも、たはことをかも云ふ。信にし有らば、仕へ奉りし太政官の政をば誰に任さしかも罷りいます。孰《たれ》に授けかも罷りいます。恨めしかも、悲しかも。朕が大臣、誰にかも我が語らひさけむ、孰にかも我が問ひさけむと、悔しみ惜しみ痛み酸《かな》しみ、大御泣哭かし坐すと詔りたまふ大命を宣る。悔しかも、惜しかも。今日よりは、大臣の奏したまひし政は聞看さずや成らむ、明日よりは、大臣の仕へ奉りし儀は看行《みそな》はさずや成らむ。日月累《かさな》り往くまにまに悲しき事のみし弥よ起こるべきかも、歳時積り往くまにまに寂しき事のみし弥よ益さるべきかも。朕が大臣、春秋の麗しき色

> をば誰と倶にかも見行はし弄び賜はむ、山川の浄き所をば孰と倶にかも見行はしあからへ賜はむと、歎き賜ひ憂ひ賜ひ大坐し坐すと詔りたまふ大命を宣る。みまし大臣の万の政惣《ふさ》ね以ちて怠り緩ふ事なく、曲げ傾くる事なく、王・臣等をも彼れ此れ別く心なく、普ねく平けく奏したまひ、公民の上をも広く厚く慈びて奏したまひし事、此れのみに在らず、天皇が朝を暫くの間も罷り出でて休息《やす》安もふ事なく、食す国の政の平善《なぐ》しく在るべき状をば、天の下の公民の息安まるべき事を旦夕夜日と云はず思ひ議り奏したまひ仕へ奉れば、款《いそ》しみ明らけみおだひしみ頼もしみ思ほしつつ大坐し坐す間に、忽ち朕が朝を離りて罷り通らしぬれば、言はむすべも無く、為むすべも知らに、悔やしび賜ひ詫び賜ひ大坐し坐すと詔りたまふ大命を宣る。また事別きて詔りたまはく、仕へ奉りし事広み厚み、みまし大臣の家の内の子等をもはぶり賜はず、失ひ賜はず、慈しび賜はむ、起こし賜はむ、温《たづ》ね賜はむ、人目《かへり》み賜はむ。みまし大臣の罷り道もうしろ軽く、心もおだひに念ひて平けく幸きく罷りとほらすべしと詔りたまふ大命を宣る。

というふうに、委曲をつくして死者を慰撫するが、未来にわたる「しのひ」にあたるようなくだりはみられない。ただし、「また事別きて詔りたまはく」以下のところでは、子孫に対する厚遇を約束するというかたちで未来に言及している。これに関連して、さかのぼって天平神護二年（七六六）の正月に、おなじ藤原永手が右大臣に任ぜられた際の宣命（四〇詔）には、かつて天智天皇が藤原鎌足の臨終に際してあたえたという「志乃比己止乃書」というものが引用されていて、そこには、

> 子孫の浄く明き心を以ちて朝廷に奉侍らむをば必ず治め賜はむ、其の継ぎは絶ち賜はじ

というふうに、その係累の未来にわたっての顕彰のことが勅されていたことがしられる。こうした事例にてらしてみるとき、誄や挽歌において、死者生前の事蹟や死への哀悼にくわえて、未来にわたる「しのひ」の叙述を付するのは、漢土の例にならったものというよりは、いわば日本的な創意がくわわったものというふうにもかんがえられよう。

ともあれ、以上にのべたような諸点に留意しつつ、まず、殯宮挽歌の最初の作品「日並皇子挽歌」からみていくことにしよう。

日並皇子尊殯宮之時柿本朝臣人麻呂作歌一首并短歌

天地の　初めの時の　ひさかたの　天の川原に　八百万　千万神の　神集ひ　集ひいまして　神はかりはかりし時に　天照らす　日女《ひるめ》の命　天をば　知らしめすと　葦原の　瑞穂の国を　天地の　寄り合ひの極み　知らしめす　神の命と　天雲の　八重かき分けて　神下し　いませまつりし　高照らす　日の皇子は　飛ぶ鳥の　浄御の宮に　神ながら　太敷きまして　天皇《すめろき》の　敷きます国と　天の原　岩戸を開き　神上がり　上がりいましぬ　我が大君　皇子の命の　天の下　知らしめす世は　春花の　貴からむと　望月の　たたはしけむと　天の下　四方の人の　大船の　思ひ頼みて　天つ水　仰ぎて待つに　いかさまに　思ほしめせかつれもなき　真弓の岡に　宮柱　太敷きいまし　みあらかを　高知りまして　朝言に　御言問はさず　日月の　まねくなりぬる　そこ故に　皇子の宮人　行くへ知らずも

反歌二首

ひさかたの　天見るごとく　仰ぎ見し　皇子の御門の　荒れまく惜しも

あかねさす　日は照らせれど　ぬばたまの　夜渡る月の　隠らく惜しも　（2・一六七〜一六九）

＊基本的に本文形のみを分析の対象とする本書の方針にしたがい、異文は省略した。

この作品の構成についてはさまざまなみかたがありうるだろうが、通常、長歌は「神上がり上がりいましぬ」ときれるところまでが前段、「我が大君皇子の命の」以下が後段、というふうに、二段構成とみられている。そのこと自体に異をとなえるわけではないが、いまは、もっぱら時間という要素でくぎって、反歌までもふくめた構成というものをかんがえてみると、おおよそ以下のようになるかとおもわれる。

①冒頭〜上がりいましぬ　——神話世界、始祖の降臨と帰天＝過去1

②我が大君〜仰ぎて待つに　——皇子登極への期待＝過去2

③いかさまに〜まねくなりぬる——皇子の死と殯宮鎮座＝過去3

④そこ故に〜行くへ知らずも　——悲嘆＝現在

⑤反歌1——宮の荒廃＝過去(〜未来)

⑥反歌2——悲嘆＝現在

通説でいえば長歌の①が前段、前半部ということになる。

以下、時間を中心にその内実をたしかめていこう。

①にかたられているのは、「飛ぶ鳥の浄御の宮」＝飛鳥浄御原宮にあって統治した天皇(「高照らす日の皇子」)すなわち天武の治績だ。その「日の皇子」は、天地初発のおりに、地上の支配者として、天上を支配する「天照らす日女の命」との分治をゆだねられた存在とされる。「天照らす」と「高照らす」との対比がその意図をよくつたえる。これをもうすこし合理化して説明的にいうと、代々の天皇はつねに初代の天孫ニニギと同格だという神話的あるいは大嘗祭的イデオロギーによって、こうした表現がささえられている、ということだろう。この①の段階、すなわち前段で、すでに草壁の死がかたられている——すなわち「高照らす日の皇子は〜神上がり上がりいましぬ」という、その「日の皇子」は草壁自身をさす(すくなくとも初案＝異文系の叙述はそれを意図している)、とみる説(村田一九九二など)もあるが、このみかたはとらない。そうしたみかたでは、この長歌の時間の構造に一貫性をもとめることができないのだ。

もうひとつ注意しておくなら、この部分の叙述は、あきらかに「神話的無時間」としての現在ではなく、歴史化した神話世界を過去としてとらえる方向をめざしているということだ。そしてそれは、のちにも確認するように、人麻呂作品において随所にみられるものだ。片言隻語をとらえて過剰な意味づけをするつもりはないが、そこにはようやく明確なかたちをとりはじめた「歴史意識」の反映がみてとれるのではないだろうか。

神話的始源からかたりおこしたこの作品は、ついで②において、その始祖「高照らす日の皇子」の衣鉢をついだ「我が大君」、すなわちこの挽歌の対象たる草壁へと叙述の対象をうつしていく。そこでは、草壁在世時の、その王権の正当なる後継者草壁によせられていた天下の期待が、「春花の」「望月の」「大船の」「天つ水」と、イメージゆたかな枕詞表現をたたみかけてかたられる。たしかにそれは、清水一九六五が批判していたように、草壁自身の功業とか治績といった具体的なものをなんらふくまない。だが、それだからといって、草壁の存在がこの作品において不当に矮小化されているとみるべきではもちろんない。むしろそれは十分に入念にえがきだされているというべきだろう。ただしそれは、①の叙述につづけられていることによって、草壁個人というよりも、あくまでも始祖天武の後継者としての存在をうかびあがらせる結果をもたらす。清水が批判していたのは、まさにそうしたえがきかた自体の問題なのではないだろうか。

①②と時間のながれをおってきた叙述は、③にいたって、ついにその王権の正当な後継者たるべき草壁の死をものがたる。①と②とのあいだには文脈のきれめがあったのに対して、②と③のあいだは、「仰ぎて待つに〜」と間然するところなくつづいていく。そしてここに三段階の過去が緊密な一体となって、王権の体現者草壁の死を印象づけることになる。

以上のような長歌のありようを、時間という側面からみたとき、どのような特徴がうかびあがってくるだろうか。ひとことでいうなら、この作品では過去に重心がおかれている、ということだろう。現在が過去に、そのつみかさなりによって規定されていることを、この構成はあからさまにものがたっている。それに比して、未来への志向はほとんどみられない。この作品でわずかに未来がかたられるのは、ひとつは②「我が大君〜仰ぎて待つに」のところで皇子登極への期待がのべられるところだが、いうまでもなくこの期待は実現しなかった。これが

「語り手」の現在時点にとって、真の、すなわち現実の時系列のなかでの未来でないことはあきらかだ。

ただ、反歌1(一六八)で、

ひさかたの　天見るごとく　仰ぎ見し　皇子の御門の　荒れまく惜しも

というふうに「御門」の荒廃を危惧する表現もまた、それにあたると一応はいえるだろう。しかし、まさにそれは危惧の表明であって、将来にわたる死者への「しのひ」をのべるといったようなものではない。この作品では、未来へのまなざしは基本的にとざされていて、過去と現在とだけが――とりわけ過去が――重要なのだ。

このような作品の時間のありようは、そのモチーフや、ひいては主題というものと密接にかかわることがらだとおもわれる。それはどういうことか。しばらく作品の表現自体の問題からはなれて、この作品の制作の背景となった歴史的事実にめをむけてみたい。天武天皇の死後、ただちに皇太子草壁の即位にいたらなかったとはいえ、持統の称制という形態は、あきらかに草壁の登極への布石だったにちがいない。にもかかわらず、草壁の早逝という事態は、持統の構想の頓挫をもたらした。しかしながら持統のつぎの目標は、はやくも直系の皇統の維持、すなわち草壁の遺児軽への皇位継承へとうつっていたとおもわれる。だがそのためにはまず、多少かげのうすい存在であったかもしれない草壁自身が、天武の唯一にして無二の正当な後継者だったことを、徹底して宮廷の内外にしらしめる必要があったろう。すでにその生前に、草壁は天武の殯宮儀礼の全般を統括・主宰するべく位置づけられていた。儀礼の中心、その頂点にはいつも草壁のすがたがあった。

作品の表現にもどろう。過去への志向――父祖へ、始源へと遡源することからはじめるこの作者の志向は、天武から草壁への王権の系譜を確認する意志につらぬかれたものだったといえるのではないか。さらにいえば、草壁の登極への期待を入念にえがき、ついでそのおもいがけぬ死と殯宮への鎮座とをも、句数をついやしてえがいているのは、草壁からさらにくだって、その王権のゆくえを確実に指示するための布石なのではないか。

だが、もしもそうならば、死者への顕彰＝「しのひ」がさらに未来にむかってえがかれることによって、それはさらに強化されることになるだろう。現に、作品外の現実において、草壁はやがて「岡宮天皇」として遇されることになる。だが、人麻呂の殯宮挽歌系列にあって、それがもっとも必要とされたであろうこの作品では、将来にわたる「しのひ」は実現していない。未来志向が「しのひ」の表現としてとりいれられるのは、さきにものべたように、つぎの「高市皇子挽歌」からで、殯宮挽歌系列では最後の「明日香皇女挽歌」において、それが完成するといってよい。このような展開がなにを意味するものなのか、しかしにわかにはこたえられない。それぞれの作品をよみといていく過程でかんがえる必要があるだろう。

分析がもっぱら時間の問題に終始してきたが、空間構造についてもひとことふれておいてから、「高市皇子挽歌」の検討にすすむことにする。といっても、この作品自体では、空間の要素は構成上にさして重要な寄与をしてはいない。あたかもそのことをおぎなうかのように、この殯宮挽歌につづいて排列され、制作事情等のレベルでこの作品との直接的な関連が指摘されている「舎人慟傷歌群」にあっては、時間とともに、あるいはそれ以上に、空間配置という要素が歌群の構成上、重要な意味をもつ。もっとも、この作品のこうした特徴についても、すでに前掲の旧著で言及しているので、ここでは空間論的な観点からのとらえなおしの概略のみをのべることにする。

渡瀬一九七一によれば、この「舎人慟傷歌群」は草壁の生前の居所たる「島の宮」と殯宮設営地たる「真弓の岡(佐田の岡)」との双方をこことして詠じられた小歌群の集積からなっているという。旧著にものべたように、そのここの認定をめぐっては、渡瀬の見解にかならずしもしたがえない部分もあるが、旧著では、基本的な把握としてはこの渡瀬の指摘にしたがうべきだとかんがえ、それをおのおのの歌群の制作・誦詠の〈場〉の問題とむすびつけて、主たる公表・誦詠の〈場〉を「島の宮」の方にもとめるたちばを表明した。ここではしかし、作品制作の次元にそれることなく、あくまでも作品世界の内部、その表現構造の問題として、すなわち作中のいま・

ここ自体をめぐる問題としてかんがえなおしてみる。

むろん、万葉集の記載によるかぎり、この慟傷歌群はあくまでも皇太子草壁につかえた「舎人等」によって制作されたものだ。だからこの歌群について穿鑿することは「人麻呂の方法」を追尋する本書の目的からは、いくぶんなりとよこみちにはずれるものということになるだろう。しかし、いましがたのべたように、この歌群については、直前におかれている人麻呂の「日並皇子挽歌」と密接な関係を有する、とのみかたがねづよくあることは周知のとおりだ。渡瀬のように「日並皇子挽歌」がその或本反歌(2・一七〇)を媒介にして慟傷歌群と直接につながるとのみかたすら提起されている。そこまでふみこんだ説はかならずしもおおくないが、この歌群自体の形成に人麻呂が、たとえば指導者といったかたちで関与しているとのみかたは、斎藤茂吉(『柿本人麿』総論篇、評釈篇など)をはじめおおくの論者によって支持されてきている。したがって、ここでこの歌群の空間構造に一瞥をあたえておくのも無駄ではないだろう。

ところで、さきにものべたように、渡瀬一九七一によれば、この歌群全体はさらに七グループの小歌群にわけられるという。渡瀬にならってこれらの七歌群をA～G群とよぶことにしよう。

皇子尊宮舎人等慟傷作歌廿三首

A高光る　我が日の皇子の　万代に　国知らさまし　島の宮はも
島の宮　上の池なる　放ち鳥　荒びな行きそ　君いまさずとも
高光る　我が日の皇子の　いましせば　島の御門は　荒れざらましを
Bよそに見し　真弓の岡も　君ませば　常つ御門と　侍宿《とのゐ》するかも
夢にだに　見ざりしものを　おほほしく　宮出もするか　佐日の隈回《くまみ》を
天地と　共に終へむと　思ひつつ　仕へ奉りし　心違ひぬ

朝日照る　佐田の岡辺に　群れ居つつ　我が泣く涙　止む時もなし
Cみ立たしの　島を見る時　にはたづみ　流るる涙　止めぞかねつる
橘の　島の宮には　飽かねかも　佐田の岡辺に　侍宿しに行く
み立たしの　島をも家と　住む鳥も　荒びな行きそ　年変るまで
み立たしの　島の荒磯を　今見れば　生ひざりし草　生ひにけるかも
Dとぐら立て　飼ひし雁の子　巣立ちなば　真弓の岡に　飛び帰り来ね
我が御門　千代とことばに　栄えむと　思ひてありし　我し悲しも
E東の　多芸の御門に　さもらへど　昨日も今日も　召す言もなし
水伝ふ　磯の浦回の　石つつじ　もく咲く道を　またも見むかも
一日には　千度参りし　東の　大き御門を　入りかてぬかも
つれもなき　佐田の岡辺に　帰り居ば　島の御橋に　誰か住まはむ
Fたなぐもり　日の入り行けば　み立たしの　島に下り居て　嘆きつるかも
朝日照る　島の御門に　おほほしく　人音もせねば　まうら悲しも
真木柱　太き心は　ありしかど　この我が心　鎮めかねつも
けころもを　春秋《とき》かたまけて　出でましし　宇陀の大野は　思ほえむかも
G朝日照る　佐田の岡辺に　鳴く鳥の　夜泣きかへらふ　この年ころを
はたこらが　夜昼といはず　行く道を　我はことごと　宮道にぞする　（2・一七一〜一九三）

なお、渡瀬はA群の冒頭に人麻呂作の日並皇子挽歌或本歌一七〇をくわえて、「流下型（隔歌順行）」の構造をもつ四首からなる小歌群としているが、ここではそれをはぶいてかんがえる。

A群(一七一〜一七三)は日並皇子生前の居所「島の宮」をこことする歌群だ。三首すべてに「島の宮」の地名がよみこまれ、そろってその「島の宮」における「日の皇子」「君」の不在＝薨去をいたみかなしむ。これとおなじくあきらかに「島の宮」をこことする歌群としては、ほかにC群(一七八〜一八一)、E群(一八四〜一八七)、F群(一八八〜一九一)があげられる。そこにはたとえば

橘の　島の宮には　飽かねかも　佐田の岡辺に　侍宿しに行く　(C群一七九)

つれもなき　佐田の岡辺に　帰り居ば　島の御橋に　誰か住まはむ　(E群一八七)

のように両方の地名がよみこまれているものもあるが、前後の表現にてらせば、どちらに「語り手」のここがあるかは一目瞭然だろう。一方、はっきりと殯宮設営地にして陵墓建設予定地(身﨑一九九四)たる真弓＝佐田をこことするのはB群(一七四〜一七七)と最後のG群(一九二、一九三)くらいのものだ。それも、

天地と　共に終へむと　思ひつつ　仕へ奉りし　心違ひぬ　(一七六)

はたこらが　夜昼といはず　行く道を　我はことごと　宮道にぞする　(一九三)

などにはここの表示がない――もっとも、それをいえば、一方の、たとえばF群の二首

真木柱　太き心は　ありしかど　この我が心　鎮めかねつも　(一九〇)

けころもを　春秋かたまけて　出でましし　宇陀の大野は　思ほえむかも　(一九一)

にもここの表示はないのだが。

ここで問題となるのがD群二首だ。

とぐら立て　飼ひし雁の子　巣立ちなば　真弓の岡に　飛び帰り来ね　(一八二)

我が御門　千代とことばに　栄えむと　思ひてありし　我し悲しも　(一八三)

よみこまれている地名からいえば一八二は真弓の地をこことするかにみえ、一方一八三は「我が御門」すなわち「島の宮」をよんでいるから、ここは「島の宮」とする方がわかりやすいだろう。渡瀬はこの二首を真弓歌群と

認定している。一八二を重視したものだろう。しかしその一八二も、たしかに「飛び帰り来ね」といっているところをみれば「語り手」のここは真弓とかんがえるのが自然のようにみえるのだが、前半部

とぐら立て　飼ひし雁の子　巣立ちなば

は、一七二、さらには人麻呂作歌或本歌一七〇などに「放ち鳥」とあるのをかんがえあわせるならば、「島の宮」でのこととみるほかなく、さすればこの一首のここはやはり「島の宮」とみるべきで、四、五句めは(この島の宮から巣立って北の国に旅立つ雁の子たちよ)今度帰ってくる時はもはや皇子のいまさぬここではなく、おくつきどころのあの真弓の岡に飛び帰っておいでとでも解すべきものだろう。かくして、一八三とあわせて、D群もまた「島の宮」歌群とみるべきものだ(身崎一九九四)。こうみてくるとむしろ、なかに多少真弓の地をこことするうたをふくみつつ、この歌群は全体として「島の宮」を「語り手(たち)」のここに設定して構成されている、というふうにみることができるのではないだろうか。

それならば、この歌群はこうした空間のありようを通じて、なにをわたくしたちにかたりかけてくるだろうか。この歌群は「島の宮」を作中の世界として提示する。そこは皇太子草壁の生前の居所で、「舎人等」が毎日昼夜をわかたず主君草壁に奉仕していたところだ。しかしそこはいまや、しかも二重の意味において、空虚な空間と化してしまっている。すなわち、主君草壁はかれらの期待むなしく薨去してしまった。そのうえ、その遺骸を安置すべき殯宮は、生前居所「島の宮」にはいとなまれず、「つれもなき真弓の岡」におかれている(身崎一九九四)。挽歌の基本的発想と土地との関係をみるに、死者＝遺骸のありどころ(殯宮・墓所あるいは死をとげたところ)をうたうもの以外に、生前ゆかりの地(生前の居所・曽遊の地等)をうたうことを通じて「しのひ」をあらわすというものがあったことは周知のとおりだ。したがって、殯宮あるいは墓所が生前の居所やその近傍にいとなまれるばあいには、このふたつの発想がひとつにかさなって、おのずから統一的な「しのひ」の空間を現出することが

可能だ。しかるに、いまのばあい、「しのひ」の対象としての空間は、生前の居所と殯宮設営地とのふたつに分裂してしまっている。対象の分裂は「しのひ」の情の拡散につながりかねない。そこでその両者を統合することが課題となる。

実は、すでに人麻呂の「日並皇子挽歌」において、この統合がこころみられていた。すなわち、長歌（一六七）に具体的にうたわれる空間は

つれもなき　真弓の岡に　宮柱　太敷きいまし　みあらかを　高知りまして

というふうに殯宮の地「真弓」なのに対して、反歌1（一六八）の方は

ひさかたの　天見るごとく　仰ぎ見し　皇子の御門の　荒れまく惜しも

と、生前居所「島の宮」空間を、現在時点にあって過去と未来とにおもいをはせるかたちでえがいていた。

それならば、この「慟傷歌群」は、さきにみたような様相を通じてどのような統合の志向をしめしているのだろうか。さきほどもたしかめたように、主要な空間、すなわち「語り手」のここは生前居所「島の宮」に設定される。これは、現実の要請＝制作レベルでいえば、そこに挽歌の〈場〉すなわち死者草壁の近親者等がつどう「しのひ」の〈場〉がいとなまれたからだろうが、いまはそのような要素は考慮のほかにおく。とにかく作品世界内部では、まなざしはこの「島の宮」から発せられる。さきにひいた一七九・一八七、さらには一八二をどのようにとらえるかは、実はこのようなまなざしのありようを的確に把握するかどうかということにかかっていたのだ。そのようにみるとき、純粋の真弓歌群（B・G）の存在、「真弓の岡」空間は、「島の宮」から発せられたまなざしによってとらえられよびこまれたものとなる。こうした空間のよびこみを媒介するのが、「侍宿しに行く」（一七九）「帰り居ば」（一八七）あるいは「宮道にぞする」（一九三）などの移動をしめす表現なのだろう。これらのうたの存在によって、まなざしは現前する「島の宮」の景観から「真弓の岡」へと自然にみちびかれ、またたちもどり、ふたつの「しのひ」の空間が「島の宮」において統合される。それによって、この歌群の抒情は統一を

はたしているといえないだろうか。

さて、もうひとつの「高市皇子挽歌」に分析をすすめよう。この作品はなにかにつけてさきの「日並皇子挽歌」と対比されることがおおい。それはある意味で当然のことといえるだろうが、句数やかたられる内容においてはずいぶんとことなる印象をあたえるこの二作品は、「語り手」と時間構成という面からみれば、たしかに相似的な側面をもっているかにもみえる。しかしそれは、どの程度までのことなのだろうか。「日並皇子挽歌」とおなじく、ここでもおもに時間構成の面から分析していこう。

高市皇子尊城上殯宮之時柿本朝臣人麻呂作歌一首并短歌

かけまくも　ゆゆしきかも　言はまくも　あやに恐き　明日香の　真神の原に　ひさかたの　天つ御門を恐くも　定めたまひて　神さぶと　岩隠ります　やすみしし　我が大君の　聞こしめす　背面《そとも》の国の　真木立つ　不破山越えて　高麗剣　和射見が原の　行宮《かり》に　天降りいまして　天の下　治めたまひ　食す国を定めたまふと　鶏が鳴く　東の国の　御軍士《いくさ》を　召したまひて　ちはやぶる　人を和せと　まつろはぬ　国を治めと　皇子ながら　任けたまへば　大御身に　大刀取り佩かし　大御手に　弓取り持たし　御軍士を率ひたまひ　整ふる　鼓の音は　雷の　声と聞くまで　吹き鳴せる　小角《くだ》の音も　あたみたる　虎か吼ゆると　諸人の　おびゆるまでに　ささげたる　旗のまねきは　冬こもり　春さり来れば　野ごとに　つきてある火の　風のむた　靡かふごとく　取り持てる　弓弭の騒き　み雪降る　冬の林に　つむじかも　い巻き渡ると　思ふまで　聞きの恐く　引き放つ　矢の繁けく　大雪の　乱れて来たれ　まつろはず　立ち向ひしも露霜の　消なば消ぬべく　行く鳥の　争ふはしに　度会《わたらひ》の　斎の宮ゆ　神風に　い吹き惑はし　天雲を　日の目も見せず　常闇に　覆ひたまひて　定めてし　瑞穂の国を　神ながら　太敷きまして　やすみしし　我

が大君の　天の下　申したまへば　万代に　然しもあらむと　木綿花《ゆふ》の　栄ゆる時に　我が大君　皇子の御門を　神宮に　装ひまつりて　使はしし　御門の人も　白たへの　麻衣着て　埴安の　御門の原に　あかねさす　日のことごと　鹿じもの　い這ひ伏しつつ　ぬばたまの　夕へに至れば　大殿を　振り放け見つつ　鶉なす　い這ひもとほり　さもらへど　さもらひえねば　春鳥の　さまよひぬれば　嘆きも　いまだ過ぎぬに　思ひも　いまだ尽きねば　言さへく　百済の原ゆ　神葬り　葬りいませて　あさもよし　城上の宮を　常宮と　高くしたてて　神ながら　しづまりましぬ　然れども　我が大君の　万代と　思ほしめして　作らしし　香具山の宮　万代に　過ぎむと思へや　天のごと　振り放け見つつ　玉だすき　かけて偲はむ　恐くあれども

短歌二首

ひさかたの　天知らしぬる　君故に　日月も知らず　恋ひ渡るかも

埴安の　池の堤の　隠り沼の　行くへを知らに　舎人は惑ふ　（2・一九九～二〇一）

時間を中心にみていくとのべたが、そのまえに、「語り手」と、かたられる内容、あるいは視点の問題にすこしふれておきたい。この作品の「語り手」も基本的には「日並皇子挽歌」のばあいと同様だとみてよい。すなわち、作家自身の意識とそうへだたらない宮廷人（臣下）としてのまなざしと心情をもつ人物だ。しかしながら、長歌末尾から反歌1にかけての「語り手」の「しのひ」の情の表出と、反歌2の描写とをかさねてみるとき、「語り手」と皇子につかえた「舎人」らとのあいだには一体感も感じられ、そのことがかつて「人麻呂舎人説」をもたらしたことはよくしられている。またそれを止揚して宮廷挽歌論に重要な視点をもたらしたのが、伊藤博の「代表的感動」論だったこともいうまでもないだろう。しかしこうした「語り手」のまなざしの微妙な「ゆれ」ともいうべきものは、ここだけにはとどまらない。序奏部、壬申の乱の戦闘の叙述（後述①）においても、「語り

手」の視点はときに高市皇子によりそい、また

まつろはず　立ち向ひしも　露霜の　消なば消ぬべく　行く鳥の　争ふはしに

あたりでは近江朝廷がわの兵士にもよりそってみせる。いうまでもないことながら、こうした、かならずしもある具体的な人格に束縛されない多様な視点からの叙述こそが、叙事的な「語り」の本質なのだろう。

さて、時間の問題だ。この作品からつぎのように時間構成をとりだしてみると、たしかに「日並皇子挽歌」とのある程度の一致がみとめられる。

①冒頭〜神ながら太敷きまして　　――天武の降臨、壬申勝利と天下統治＝過去1
②やすみしし我が大君〜栄ゆる時に――高市の執政、天下の期待＝過去2
③我が大君〜しづまりましぬ　　　――皇子の死と殯宮鎮座＝過去3
④然れども〜恐くあれども　　　　――しのびゆく決意＝未来(現在に立っての)
⑤反歌1――悲嘆＝現在
⑥反歌2――悲嘆＝現在

だが、こまかいところではちがいをみせているし、なによりも注目しなければならないことは、時間の構造が、「日並皇子挽歌」よりも複雑化している点だ。まず、冒頭①は、神話世界をよびこんで始祖の降臨と統治とをえがく点は同様だが、その時間的なありようはことなっている。すなわち、長歌冒頭部でも、

神さぶと　岩隠ります　やすみしし　我が大君の

というところで、まず天武の崩御をのべてしまってから、時間をさかのぼるかたちで、

高麗剣　和射見が原の　行宮に　天降りいまして　天の下　治めたまひ　食す国を　定めたまふと

というふうに天武の降臨におよんでいく。むろんそれは純粋な神話叙述ではなく、壬申の内乱という歴史的事実の叙述なのだが、ともかくここでは、時間の順序がいれかえられている。それに付随していえば、最前の天武崩

御の叙述では、「日並皇子挽歌」のばあいのように降臨に対する帰天としてはえがかず、地上界でのできごととしている(「岩隠ります」)。かれこれあわせて、この作品では、いってみれば神話化の度あいが「日並皇子挽歌」よりも相対的にひくいようにおもわれ、そのことはすなわち、この作品と「日並皇子挽歌」との本質のちがいを反映しているようにおもわれる。それはまたそのまま、以下の戦乱の叙述にもつながっていくだろう。逆にいえば、この作品では「日並皇子挽歌」よりもさらに「歴史」の要素が強化されているとみなければならない。この作品の「時間」の問題を正面からとりあげたものとして西澤一九九〇があり注目されるが、西澤がこの作品の構造を「神話的なものから歴史的なものへ」と把握していることに関しては、その意味で一定の留保をしておきたいとおもう。

ともあれ、過去を①②③と段階的にかさね、いたまれるべき人物の死をへて現在にまでいたる、というおおまかな構成では、「高市皇子挽歌」は「日並皇子挽歌」との共通性をみせている。しかし、ここからさきで両者のあいだにはおおきな差異が生じている。それは長歌終局部④で、

然れども　我が大君の　万代と　思ほしめして　作らしし　香具山の宮　万代に　過ぎむと思へや　天のごと　振り放け見つつ　玉だすき　かけて偲はむ　恐くあれども

というふうに、未来へのまなざしが登場する点だ(もっとも、反歌すなわち⑤⑥ではふたたび現在叙述にもどって作品がとじられている)。「日並皇子挽歌」にあっても、この未来という要素が皆無ではないことはすでにのべた。しかしまた、そこにおいては未来は、実現しなかった期待や、危惧としてかたられるにとどまり、将来にわたる死者への「しのひ」としてかたられることはなかったことも、すでに指摘したとおりだ。

以上にのべてきたことは、時間表現という側面からみるかぎりにおいても、両殯宮挽歌が実は方向をことにしていることを予想させる。そこで、あらためて両作品の「過去」に注目してみよう。たしかに、「日並皇子挽歌」と同様に、この作品もまた過去志向のきわめて強固な作品だとはいえよう。しかし、一歩その過去の叙述の内実

にふみこんでみたとき、なにがみえてくるだろうか。①(過去1)に注目してみよう。ここでは、壬申の内乱時の高市皇子の活躍が

大御身に　大刀取り佩かし　大御手に　弓取り持たし　御軍士を　率ひたまひ

というふうに、それなりに具体的な描写によってえがかれる。しかし、問題はその「えがかれかた」だ。すでに指摘されているように、ここで高市は、徹底して天武(＝始祖・神)の名代として、また純粋の武人として造型されている。そのすがたは、崇神朝の「四道将軍」や景行朝のヤマトタケルノミコトなど、『古事記』の皇族将軍像を髣髴とさせる。だがかれらはいうまでもなく、天皇の名代ではあっても、天皇の後継者たりえぬ存在、天皇にはならなかった存在だ。この位置づけは徹底して、そのまま②(過去2)におよぶ。

やすみしし　我が大君の　天の下　申したまへば　万代に　然しもあらむと　木綿花の　栄ゆる時に

天下の期待が、あくまでも高市の執政に対してよせられていたもので、登極を期待するものではなかったことを、この表現は冷厳にものがたっている。ここで、わたくしたちは当然、伊藤博一九五七bの卓抜な指摘をおもいおこさねばならないだろう。だが、問題はそのさきにある。

皇太子として登極を期待されていた日並皇子＝草壁と、太政大臣として執政者の位置にあまんじることをもとめられた高市皇子と、そのように作品世界において定位されたふたりの死をいたむ表現にあって、前者ではなく、かえって後者において、未来へのまなざしがひらけていることを、どうとらえたらよいのだろうか、という問題だ。だが、それをただしくみきわめるためには、未来という時間がより鮮明に挽歌的抒情とむすびつく、つぎの「明日香皇女挽歌」までを視野にいれる必要があるだろう。いまは性急に結論をだすことはひかえたい。

ともあれ、両作品において、過去という時間が入念にえがかれつつはたすところの機能は、基本的におなじだといってよいだろう。過去は現在を規定するものとして作品世界によびこまれ、死という、現在の事実と拮抗する。両作品に共通の表現上の手法に即していえば、期待につつまれていた生前に対して、突然の死を対置させる

という、暗転の手法が導入される。それによって過去と現在とはするどく対立するものとして現前し、そのことを通じて、作品世界に緊張関係が生じ、全体が活性化される結果をもたらしているということができるだろう。だが、時間軸のもうひとつの方向、未来へのまなざしが挽歌的抒情をささえる、という方法は、つぎの、というより最後の殯宮挽歌作品「明日香皇女挽歌」(第四章)でようやく実現することになる。

ここまで、もっぱら時間構成に焦点をあててよんできたが、空間の視点からみても、「日並皇子挽歌」と比較して、この作品には興味ぶかい問題がある。といってもそれはおもに、長歌前半①の壬申の戦乱をえがいた部分ではなく、高市の死と殯宮鎮座をかたる後半部③④から反歌⑤⑥にかけてのことだ。高市の遺骸は

我が大君　皇子の御門を　神宮に　装ひまつりて

とあることから、とりあえず生前の居所「香具山の宮」に安置され、死者への儀礼がはじまったことがわかる。ここを正規の殯宮とみて、つぎの「城上の宮」が「常宮」とあることからこれこそ陵墓なのだとみる説もあるが、題詞に「城上の殯宮」とあるのでもあきらかなように、ここここそが殯宮で、ただ、草壁や高市のばあい、これ以前の天皇とちがって陵墓建設予定地に殯宮がいとなまれているにすぎない(身﨑一九九四)。その「香具山の宮」は「埴安の御門の原」とあるとおり「埴安の池」にのぞんだところにいとなまれていた。ほどなく殯宮が完成し、遺骸は「香具山の宮」から「百済の原」をとおって「城上の宮」へとうつされる。だが、この挽歌にあって、終局部の「語り手」のここはその「城上の宮」にはない。ふたたび「香具山の宮」にもどって、

作らしし　香具山の宮　万代に　過ぎむと思へや　天のごと　振り放け見つつ　玉だすき　かけて偲はむ
恐くあれども

と、その「宮」によせて死者への「しのひ」をのべてとじられている。そして、反歌1(二〇〇)には空間の表示はないが、反歌2(二〇一)は「埴安の池の堤の隠り沼の」とあることからみて、空間的に長歌の終局部をうけて

いることがあきらかだ。つまり、「語り手」のいまにおけるここは、殯宮ではなく生前居所におかれていることがわかる。これも、現実のレベルでいうなら、「日並皇子挽歌」のばあいとおなじく、この挽歌の誦詠の〈場〉がおそらく生前居所たる「香具山の宮」だったことをものがたるものだが、それはともかくとして、このように、「殯宮挽歌」とよばれながら、作品空間としてはむしろ生前居所に焦点をあわせるのが、これらの作品の現実だということだ。当然のことながらこれは、「明日香皇女挽歌」にもひきつがれることになるだろう。それが挽歌制作上の、いかなる要請にもとづくものだったのか、については前掲旧著(身﨑一九九四)でのべたところだが、外部の問題としてではなく、作品自体の論理として解析することも、そこでこころみたい。

第二章　「天武挽歌」

この章でとりあげるのは、制作年代でいうなら「日並皇子挽歌」や「高市皇子挽歌」にはるかに先行する、天武天皇の死に際して大后(のちの持統天皇)のよんだとされる、反歌をともなわない長歌作品だ。しかしなぜ、そのような所伝を有する作品を本書でとりあげるのか、ということについてはすぐのちにのべるとして、ここでの関心は、主として、この作品が挽歌としての抒情を展開するうえで、時間や空間の設定がどのように機能しているか、という点にあることを表明しておく。また、制作年代の順を無視して本章でとりあげる理由については、分析のなかでおいおいあきらかになるだろうが、この点については章の最後にまとめてのべたい。

　天皇崩之時大后御作歌一首

やすみしし　我が大君の　夕されば　見《め》したまふらし　明けくれば　問ひたまふらし　神岳《かむをか》の　山のもみ
ちを　今日もかも　問ひたまはまし　明日もかも　見したまはまし　その山を　振り放け見つつ　夕されば
あやにかなしみ　明けくれば　うらさび暮らし　荒たへの　衣の袖は　乾る時もなし　（2・一五九）

たしかに、ここでこの作品に言及するのは、いささかばちがいにおもわれるかもしれない。なにしろ題詞によるかぎり、これはなき天武のつまの大后（のちの持統）の作とされているからだ。だが、かつて論じた（身﨑一九八七）ように、この長挽歌は、大后のために人麻呂が制作した、いわば代作挽歌で、実質的に人麻呂の宮廷歌人としての最初の公的作品とみられる。ただ、〈代作〉ということを「語り手」の論という点から位置づけるこころみは、すでに旧著（身﨑一九九四）でおこなっている（もっとも、そこでは「語り手」のかわりに「話者」の用語をもちいている）ので、ここでは本書が設定した視点のうち、時空の問題にかぎって検討していこう。この挽歌は、空間設定はさておくとして、時間表現からみるとき、きわめて興味ぶかい特徴を発揮したものになっている。これについても、旧稿で検討しているが、あえて本書でもとりあげてみるゆえんだ。

この作品では、「語り手」（＝大后）が明日香の宮殿（＝浄御原宮）から神岳をみやりつつよむ、といった設定になっており、そのかぎりにおいて空間設定にとくに破綻があるわけではない。問題は時間構造（というより時間表現）の方にある。といっても、一見したところではさしたる問題があるわけでもなさそうだ。全体としてみれば、時間はほとんど静止していて、永遠の現在、回帰反復する神話的な時間の相のもとにとどまっているかにみえる。だが子細にみるとき、そこには時間の微妙な操作、といってふさわしくないなら、時間表現についての懸命な模索がおこなわれているのがみてとれるだろう。それは、

夕されば見したまふらし　――明けくれば問ひたまふらし（三～六句）

今日もかも問ひたまはまし――明日もかも見したまはまし（九～一二句）

という、あきらかに対比の意図によるものとみられる対句的構成の部分にあらわれる。もっとも、それはまたこの作品にわかりにくさをもたらしている部分でもあるのだろう。本居宣長の『玉の小琴』が、四・六句めの「らし」に関して「つねのらしとは意かはりて、何とかや心得にくきいひさま也」といっているのも、おなじ「神岳

の山のもみち」について、四・六句では「らし」と表現しておきながら、すぐあとの一〇・一二句ではそれを「らし」とは対極的な意味をになう「まし」で表現する、そういった点に理解しがたさを感じたからにほかならないとおもわれるのだ。だが、この「らし」「まし」の対応表現についてはすぐのちにふれることになるが、いまはおくとして、ここで注目したいのは対句構成のもう一方の要素、「夕されば——明けくれば」「今日もかも——明日もかも」という、より直接的に時間にかかわる対応表現の方だ。これに関しては、この表現に注目するかならずしもおおくはない注釈書のうちの一つ、稲岡『全注』が、対句の表現効果という視点からつぎのようにのべているのが注目される。

一編二一句から成る小長歌でその過半の十二句を、時をあらわす対句が占める。「夕されば…明けくれば…」「今日もかも…明日もかも…」「夕されば…明けくれば…」という類似の句が重ねられていながら冗漫な感じは少しもない。読後に、悲しみの日々の果てしなく連続する感を残すのも、この対句の効果による。

「時をあらわす」対句という点に着目した、周到な指摘というべきだろう。ただし、時間にかかわるということに関していえば、問題はそのさきに、すなわち時間のあらわしかたというところにあるのではないだろうか。つまり、おなじように「時をあらわす」といっても、「夕されば——明けくれば」というのと「今日もかも——明日もかも」というのとでは、時間そのものの性格がことなる、そういう対応表現になっているのではないだろうか、ということだ。その点をみすごしてはならないとおもわれる。

まず、「夕されば——明けくれば」という方からみていこう。こちらは、「——らし」でうけとめられていることでもしられるように、時制からいえばひとまずは現在のこととして表示されているとみられる。しかも、「夕されば」「明けくれば」とたたみかけられることによって、それは一回的な文字どおりの現在時点ではなくて、いわば習慣的・反復的な現在、いいかえれば停止した現在だということも、容易にしられるところだろう。くわえて、うたわれている現実の状況をかんがえるとき、それは単純な意味での現在ではありえないということもまたあきらかなのだ。なぜなら、いうまでもなくここでの行動の主体たる「我が大君」は、死者として――すくなくとも通常の意味での生者ならざるものとして――殯宮のなかによこたわっているからだ。だから、その「我が大君」が「見したまふ」「問ひたまふ」というとき、それは一方で、生前に「我が大君」がいつもそのようにしていたという記憶をよびさますものとして機能しつつ、他方、ある種の「幻想」をはらんだ「現在《いま》」として表明されていることになる。さきにひいた『全注』が、おそらくは大畑一九七八の分析にもとづいて、「悲しみの日々の果てしなく連続する感を残す」と指摘しているのも、結局はそのことにかかわっているのではないだろうか。端的にいえば、この対句構成によってイメージされる時間には、永遠回帰的な性質がそなわっているようにおもわれるのだ。

しかしながら問題は、そうした永遠回帰的な「幻想」をはらんだ時間を、ここでは「――らし」という、たしかな根拠にもとづく推定、一例として『岩波古語辞典』の記述をかりれば、「客観的に確定された事実があり、その事実が何であるか、何故であるかを推定するもの」とされる助動詞をともなう表現でいいきっていることだ。この確信にみちたともいうべき表現のちからづよさの根源は、いったいどこにあるのだろうか。おそらくそれは、かの呪術の、すなわち祭式の言語のもつちからなのだろう。そのことは、いまはいちいちあげることはしないが、かかる対句構成による類型表現の用例をひろってみても確認できるだろう。その儀礼性・呪術性は明白だ。そこでかんがえるに、この挽歌もまた、すくなくともその半面においては、殯宮期間における「たまよばひ」ないしは「たましづめ」との脈絡をたもつところの、呪術のうたの伝統の一端につらなるものだったとおもわれる。伊藤一九七五がここの部分に注目して、殯宮時の祭式を反映している表現だと指摘していることがおもいおこされる。

さて、「夕されば――明けくれば」という対の時間の表示によってしめされる「時間」とは、このような性質の時間だったのだが、それに対する、「今日もかも――明日もかも」の方はどうなのだろうか。この対の時間の表示によってしめされる「時間」の領域も、一見するとまた前者とおなじような性格のものにみえるかもしれない。なぜなら、「今日も」「明日も」というとき、そこにはただ単に「今日」と「明日」という現実の、至近の時間が指示されているというよりは、「今日も、明日も、そしてそのさきも……」というふうに、いわば未来永劫につらなる時間へのまなざしがやどっているはずで、ここもまた「夕されば」「明けくれば」のばあいとおなじく、幻想をはらんだ呪術の言語だといえそうだからだ。だが一方で、この両者のあいだには、決定的ともいうべきちがいがある。それは、「夕されば」「明けくれば」をうける動詞が「らし」でむすばれていたのに対して、「今日もかも」「明日もかも」の方はおなじ動詞が（ただし順序をかえて）「まし」でうけとめられていることにかかわる。「今日」から「明日」へ、そしてそのさきへ、という自然な時間のながれのなかにあって、動作（行動）をあらわす動詞が、「問ひたまはまし」「見したまはまし」というふうにいまだ現実になっていない状態においてしめされるとき、それは、「らし」のばあいとはことなって、時間的な現実の基点としてのいまを意識しての表現ということになるだろう。それならばその基点としてのいまとはどのようないまなのかというと、それはいうまでもなく「大君」の死の現実をみつめているところのいまにほかならない。とすれば、「夕されば」「明けくれば」の方が、すでにみたように時間の停止した状態において「大君」の行動をとらえている表現なのに対して、ここでは、時間は「大君」の死という現在を基点として、一方にむかってながれてやまないものとしてとらえられていることになるだろう。

　そのような時間の表現は、すくなくともいまのありのままを直視せざるをえない分だけ、幻想からはさめて、現実へまなざしをむけざるをえないものとなっているのではないだろうか。すなわちそれは、呪的・祭式的な時間意識を侵蝕してあたまをもたげてくる、より現実的な時間認識を核とするような表現の質を獲得しているということができるのではないか。

　このことを、集中の他の用例に即して具体的に検討してみよう。「夕されば」「明けくれば」の方が類例にめぐまれていることは、あらためていうこともあるまい。しかし、「今日」「明日」についても、それをそのまま対句的に構成する例こそみられないものの、厳密な対句ということをはなれて、それを連続的ないし対比的にもちいた例ということならば、比較的おおくの例をあげることが可能だ。そしてそれらのうたでは

恋ひつつも　今日は暮しつ　霞立つ　明日の春日を　いかに暮さむ　（10・一九一四）
恋ひつつも　今日はあらめど　玉くしげ　明けなむ明日を　いかに暮さむ　（12・二八八四）
み雪降る　冬は今日のみ　鶯の　鳴かむ春へは　明日にしあるらし　（20・四四八八）

というふうに、ほとんど例外なしに、「今日」の現実をふまえて「明日」におもいをはせる、という発想形式のわくのなかにおさまる。ならば、対句構成によっている当該歌のばあいも、そこから除外する理由はみいだしにくいのではなかろうか。

以上の考察をまとめると、つぎのようになるだろう。「今日もかも……」「明日もかも……」という表現にあっては、未来永劫へのねがいという呪術的な心性と、冷厳な事実をみとめざるをえない現実認識という、矛盾するふたつの心情がせめぎあっている。この作品で問題とされる「まし」も、この矛盾をはらんだ心情のありようにかかわってその表現価値が機能しているのではないだろうか。つまり、「夕されば……」「明けくれば……」においては、過去をよりどころにしつつも、もっぱら幻想の次元において確信しえたことが、「今日もかも……」「明日もかも……」においては、すなわち現実のいまを基点とする未来に関しては確信しえない、その不安、というよりむしろ絶望がそこには表現されていたのではないか。

実は、明白な言明ではないにしろ、このような理解のしかたはすでに窪田『評釈』によっておこなわれていたとおぼしい。この作品についての同書の「評」には、このようにある。

「らし」の助動詞は、根拠ある推量をあらはすもので、根拠とはこの場合、天皇の神霊のそれをなさるのを皇后の確認されたことである。これは信仰をとほしてのことである。（中略）「まし」の助動詞は、仮設を条件としたもので、もし御在世であればとしてのものである。これは神去り給ふた天皇としての嘆きである。

いづれも「神岳の黄葉」を御形見と見ての範囲のことであるが、そこに皇后のお心の動揺が現れてゐて、しつかりと現実の上に立つてのお嘆きなのである。

これは、同書の「語釈」の項の記述とは多少ずれるものなのだが、それはさておき、「お心の動揺」とか「現実の上に立つてのお嘆き」とかいうところは、わたくしがいままでのべきたったところをきわめて簡潔にいいきったものということができるのではないだろうか。

あらためてこの作品の「時間」についてまとめるなら、ここには、神話的時間をのりこえて不可逆的時間にむかおうとする、その瞬間がとらえられている。これを別の角度からいいなおすと、宮廷寿歌の方法をうけついだ公的な挽歌が哀傷の抒情性を獲得していく過程をみせるもの、と位置づけることができるのだ。

この作品については、もっぱら時間の構造についてだけをみてきたが、最後に、空間の構造についてすこしふれておきたい。空間的な要素としてこの作品で叙述の表層に指示されるのは、「語り手」のまなざしにとらえられている「神岳」だけだ。しかし、当然のことながらその「神岳」にまなざしをむけている「語り手」の位置ここが想定される。あえてそれを現実のどこかにあてはめるとすれば、皇后をはじめとする后妃、近親者等が遺骸に奉仕する殯宮の内部が想定できるだろう（身﨑一九七九・一九八〇および身﨑一九九四）。そうすると、「語り手」は殯宮の内部、遺骸にちかいところに侍しつつ、そこから「神岳」をながめている。天武の殯宮が歴代天皇と同様に生前の居所たる「浄御原宮」の「南庭」に設営された（『天武紀』一五年九月辛酉＝二四日）ことを前提にすれば、「語り手」の位置は、かつて、いまはなき夫君とともに「神岳」をながめたそれにほぼひとしい。そのことにより、この作品は「夕されば見したまふらし」「明日もかも見したまはまし」と、なき夫君の望見のすがたを幻視する「語り手」をえがくことが可能になった。しかも、その夫君はいまやかたわら（?）によこたわり、二度とふたたびともに「神岳」をながめることはない。

すぐまえに、この挽歌が「宮廷寿歌の方法をうけついだ公的な挽歌が哀傷の抒情性を獲得していく過程をみせるもの」と位置づけたが、このような空間設定のありようからも、そのことがうべなわれるだろう。この作品は、「大后」が「天皇」をいたむうたではなく、「妻」が「亡夫」をいたむうた、すなわち「亡夫挽歌」だとみてよい。そしてこれが人麻呂による〈代作〉だとする私見がみとめられるならば、この作品こそ、人麻呂の「亡夫・亡妻挽歌」の最初のものに位置づけられることになる。このようなもっとも切実な個人的主題が、代作的な制作状況のなかで誕生したところに、古代和歌の本質の一端が露呈しているというべきかもしれない。

ともあれ、次章以降、わたくしたちは人麻呂の挽歌作品のうち、この「亡夫・亡妻挽歌」の系列をおっておおくの作品に遭遇することになる。

第三章　「献呈挽歌」

人麻呂の挽歌作品には、公的な存在としての死者をいたむ正統の宮廷挽歌作品系列のほかに、もうひとつの作品系列が存在する。それは、もっぱらのこされた配偶者の「夫」あるいは「妻」としてその死をいたむ挽歌、すなわち「亡夫挽歌」あるいは「亡妻挽歌」だ。そのなかには、前者同様に宮廷にかかわる、すなわち天皇や皇子・皇女の死をいたむ挽歌もふくまれるが、たとえそのような死者であっても、あくまでも、のこされた配偶者にとってかけがえのない「夫」あるいは「妻」として造型される点で、公的な宮廷挽歌とはっきりと区別される。もっとも、のち(次章)にみる「明日香皇女挽歌」は、さきの「日並皇子挽歌」「高市皇子挽歌」とともに「殯宮挽歌」として制作されたもので、その表現にも公的・宮廷的な要素が顕現していることはいなめないが、あえて系列化するならば、やはり「亡妻挽歌」としてみるべきだとおもう。本章では、そうした挽歌群のひとつにあげられるべき作品をとりあげて分析をこころみることにする。対象とするのは、「献呈挽歌」と略称される作品で、天智の皇子川島の死に際して制作された。この作品については旧著(身﨑一九九四)でも論じており、本章の内容はそれとかさなるところがおおいが、「語り手」論の視点から論じなおす必要があるとおもわれるので、重複をいとわずのべてみたい。

柿本朝臣人麻呂獻泊瀬部皇女忍坂部皇子歌一首并短歌

飛ぶ鳥　明日香の川の　上つ瀬に　生ふる玉藻は　下つ瀬に　流れ触らばふ　玉藻なす　か寄りかく寄り
靡かひし　嬬《つま》の命の　たたなづく　柔膚すらを　剣大刀　身に添へ寝ねば　ぬばたまの　夜床も荒るらむ
そこ故に　慰めかねて　けだしくも　逢ふやと思ひて　玉垂の　越智の大野の　朝露に　玉裳はひづち　夕
霧に　衣は濡れて　草枕　旅寝かもする　逢はぬ君故

反歌一首

敷たへの　袖交へし君　玉垂の　越智野過ぎ行く　またも逢はめやも　（2・一九四、一九五）

研究史的な整理からはじめることにしよう。というのも、この「献呈挽歌」は、めずらしく作品の叙述構造の方面での論議、つまり「語り手」にかかわる論議が集中している作品だからだ。むろん、そうはいっても「語り手」という概念が明確にもちいられてきたわけではないし、それに、そもそも論議の発端は別のところにあった。

不審の第一は、題詞にある。まず、ここには当の死者のながしるされていない。これは挽歌としてはきわめて異例のことだ。さらに、死者川島のこされた配偶者とおもわれる泊瀬部とともに、泊瀬部のきょうだいで、川島とも親交があったらしいとはいえ、挽歌的な環境からいえばまさに「第三者」というにふさわしい忍坂部のながしるされていることだ。そうしたことから、題詞には脱落があり、そのかわりにことなる作品の題詞が一部分混入しているのではないか、といった説までとなえられたりしている。たとえば、賀茂真淵『考』は

こゝは乱れて河島云云の十一文字はおち、忍坂部皇子の五字は、次の明日香皇女木𥔎殯宮云云の端詞に有しが、こゝに入し物也

と主張する。忍坂部皇子はこの作品のつぎにくる「明日香皇女挽歌」の死者明日香皇女の夫君でもあったとおもわれるので、その題詞の一部分がまぎれこんだ、というわけだ。この真淵の説を支持するものはおおく、『略解』

『檜嬬手』『古義』などがしたがっている。また、おなじ混入説でも井上『新考』のばあいは、泊瀬部皇女に関する注記などが本文にまぎれこんだものかとする。これらに対して、はやく『代匠記』(初)は

忍坂部皇子へ奉らるゝ心は、歌に見えねど、共に天武の御子にて、御母は宍人臣大麻呂が女、擬媛娘同腹の御はらからなれば、兼て忍坂部皇子へも奉られけるなるべし

と推測している。忍坂部が泊瀬部と同母の所生なので「兼て」たてまつったというのだ。近年までおおくの注釈書が、この契沖の説に賛同する。しかし、単に配偶者の同母のきょうだいだから献呈した、というだけでは、いかにも根拠が薄弱ではないだろうか。このように、いずれの説にしても決定的な根拠にめぐまれず、混迷をふかめる結果におわっている。山田『講義』は巻三までの部分注釈書だが、詳細にして厳正な注釈態度をもってしられる。その『講義』もこの問題に関しては

されば、これはいづれにしても明かならぬものなれば、姑くただそのままにさしおく外なかるべし。

と、さじをなげてしまっているほどだ。こうしたなかにあって、窪田『評釈』は、制作者人麻呂がこの挽歌を忍坂部皇子を通じて泊瀬部皇女に献じたためこのような題詞になったとしている。作品の制作事情と題詞の現状とをむすびつけた点は先駆的な解釈だといってよいだろう。

題詞の不審とならんで、もうひとつ論議のまとになっているのは、長歌、とくにその前半部の解釈だ。これにはいくつかの要素(語句)が相互にからみあって複雑な様相を呈している。問題となるのは、

①「嬬《つま》の命」はいったいだれをさすか(死者川島自身をさすか、それともそのつまの泊瀬部か)
②「嬬の命の」の「の」は主格か連体格か
③「身に添へ寝ねば」の主語はなにか(だれがだれと「ともねをしない」のか)
④「夜床」はどこ(だれ)のしとねをさすか

等々だが、さらに後半部にも

⑤「旅寝かもする」は自問自答かいなか

という問題がある。また、反歌に関しては「君」はだれをさすのかという問題もある。前半部に関していえば、結局①の問題がすべての根源をなしている。近年のおおくの論が、こうした点につき応酬をくりひろげてきた。それとともに、これらの問題と不可分にむすびついて、部分的にまた全体にわたって「主語はなにか」「だれの動作や状態か」「だれからだれによびかけているか」といった類の疑問がなげかけられ、また論じられてきている。そこにようやく「語り手」の論との接点がうまれるわけだ。とおまわりのようだが、やはりこうした問題について検討したうえで、「語り手」の問題をかんがえてみよう。

まず長歌(一九四)からみていく。①「嬬の命」はだれか。これについては『代匠記』以下おおくの諸注が死者川島自身という見解をしめしてきたが、ふるくは荷田春満『万葉童子問』一案が、また近年では武田祐吉『万葉集新解』さらに『全註釈』が泊瀬部説を提唱し、これにしたがうものもすくなくなく、二説がならびたつにおよんでいる。斎藤茂吉『柿本人麿　評釈篇上』も、いちおうは川島説をとりながらも、

川島皇子といふことを念頭に置けば夫《つま》の命《みこと》であるが、さもないと女性と解していい句である。

というふうにうたがいをのこしている。川島説への疑問は以下のとおりだ。まず、女性をおもわせる原文の「嬬乃命」という用字について。たしかに、人麻呂作品では、「嬬」を「妻」ではなく「夫」にあてている例が、ここ以外にもみられる(2・二一七、3・四二六)。しかし、このばあいのようにまぎらわしいところで、あえてこうした文字をもちいるというのも不自然な感じがする。それと、もしも川島説についたばあい、このあたりの動作の主体、すなわちこの文の主語は泊瀬部ということになり、その泊瀬部(女性)が川島(男性)の「たたなづく柔膚」を、「剣大刀」をかたわらにおくように「身に添へ」てねる(ことをしない)といった、およそにつかわしからぬ形容の表現になってしまう。そこで、この矛盾を回避するべく、②「嬬の命の」の「の」は従来の解釈のごとく連体格ではなくて、「夫の命」すなわち川島が、というふうに主格ととらえる説が提唱された(大野保一九五

七)。『大系』『集成』などもこの説にしたがっている。だがこれだと、「たたなづく柔膚」のまえにさらに「(つまである)泊瀬部の」とおぎなわなければならなくなり、解釈にまた別の無理が生ずる。そもそも、この「の」を主格とすること自体にも疑問があり(宮田一九八五)、結局、川島説はなりたたないことになる。「嬬の命」は、泊瀬部をさすというのがただしい。ということは、このあたりの動作の主体、すなわちこの文の主語は逆に川島だということになる。むろん③「身に添へ寝ねば」の主語、すなわち動作の主体も川島で、死者川島は、もはやつま泊瀬部をかきいだいてともねをすることもないので、というわけだ。ここでかんがえておかなければならないことは④「夜床」はどこ(だれ)のしとねをさすか、という問題だ。「嬬の命」泊瀬部説をとる『全註釈』や、これを強力におしすすめた西郷一九五九は、主語が川島になるというところから、この「夜床」も当然死者川島のよこたわる殯宮内のそれとしている。だがこれにはしたがえない。「夜床」はあくまでも男女のともねのしとねでなければならず、したがって、あえてどこというならば、のこされた泊瀬部のひとりねのそれということになろうが、このばあいは、あえてそれをどちらのがわの、ということ自体が無意味で、ただ、かつてむつまじくともねした男女の「夜の床」が、そのひとりをうしなって荒涼としている、そのことをいっているととればよいのだ。殯宮説はナンセンスというほかない。

以上をまとめてみると、冒頭の序奏部を別にすれば、前半部は主として川島を主語＝主格にたてて、その行動(正確にいえば行動しないこと)をかたっていることになる。それならばおなじ長歌の後半部はどうか。こちらは、前半部ほどに解釈がむずかしいところはない。それは、かたられる内容がほぼ一貫して泊瀬部を主格とするものといえるからだが、このばあい注意しなければならないのは、それが人称までも規定するものではないという点だ。だから、泊瀬部を主格とするといっても、一人称で「私(泊瀬部)は〜」といっているのか、二人称で「あなた(泊瀬部)は〜」なのか、それとも三人称で「泊瀬部皇女は〜」ということなのかは、にわかにはきめられないのだ。この点を誤解してはならない。⑤「旅寝かもする」は自問自答かいなかという問題は、ここにかかわる問題だし、まさしくそれは「語り手」のいかんということにかかわってくるわけだ。

ただ、そうした問題にすすむ前提として、ここでかんがえておかなければならないことは、長歌の前半部と後半部とで、叙述内容の主格となる人物がことなっているという事実だ。しかもそれがだれかということは、前半でも後半でもついに明示されることがない。それは、従来のように制作者(作家)＝「語り手」、とみるばあい、すこぶる不自然な変化というべきだろう。さすがに斎藤茂吉はそのことに気づいて、前半部にかぎっての発言だがつぎのようなくるしい弁解をこころみている。

また、『玉藻なすか依りかく依り靡かひし嬬乃命のたたなづく柔膚すらを』までは、皇女の御身のこととし、『剣大刀身に副へ寐ねば』は皇子の御身のこととして解釈することも出来る。つまり、さういふ御行為も、御本人同志が表現するのでなく、第三者の人麿が客観の位置に居て咏ずるのだから、さういふ不意識の表現も可能だといふことにもなる。

だが、これはやはりどうみても転倒したみかたというべきだろう。第三者のたちばで一貫してえがくとしたら、やはりこうした変化は不自然におもえる。かえって「本人同士」なら、たとえば前半と後半とで「語り手」がかわっているのなら、ありうることだ。つまり、「語り手」がだれなのか、従来のいいかたをするなら、「だれのたちばにたって」かたっているのか、またそれは、長歌のなかで一貫しているのかいなか、そうした状況のいかんによっては、みぎのような転換も、かならずしも不自然とはいえなくなるだろう。

反歌(一九五)についての検討はあとまわしにして、ただちに「語り手」の問題にはいろう。以上にみてきた長歌の様相のしからしむるところ、この作品では「語り手」の問題がくりかえし論じられてきた。とはいえ、むろん「語り手」という概念が流通していたわけではないから、それは主として、いましがたものべたように、「(作者は)だれのたちばにたっているのか」というかたちで論じられてきたのだった。その論議の歴史をふりかえってみよう。当初は、制作者人麻呂にそのままかさなるような、純粋な第三者的叙述というふうに理解されていた。

というより、人麻呂自身の、いわば肉声としてうけとられてきたというべきだろう。そしてそうしたみかたは現在も有力な一説を形成している。伊藤『釈注』がその代表だ(もっとも、『釈注』は長歌こそ第三者的な叙述とみるが、反歌については泊瀬部のたちばにたっているとみている)。しかし、それだとさきにのべたような疑問が生ずる。また、これは茂吉も注意していることだが、

靡かひし　嬬の命の　たたなづく　柔膚すらを　剣大刀　身に添へ寝ねば

といった、夫婦の生活の機微にふれるようなたちいったものいいは、純粋の第三者——しかも従来のみかただと、それは臣下の身分にある人麻呂ということになるわけだ——にはなんともにつかわしからぬものだ。このことは、従来の注釈者たちも無視できなかったらしく、たとえば茂吉自身、

人麿は、皇女と亡き夫君の皇子との御関係をば、直ちに男女の相寐る全体として感じてゐるから、縦ひ皇子の御身であつても自然に、『たたなづく柔膚すらを』といふやうな句になつたと解釈することも出来るのである。

などと、ここでもややくるしい説明をこころみている。この点で、窪田『評釈』が、叙述のたちばという点ではあくまでも第三者的なものとしながらも、つぎのようにのべている点が注目される。

この歌は人麿が、泊瀬部皇女の御心中の悲哀を、人麿自身の立場に立ち、自身の心持よりお察しして詠んだもので、人麿の推察によつての悲哀をもつて皇女をお慰め申したものである。皇子皇女といふ方に対しての挽歌とすると、人麿としては特殊なものである。自分の気分には即するが、しかし実際からは離れない人麿がかうした高貴な御方に対して、自分の気分を極度と言ひうるまでに発揮した詠み方をしてゐるのは、それに相当した理由があつてのことと思はれる。

ここまでふみこんでかんがえるなら、ここから代作説の出現まではさほどとおいみちのりではないだろう。その点からいえば、土屋『私注』が、ただし反歌(一九五)にかぎってだが、

これも作者人麿が、皇女の位置に自らを置いて、その感動をのべて居る作法であらう。第三者として傍観するゆき方ではない。結句の如きは、殊に、その点がはつきり感ずることが出来る。人麿は多分かうした時、自然とその心が当事者と同化してしまつたものであらう。

とのべているのは、多少曖昧さはのこすものの、すでに代作説の方向に一歩ふみだしたものと評価できるのではないだろうか。そして、おなじく反歌にかぎってではあるが、はっきりと代作の可能性を指摘しているのが『全註釈』(旧)だ。「釈」の部分で「袖易之君」について「皇女に代つて詠んでゐる語法である」と明言し、「評語」でもおなじことばをくりかえしている。こうした趨勢のなかで、この作品全体を人麻呂による代作だと明言したのは、山本健吉だ。山本一九六二は、

この歌は、一見泊瀬部皇女に向つて、その孤閨の淋しさを慰めようとしている歌に見えるが、そうではあるまい。やはり、河島皇子の死霊に向つて訴えているので、人麻呂は皇女に代つて、その思慕の情を述べているのである。

と明快に指摘する。またこれにつづいて阪下一九六六も

形式の点からいえば、これは人麻呂が泊瀬部皇女になり代ってつくった代作歌ということになるが、それにつけても、題詞には若干の混乱があるとせねばならない。

と代作説を表明している。このような論調の登場には、ちょうどこのころから、万葉集研究の世界で代作論・虚構論が認知されはじめた、という状況の変化もあずかっているだろう。

この作品が代作なのかどうか、すなわちだれかになりかわって、そのたちばで制作したものなのか、そうではないのか、〈代作〉の定義ともあいまって、なかなか解決のいとぐちがみつからないなか、論議はさきにものべたように主として「人麻呂はだれのたちばでうたっているか」という方向で展開していった。しかし、「だれのたちばか」というといかけかたには、ことばの点でも曖昧さがのこる。むしろ、本書の観点にしたがって「語り

手」はだれなのか、といった方が疑点をのこさないだろう——そう、それはまさに「語り手」の問題なのだ。だが、しばらくは論議の展開の経過をおってみよう。

この論議の展開において、あきらかなターニングポイントの役わりをになったのは、橋本一九六七だったといってよいだろう。というのは、橋本は、さきにも指摘しておいた長歌の前半部と後半部とのあいだの亀裂を直視して、そのあいだに「だれのたちばか」という点に関して変更がおこなわれていることを主張したからだ。橋本は、巻一三などにみられる、一首の長歌のなかで発話の主体がかわる、すなわち一首の内部が問答体になっているような形式の存在に着目して、ここもそれに準じた形式とみなせる、としたのだった。そこで橋本は、長歌前半部は忍坂部のたちばで死者川島によびかけたもの、後半部は一転して、泊瀬部のたちばからおなじく亡夫川島によびかけたものとした。橋本は、前半部をこのように解することで、題詞に献呈対象として忍坂部のなまえのあることに関しての解決をもはかったのだ。また、橋本はここで、「だれのたちばか」の問題にともなって、それがモノローグ的な叙法なのか、それともだれかにかたりかけるダイアローグ的な叙法なのかについても考慮する余地のあることを、あらたにしめしている。

ただ、この橋本説は、こうしたばあい問答形式の例しか存在しないにもかかわらず、それを問答にはなっていない当該歌にあてはめている点に、疑問のなげかけられる余地をのこしたのだった。したがって、これ以後も長歌に関して前半と後半とでたちばの変化(すなわち「語り手」の変化)をみとめない説はつづいている。長歌も反歌もともに一貫して泊瀬部のたちばで叙述されている、とみる土井一九七六・太田一九九四などがその例だ。また、長歌だけにかぎっていえば、一貫して第三者の(つまり人麻呂とほぼかさなるような)たちばでうたわれているとする岡内一九八四や『釈注』の説もあり、これには木村二〇〇〇などがしたがっている。

一方、橋本の観点をとりいれて長歌前半と後半とのあいだに「たちば」のちがい等をみとめる論者にしても、そのとりいれかたはさまざまだ。たとえば、ある意味で橋本の観点をより純化したといえるのが曽田一九八六だ。

すなわち、曽田は前半を忍坂部から泊瀬部によびかけたもの、後半はこれに泊瀬部がこたえたものとみる。文字どおりの問答形式とみるもので、それによって橋本説の弱点を克服している。また、駒井一九九六も、前半部は忍坂部から泊瀬部によびかけたものとみるが、後半部を泊瀬部のモノローグとみる点が曽田説とことなる。村田一九九五の説はさらにユニークで、死者川島と泊瀬部との問答になっているととく。また、倉持一九九四は、前半・後半と二分せず、第三者のたちばではじまって、徐々に泊瀬部へと転じていく、と解析する。実は『釈注』も、長歌は全体として第三者のたちばとしつつも、「けだしくも」あたりからは反歌(これは泊瀬部のたちばとみている)への「伏線」となっている、とする。倉持の認識とあい通ずるものがあるようだ。

わたくし自身も、この件についてはくりかえし発言してきた(身﨑一九七七、身﨑一九九四)。しかし、それらの時点では「語り手」という概念を明確にたてることができていなかった。いま、「語り手」論の視座にたって、あらためてこの問題に関する見解をあきらかにしておきたいとおもう。

そこで、解釈のうえで確実なあしばをつくって、そこから分析をひろげていくことにしたい。まず、長歌を前後に二分する。もしも結果的に、おなじような「語り手」が想定できたばあいは、その段階でひとつにまとめればよいだろう。前半部の「語り手」を、どうとらえたらよいか。第一にいえることは、それは泊瀬部ではありえない、ということだ。④「夜床」のところで検討したように、これが死者のよこたわる殯宮(または墓所)のそれでなく、川島の生前、ふたりがともねをした閨房のことであってみれば、泊瀬部がそれを「夜床も荒るらむ」ということはありえない(異文注記の「荒れなむ」ならはなしは別だが)。つぎに、おなじく当事者でも、死者川島ならばそれはありうるが、そもそも死者を「語り手」にたてるということはありえない――人麻呂作品でも、もうすこしのちの段階ならともかくとして、すくなくともこの時点では――とおもわれるので、このみかたは排除してよいとおもう。すなわち、この前半部の「語り手」は当事者ふたりのどちらでもない第三者とかんがえられる。

後半部はどうか。それがほぼ一貫して泊瀬部を主格とする表現だということはすでにのべたが、そこでは、その人称については保留しておいた。だが、第一印象としては、おそらく泊瀬部が「語り手」だとかんがえるのが自然のようにおもえるだろう。つまりここは泊瀬部による一人称叙述で、「私(泊瀬部)は〜」とかたっているのだ、と。反歌については、おおかたが泊瀬部のたちばとかんがえているが、それとのつながりもこのように解せばわかりやすい。そして、このように長歌の前半と後半とで「語り手」にちがいがあるとすれば、それは、前半部の「語り手」はだれかの問題はさておくとして、ともかく問答形式によるものとみるのが妥当ということになるだろう。従来の諸説でいえば、これは曽田(前半部の「語り手」は忍坂部とする)などの理解にちかい。だが、わたくしの現時点での見解はこれとことなる。

さきに反歌(一九五)からみておこう。この反歌も、結句に「またも逢はめやも」というところ、長歌後半部と同様に泊瀬部を主格とする叙述だということはうごかない。ただ、これもまた、その人称についてはどれと限定できないはずだ。ここにも長歌末尾とおなじく「(敷たへの袖交へし)君」という呼称のあることから、泊瀬部が「語り手」だと断定するむきもあろうが、「君」は、「あなた」(このばあいはむろん泊瀬部が「語り手」ということになる)ともとれるが、「あのかた」と解することも可能で、そのばあいは、泊瀬部は二人称でも三人称でもありうる。つまり、長歌後半部と反歌とはたしかに一体感によってつながっているとおもわれるが、たがいにどちらかを根拠として「語り手」を規定することはできない。

ひるがえって、長歌後半部の「語り手」としては、ほんとうに泊瀬部が妥当といえるだろうか。そこで問題になるのが、「旅寝かもする」だ。泊瀬部を「語り手」とするためには、ここを他者からの泊瀬部の行動に対するといかけではなく、泊瀬部による自問自答と解する必要がある。現に倉持・駒井両論文は集内の用例を検討してこれが自問自答の表現たりうることを主張している。この見解はただしいだろうか。疑問の係助詞「か」と「や」との相違については、つとに澤瀉久孝の著名な論文(澤瀉一九四一)があり、そこには

「われ」のことを詠嘆をこめて述べる場合には「や」となり「ひと」(又は「もの」)のことを単に疑ひ、たずねる場合には「か」となる。

と説明されている。澤瀉論文は万葉集にすでにその例外を生じていることも注意しているが、人麻呂にそうした例はないようだ。この澤瀉説に対しては大野晋一九九三などの批判的な検討もなされているが、いまはそれにふれる余裕はない。もっとも、大野説はここの例が自問自答になりうるかいなか、にはかかわらないようだ。

要はこのことを、後半部の「語り手」を泊瀬部とみるばあいどう処理すべきか、ということだ。いましがたのべたように、具体的に「かも」が自問自答となる例をあげて解決をはかっているのは、倉持・駒井両論文だ。そこで、ここでは駒井のあげている例について、その妥当性のいかんを検証してみよう。つぎにあげるのがその例の主たるものだ。

かくばかり　面影のみに思ほえば　いかにかもせむ　人目多くして　（4・七五二）
奥山の　岩に苔むし　恐けど　思ふ心を　いかにかもせむ　（7・一三三四）
しほ船の　おかれば悲し　さ寝つれば　人言しげし　汝をどかもしむ　（14・三五五六）
今のごと　恋しく君が　思ほえば　いかにかもせむ　するすべのなさ　（17・三九二八）

たしかに、これらの例はすべて自問自答といえる。だが、子細にみると、これらはすべて「いかにかもせむ」「どかもしむ」というふうに、「かも」を助動詞「む」がうける、おなじ文型になっていることに気づく(後者の「しむ」は、東国語形で「せむ」におなじとかんがえられる)。これらが自問自答の意味になるのは、意志をあらわす「む」があるからで、それらと、「む」でうけない当面の「旅寝かもする」とを同列にあつかうわけにはいかないだろう。これらの例は、自問自答説の根拠にはならない。やはり、ここは自問自答ではなく、他者からの泊瀬部の行動へのといかけ(といっても、直接に二人称でといかけるとはかぎらないが)とみなければなるまい。

後半の「語り手」が泊瀬部でないとすれば、そもそも前半と後半とで問答形式になっているとみることはできないようだ。それならばむしろ、長歌を通じて、単独の「語り手」を想定するのが妥当だろう。そしてそれは泊瀬部以外のだれかだ。その「語り手」は、死者とその配偶者にちかく、二人の夫婦生活の機微に通じて、それを口にしてはばからないような人物ということになろう。とすれば、当事者両人以外の第三者といっても、歌人人麻呂にかさなりうるような人物ではありえない。結論をいえば、それは忍坂部皇子にちがいない。長歌は一貫して、さらには反歌もふくめて、この作品は忍坂部から泊瀬部に呼びかける二人称形式でうたわれているとみるべきだったのだ。

作品の外部の問題になるが、この作品には、

右或本曰　葬河嶋皇子越智野之時　獻泊瀬部皇女歌也　日本紀云　朱鳥五年辛卯秋九月己巳朔丁丑浄大参皇子川嶋薨

という左注が付されていて、或本には「獻泊瀬部皇女歌」との作歌事情がつたえられていたことがしられる。異文と本文との関係は一様にはかんがえられず、また本書の基本的なたちばからいっても、或本の記述内容をみだりに本文に適用すべきでないことはいうまでもないが、「獻泊瀬部皇女歌」というありようは、まさしく泊瀬部にむかってよびかけたうたの実態に合致するものだろう。それが本文形で泊瀬部・忍坂部の両者に献じられたかたちになっているのは、おそらく歌人が忍坂部に依頼され(あるいは命じられという方がふさわしいか)忍坂部のたちばで泊瀬部によびかける作品を制作したからだろう。

「献呈挽歌」は一貫して忍坂部皇子を「語り手」とする作品だった。橋本がきりひらいた長歌前後二分説は、この作品のよみの深化に資する面がおおきかったが、結論としては、放棄せざるをえないだろう。だが、「語り手」の認定それ自体が、それだけが目的なのではない。「語り手」をそのように設定することによって、この作品になにが可能になったか——「作者」ということばをつかっていえば、どのような表現意図が作者をしてかか

る「語り手」を採用させたのか。そのためには、結局作家レベルにめをむけて、この挽歌の制作背景をあらためて確認しておかなければならない。死者川島は、天武八年(六七九)五月のいわゆる吉野盟約に芝基(志貴)とともにくわえられている(ついでにいえば、忍壁=忍坂部もこのなかにいた)ことでもわかるように、天智の遺児としてはおもんじられた存在だったと、一応はいえるだろう。しかし、天武諸皇子とことなり、持統朝の現在、皇位継承からははるかにとおい存在だったといえよう。だから、おなじく皇子を対象とする挽歌とはいっても、第一章でみた「日並皇子挽歌」や「高市皇子挽歌」などの、まぎれもない宮廷挽歌とは多少ことなる性格のものになった可能性を否定することはできない。その意味では、さきの二者とおなじく「殯宮之時」の題詞記載をもつものの、女性を対象とする(しかも天智の皇女の)「明日香皇女挽歌」(次章)にちかい性格が想定できよう。現に、このふたつの挽歌は表現面でも類似をみせている。

このばあい、公的な存在を公的・儀礼的にいたむのとはことなる哀傷の方法がとられなければならない。おのずからその内容は、死者生前の私的・個人的なことがらにかたむくだろうし、その挽歌的抒情は近親者の悲嘆という挽歌本来の性格に即したものとなるだろう。だが、実際に制作のことにあたったのは近親者ではなく、専門歌人柿本人麻呂だった。そこに挽歌的抒情の実現にかかわる矛盾が生ずることになる。

死者ともしたしく、しかもそのつまの兄弟でもある存在を「語り手」として設定すること、しかもその「語り手」が死者の配偶者にかたりかける形式を採用したことは、その決定的矛盾をのりこえることを可能にした。すなわち、作家の〈われ〉は隠蔽され、配偶者や近親者による哀傷の情の表出、その描写がきわめて容易になったわけだ。もっとも、直接的な表出ということならば、より単純でしかも配偶者や近親者による哀傷の情の直接的な表出が可能な方法があった。それは、泊瀬部を「語り手」とする代作方式、あるいは曽田などが主張する問答形式だ。これならば(後者なら部分的にせよ)配偶者を「語り手」とすることができる。

しかし、忍坂部からの依頼(命令)という制作事情もあって、いまみるような形式が採用されたのだろう。「献呈挽歌」は、人麻呂が忍坂部の依頼(命令)をうけ、その忍坂部を「語り手」とする形式をとった作品で、その点からいえばまちがいなく代作というべきものだった。人麻呂以前に存在した「古代的代作」の伝統が、また人麻呂の作品でいえば「天武挽歌」制作の経験が、そうした方法の採用を可能にしたといってもよいだろう。

第四章　「明日香皇女挽歌」

制作年代のうえではすくなからぬ間隙があるものの、前章でとりあげた「献呈挽歌」とのあいだに共通性とつながりとを感じさせるのが、天智天皇の皇女ながら、天武・持統朝にあっても一定の存在感をしめしていたとおもわれる明日香皇女が、文武四年(七〇〇)四月に薨じた際、その殯宮に供するために制作された挽歌だ。この作品は、おなじく殯宮挽歌といいながら、さきにみた「日並皇子挽歌」や「高市皇子挽歌」とくらべて、私的な喪失のかなしみをうたうという要素が前面にでて、その分だけ公的・儀礼的な性格は後退しているようにおもわれる。とはいえ、公的な性格がきえさったわけではなく、むしろ挽歌的抒情性と公的・儀礼的な格調との両面が渾然と一体化して、この作品は万葉宮廷挽歌のひとつの到達点をしめしているというべきだろう。

それならば、殯宮挽歌としての公的な性格と、回想のなかにえがかれる生前の夫婦の和合、死後におけるのこされた配偶者の悲嘆、といった私的な要素とは、この作品のなかでどのように調和しまた融合をとげているのだろうか。「語り手」の位置のとりかたの工夫や、「時間」「空間」の効果的な設定こそが、そうした達成をささえているとおもわれる。とりわけ、挽歌的抒情としての「しのひ」の表出が「時間」とのかかわりでどのような特徴をみせるか、ということがこの章での分析の焦点となるだろう。

この挽歌については、巻二挽歌部の排列と制作年代との矛盾(「高市皇子挽歌」との前後関係)、また、天智皇女の明日香が、なにゆえに皇太子草壁や太政大臣高市に伍して、宮廷儀礼挽歌としてもっとも公的性格のつよい、いわゆる「殯宮挽歌」をたてまつられているのか、等の問題が論議されているが、ここではその方面にはふみこまず、「語り手」や作中世界を構成する時間と空間をめぐる検討を中心とした表現分析に主眼をおきたい。

明日香皇女木𦽳殯宮之時柿本朝臣人麻呂作歌一首并短歌

飛ぶ鳥　明日香の川の　上つ瀬に　石橋《いは》渡し　下つ瀬に　打橋渡す　石橋に　生ひ靡ける　玉藻もぞ　絶ゆれば生《お》ふる　打橋に　生ひをれる　川藻もぞ　枯るればはゆる　何しかも　我が大君の　立たせば　玉藻のもころ　臥《こ》やせば　川藻のごとく　靡かひし　よろしき君が　朝宮を　忘れたまふや　夕宮を　背きたまふや　うつそみと　思ひし時　春へには　花折りかざし　秋立てば　もみち葉かざし　敷たへの　袖たづさはり　鏡なす　見れども飽かず　望月の　いやめづらしみ　思ほしし　君と時々　出でまして　遊びたまひし　御食向かふ　城上の宮を　常宮と　定めたまひて　あぢさはふ　目言も絶えぬ　しかれかも　あやにかなしみ　ぬえ鳥の　片恋づま　朝鳥の　通はす君が　夏草の　思ひ萎えて　夕星《つづ》の　か行きかく行き　大船の　たゆたふ見れば　慰もる　心もあらず　そこ故に　せむすべ知れや　音のみも　名のみも絶えず　天地の　いや遠長く　偲ひゆかむ　御名に懸かせる　明日香川　万代までに　はしきやし　我が大君の　形見にここを

短歌二首

明日香川　しがらみ渡し　塞かませば　流るる水も　のどにかあらまし

明日香川　明日だに見むと　思へやも　我が大君の　御名忘れせぬ

(2・一九六～一九八)

はじめに「語り手」の面からの考察をこころみる。もっとも、この作品には解釈上種々の問題がよこたわっているが、「語り手」のありように関するかぎり、その親近性にもかかわらず「献呈挽歌」のばあいとはことなり、従来ほとんど関心がはらわれていない。それものちにみるような「語り手」の実態からみて無理からぬことだとはおもうが、一面では、これがほかならぬ「殯宮挽歌」だということが暗黙の了解となって、「語り手」論議を閑却させていたのではないかともおもわれる。「殯宮挽歌」は公的・儀礼的性格の優越する挽歌で、臣下のたちば(それはすなわち歌人人麻呂のたちばにかさねることができる)において、宮廷感情を代表するかたちでうたわれている、という固定観念が「語り手」への注目をおこたらせたといってもよいだろう。これを逆にいえば、すでにくりかえしのべたように、従来の研究では「語り手」の概念が明確に意識されていなかったので、制作事情や表現にあきらかな問題が顕在化しているもの(「献呈挽歌」や、次章で検討する「吉備津采女挽歌」など)だけが、例外的にこの観点からとりあげられてきた、ということなのだ。

ともあれ、「語り手」の様相を的確にとらえるためにも、作品の全体像をとらえておく必要があろう。長歌の段落構成については諸説紛々の状態だが、わたくしはこれを五段構成とみたい。反歌二首とあわせると七段落ということになる。

①冒頭～枯るればはゆる
②何しかも～背きたまふや
③うつそみと～目言も絶えぬ
④しかれかも～せむすべ知れや
⑤音のみも～形見にここを
⑥反歌1
⑦反歌2

はじめにこの段落構成にそいながら、叙述内容を概括しておこう。まず①は序奏部で、明日香川の景からうたいおこし、そこにはえる「玉(川)藻」に焦点をあわせていく。むろんそこから、「靡かひしよろしき君」と、生前の夫婦のむつみあいにつなげていくのだが、このばあいはそれだけにおわらない。その「絶ゆれば生ふる」「枯るればはゆる」さまに、つきることない再生・生命力のイメージを託し、それとは対照的な人間(皇女)の有限の生をうかびあがらせる、みごとな手法といえよう。その点で、おなじく明日香川の「玉藻」をえがきながら、それをただちに夫婦の交歓にむすびつけるのみの「献呈挽歌」の序奏部とは、おおきな径庭があるといわねばならない。さらにいえば、対句構成の単調さまでもが、ここでは永遠の生命力を強調することにあずかっているだろう。

もうひとつ、「献呈挽歌」とことなる点をあげるとすれば、この序段で「石橋」と「打橋」とがうたわれていることだろう。明日香川の景として、なくてはならないというわけでもない「橋」が、なぜえがかれなければならないのか。それは、「石橋」「打橋」の用例をみればすぐに見当がつく。「石橋」のここ以外の用例は三例だが、序詞中にもちいられている一例(10・二二八八)をのぞくと、のこりはいずれも当該歌とはことなる表記ながら

①年月も　いまだ経なくに　明日香川　瀬々ゆ渡しし　石走も無し　(7・一一二六)

②直に来ず　此ゆ巨勢道から　石椅踏み　なづみぞ我が来し　恋ひてすべ無み　(13・三二五七)

の二例となる。一方、「打橋」の用例はほかに五例あり、すべて当該歌とおなじく「渡す」とうたう。なお、こちらはそのうち四例までが当該歌と同一表記によるものだ。

③千鳥鳴く　佐保の川門の　瀬を広み　打橋渡す　汝が来と思へば　(4・五二八)

④背の山に　ただに向へる　妹の山　こと許せやも　打橋渡す　(7・一一九三)

⑤天の川　打橋渡せ　妹が家道　やまず通はむ　時待たずとも　(10・二〇五六)

⑥機《はた》ものの　踏木持ち行きて　天の川　打橋渡す　君が来む為　(10・二〇六二)

⑦……泉の川の　上つ瀬に　宇知橋渡し　淀瀬には　浮橋渡し　あり通ひ　仕へ奉らむ　万代までに
（17・三九〇七）

以上「石橋」「打橋」をあわせて七例、このうち、②③④⑤⑥の五例までもが、相聞歌かそれに類するもので、「恋人」のもとにかようためにわたる「橋」、またはかよってくる「恋人」のためにわたす「橋」としてえがかれている。つまり、これらの「橋」は「恋の通ひ路」としてうたわれているわけで、このことからみて、ここでの「石橋」「打橋」のくみあわせは、男女の交情を暗示するもの、相聞情調をかもしだすものだったといってよいのではないか。このことに注目しておきたい。

②では、皇女が「宮」をわすれ、そむく、といういいかたではやくもその死を暗示する部分だが、①の「玉藻」「川藻」から「靡く」をひきだし、皇女夫妻のむつみあいを印象づけつつ、「藻」の生命力と対比するかたちで人間の生のはかなさをも強調する。ここに、はやくも「靡かひしよろしき君」が登場することに注意しておきたい。

つづいて③では、再度皇女と「君」との交歓のさまを入念にえがいたうえで、その交歓の舞台が一転して皇女の殯宮の地となったあやにくさをのべ、皇女の死をあきらかにする。皇女の死による交情の断絶は「目言も絶えぬ」と表現されるが、この「目言」についてもさきの「橋」のばあいと同様のことがいえる。すなわち、この語はここ以外では

海山も　隔たらなくに　何しかも　目言をだにも　ここだ乏しき
（4・六八九）

横雲の　空ゆひきこし　遠みこそ　目言離るらめ　絶ゆと隔てや
（11・二六四七）

と、いずれも相聞歌にもちいられていて、やはり相聞的情調をかもしだすことばだったことがしられるのだ。また、これもついでにいえば、この「目言」に冠している枕詞「あぢさはふ」も、かかりかたに関してはあきらかではないものの、「目」に冠している例は三例(6・九四二、11・二五五五、12・二九三四)とも相聞的表現にも

ちいられていて、これまた相聞情調の演出に寄与しているといえそうだ。

以上がいわば前半部で、④以下が後半部となる。④では、前半部②ですでに登場していた「君」があらためてクローズアップされ、その悲嘆のさまを、「ぬえ鳥の」「朝鳥の」「夏草の」「夕星の」「大船の」と、枕詞をたたみかけるように集中して投入し、あざやかにえがきだす。この枕詞の連続的な使用に関しては、すでに渡瀬一九七七が、

いずれも、用言を修飾する独創的な枕詞であって、鳥・草・星・船による絢爛たる修辞といってよい。人麻呂はことばのあやを凝らして、朝に夕に殯宮に往来する夫皇子の悲しみを表現したのである。

と的確に指摘している。だが、それとともに、というより、それ以上に重要なのは、この④の末尾の叙述だ。

大船の　たゆたふ見れば　慰もる　心もあらず　そこ故に　せむすべ知れや

いったいだれが「心を慰めかねる」のか、また「どうしたらよいかわからない」のか。いうまでもなくそれは「語り手」のはずだ。つまり、夫君の悲嘆のすがたをえがくことから、そのすがたにこころうたれ、おなじかなしみにひたされる「語り手」自身の心情が直接に表明されている。これは、「献呈挽歌」とはおおきくことなるところといわなければならないだろう。そして、それが長歌終局部から反歌にかけての表現をみちびくことになる。すなわち、終局部⑤は、なき皇女の「形見」として、そのなにゆかりのある明日香川のながれをしのんでいこうという「語り手」の心情の披瀝でむすばれ、反歌二首⑥⑦も、表出度に差こそあれ、いずれも「語り手」による直接の「しのひ」の表現がとられている。

そこで、「語り手」の設定のしかたに考察の歩をすすめよう。この作品に関する研究で「語り手」に注目したものは、前章でみた「献呈挽歌」のばあいにくらべてはるかにすくない、というより、身﨑一九八二以前にはほとんど皆無といってよいだろう。その後、わずかに門倉一九八三や倉持一九九五がとりあげ、またちかくは太田二〇〇四が正面からこの問題を論じている。この作品の分析に「語り手」の視点がすえられるようになったのは

ごく最近のことといえよう。それは、この作品のばあい、「献呈挽歌」とはことなり、「語り手」＝作家＝人麻呂ととらえてもとくに矛盾はきたさなかった、つまり分析の障害にはならなかったからだろう。たしかに、そうみておいてはなはだしい齟齬が生ずるわけではないようにもおもわれるが、それでは、結局のところこの挽歌の表現の独自な機構をみそこなってしまうおそれがある。そのことをはっきりとさせるために、ここでは以下のような方法をこころみよう。

通説的なみかたにしたがって、「語り手」＝作家＝人麻呂としたとき、実際の表現とそのような把握のしかたとのあいだに、矛盾は生じないだろうか。この作品の「語り手」は、「われ」ということばのレベルに関するかぎり、自己を前面におしだすことはない。だがそれでいて、この「語り手」は十分に自己顕示的でもある。長歌のつぎのような表現に注目しよう。まずは②で、「何しかも(〜忘れたまふや〜背きたまふや)」といぶかっているのはだれか。つぎに、③冒頭の「うつそみと思ひし時」について。ここで「思ひ」こんでいたのはだれか。また、これはすこしまえにものべたことだが、④で、のこされた夫君の悲嘆のさまをみるにつけ「慰もる心もあらず」すなわちこころがなぐさめられないと述懐し、「そこ故にせむすべ知れや」と途方にくれているのはだれか。最後に、⑤で、明日香川をなき皇女のかたみとして「偲ひゆかむ」と決意をのべているのはだれか。むろん、これらはすべて「語り手」だ。「語り手」はこれほどまでに自己顕示的にかたっていたのだ。こころみにこの部分を英訳してみれば、「語り手」がいかに〈われ〉を前面におしたてているかが実感されるだろう。しかも、その「語り手」は、皇女と夫君との生活の機微にまでたちいって「靡かひしよろしき君」などと証言したりもしている。「語り手」がこの夫婦にきわめてちかしい関係にあったことをうかがわせよう。だが、それよりもさらに重要なことは、ここにおける挽歌的抒情の確保の方法だ。すなわち、「語り手」はあくまでも第三者でありつつ、のこされた夫君＝「君」の心情をおもいやり、それに共感することにおいてついに挽歌的抒情の主体たりえているということだ――前掲太田二〇〇四は長歌中に「皇女の夫君たる話者」が登場するとみているが、このみかたはとらない。

このばあい重要なのは、この「語り手」が現実世界におけるいかなるたちばの人物として設定されているか、ということではなくて、どのような方法によって挽歌的抒情の主体としての機能をまっとうしているのか、ということだろう。宮廷歌人「人麻呂」にかかずらっていては、そうしたといを発することができないのだ。この作品の作者による抒情の方法は、第三者的な「語り手」を設定しつつ、死者の配偶者を作中世界によびこんできて、その悲嘆のすがたを入念にえがくところになりたっている。その点では、この作品はあきらかに「献呈挽歌」の方法を継承しているといえるだろう。だが、むろんそこには死者の性別、「語り手」の設定、その他のちがいが存在する。そして、なによりも重要な相違は、この作品では、代作的な機構によるのではなく、配偶者の心情を「語り手」のそれにかさねあわせ、徐々に同化させていく、複雑かつ巧妙な方法をとっているという点だろう。その意味で、これはあきらかにさきの「献呈挽歌」よりも方法的にいちだんと深化した段階と評価できるのではないだろうか。

ただし、こうした面のみからではこの挽歌の特質をとらえきれないことも、率直にみとめなければなるまい。のべきたったような傾向からかんがえるなら、長歌終局部、さらに反歌の抒情の質は、もうすこしことなったものになることが予想されよう。それは、「献呈挽歌」のばあいをかんがえてみればすぐわかることで、配偶者の、あるいはすくなくとも配偶者の心情によりそった、私的な「しのひ」に収斂していくことが予想されるわけだ。ところが、実際には、この作品では長歌末尾にいたって

音のみも　名のみも絶えず　天地の　いや遠長く　偲ひゆかむ　御名に懸かせる　明日香川　万代までに
はしきやし　我が大君の　形見にここを

というふうに、いわば公的・儀礼的な「しのひ」へと急傾斜していく。そしてその「しのひ」のよりどころとしての「御名」を、反歌がひきついでいくことになる。こうした点からみるなら、すくなくとも終局部での挽歌的

抒情のありかたにおいて、この作品と性格をおなじくするのは、「献呈挽歌」ではなくて、むしろおなじく「殯宮挽歌」と称される「高市皇子挽歌」(第一章)なのではないかとおもわれる。このふたつの挽歌は、その長歌終局部の挽歌的抒情に、未来への志向、将来かけての「しのひ」の意志の表明という要素をもちこんでいることでも共通する。この、「未来」へのまなざし、という性格は、公的・儀礼的挽歌の抒情の方法という観点から、また、時間論の観点からも本章の後半部で論じなければならないとおもうが、いまは事実を指摘しておくにとどめる。

「明日香皇女挽歌」の「語り手」による抒情の方法について、ここでいったんまとめておこう。この挽歌は、端的にいって、私的な挽歌の方法と公的な挽歌の方法との統合によってつくりだされた作品だった、と結論することができるだろう。皇女の殯宮時の挽歌という公的性格は、制作の方法をつよく制約することになる。制約というのは、たとえばこういうことだ。第三者が、死者をいたむ情を自然なかたちで表現しうるものとして、代作的な機構を導入するというものがあった。前章であつかった「献呈挽歌」がそれだ。しかし、公的な要請にもとづく殯宮挽歌では、それはできない。配偶者や近親といった死者にちかしいものたちの情をくむだけではなく、宮廷人一般の死者への哀悼の意をあらわす必要があるからだ。一方、死者がこのばあい皇位の継承などにはいっさいかかわらない女性だという点で、死者を公的な側面のみから哀悼するには材料が不足している。その点が、他のふたつの殯宮挽歌とは決定的にことなるところだ。こうした困難な状況を打開するために構想されたのが、この作品の方法だったのではないだろうか。まず、公的挽歌の要請、というわくぐみにしたがって、宮廷人一般を代表する臣下のひとり、というかたちで「語り手」が設定される。つぎに、そうした「語り手」に挽歌的抒情をになわせるために、皇女の配偶者たる「君」を作中世界にクローズアップする。そして「語り手」はその「君」の心情によりそうことにより、死者への哀惜の情を共有することが可能になる。そのばあい、実体的には、たとえばなき皇女にみぢかにつかえていたもの、というふうにうけとられる可能性はあるが、このばあい重要なのは、ともかくも「語り手」が臣下としてのたちばをふみはずすことがない、という点だ。

このように、この作品においては、公的・儀礼的挽歌の手法と私的・抒情的挽歌のそれとが結合され、その結節点に、そうした方法にふさわしい「語り手」像が設定されている。ここにはあきらかに「献呈挽歌」からの方法的飛躍がみてとれるだろう。

つぎに、「時間」「空間」の面から、あらためてこの作品を分析してみよう。そもそも作品における時空の設定は、端的にいって「語り手」のいま・ここを基軸とするものなのだから、両者はもともとふかくむすびついているものとかんがえられよう。ここで両者を別々にあつかうのは、叙述の複雑化をさけるための便宜にすぎない。まず、さきほどの段落把握にかさねながら、主として時間という視点からあらためてこの作品を分析してみると、およそつぎのようにとらえられよう。

①冒頭〜枯るればはゆる　——序奏部(無時間的現在、または永続・反復する時間)
②何しかも〜背きたまふや　——皇女の夫君との生活からの離脱(現在——過去と対比しつつ)
③うつそみと〜目言も絶えぬ　——皇女の殯宮鎮座(回想＝過去——生前〜死)
④しかれかも〜せむすべ知れや——夫君の悲嘆、「語り手」の感慨(現在)
⑤音のみも〜形見にここを　——「しのひ」への決意(未来)
⑥反歌1——喪失の悔恨(反実仮想＝過去)
⑦反歌2——「しのひ」への決意(未来)

時間のありようについてのたちいった分析はのちにするとして、ここでは全体について、空間の要素をまじえつつ簡単に説明しておこう。序奏部は、さきにものべたように、この作品との類似が指摘されている「献呈挽歌」の冒頭部とおなじく、明日香川の景をえがくことからはじめられる。しかしその「景」は、眼前にくりひろげられるある現実のときのものというよりは、永遠にくりかえされる、反復する時間のなかにおかれている景というべきだろう。平舘一九九〇はこれをさして「円環的時間」と称している。おそらくは、のちにひく青木生子の論の指摘などをうけたものだろう。もっとも、「円環的時間」というような把握のしかたが妥当かどうか、このあたりは時間表現というよりは時間意識の発達史の問題にからんでくることだが、いまはそのことにはふれない。

ともかく、このような①に対して、これにつづく②以降は確実に、現実に進行する時間のながれにからめとられている。すなわち、②は、

何しかも　我が大君の　立たせば　玉藻のもころ　臥やせば　川藻のごとく
靡かひし　よろしき君が　朝宮を　忘れたまふや　夕宮を　背きたまふや

というあたりまで、皇女のすがたをえがくのに①に登場していた明日香川の景物を比喩の素材としていて、一見①をうけついでいくようにみせつつ、しかし

というふうに、そのように形容される皇女のすがたが、いまや過去のものになってしまったことを暗示していく。過去と現在との落差にくわえて、ここで注意しておかなければならないことは、①の永続・反復する時間に対置されるとき、②の現実に進行する時間が、おのずから人間の有限の生命をあかるみにだしてしまうことになる、という点だ。そして、ふりかえってみれば、そうしたあざといまでの対照を端的にみちびくのが、②の冒頭の「何しかも」というといかけの表現だったのだろう。

これをうけた③では、その現実が皇女の「死」によってもたらされたことがあかされる。旧稿（前掲身﨑一九八二）では、②の段階ですでに皇女の死がかたられている、としたが、これは厳密にいえばあやまりで、この作品が挽歌だという予見をもって――むろんそれは当然のことではあるけれど――よむかぎりでそうよめてしまうにすぎない。あくまでも表現されたことがらだけにそっていえば、死があきらかにされた③からたちもどってみたときはじめて、その

朝宮を　忘れたまふや　夕宮を　背きたまふや

という叙述が皇女の死の暗示または伏線だったことがわかる、というべきだろう。この③において、皇女生前の夫君とのなかむつまじい夫婦生活が回想の形式で、入念にまたうつくしくのべられ、そこから急な暗転があって、皇女の死＝殯宮鎮座がのべられる。このくだりでは、文脈上おおきな転回をしめす表現（たとえば逆接の接続詞や接続助詞をもちいた表現）がないままに、皇女の生前のかがやかしい生活の空間（その意味で、そこに冠されている枕詞「御食向かふ」は、つきづきしくえらばれているといえよう）だった「木䃜の宮」が、ただちにいとわしい死の空間＝かなしみの空間へと変貌する。

④の時間は、ほぼ現在とみなしてよい。ここでは最愛の配偶者をうしなった夫君の悲嘆の行動と、そのかなしみにかぎりなく共感する「語り手」の心情とが叙される。「語り手」の問題についてはすでにのべたので、ここではふれぬことにして、ここであらためて注目したいのは、その夫君の行動を叙した部分だ。

ぬえ鳥の　片恋づま　朝鳥の　通はす君が　夏草の　思ひ萎えて　夕星の　か行きかく行き　大船の　たゆたふ見れば

ここは、のべたごとく大局的にみれば皇女がみまかって殯宮に鎮座している現在時点での叙述だ。しかしさきにも渡瀬論文をひいて指摘した枕詞の連続的用法に注目してみるとき、「朝鳥の」から「夕星の」へとつづき、またそのあいだに苛烈なまひるのひざしを想起させる「夏草の（思ひ萎えて）」がおかれることによって、おのずから、夫君がくるひもくるひも、かつての夫婦のなかむつまじい生活の一場面をおもいおこさせてやまない、そしていまは皇女の遺骸のおさめられたその木䃜の宮に、悲嘆にくれつつかよいつづけるありさまが、「朝」〜「夕」の時間にわくどられてしめされているといえる。それは夫君のつきることのないかなしみをうきぼりにする、枕詞という修辞技法に生命をふきこんだ表現といえよう。さらにつけくわえるなら、ここの部分の、反復される行動によってしめられる現在は、それとは内実においてまったく対蹠的でありつつ、しかし冒頭、序奏部の無時間的現在、永続・反復する時間の表現と、好対照をなしているのではないだろうか。

長歌の終局部⑤は、④の末尾、夫君の悲嘆にふかく共鳴する「語り手」の

慰もる　心もあらず　そこ故に　せむすべ知れや

という感情の吐露をうけて、「語り手」の将来かけての「しのひ」の決意でとじられる。のちにものべるが、この「未来」という「しのひ」の時間の導入が、この作品でもっとも特筆すべきところだとおもわれる。ただ、念のためにいえば、そのように未来におもいをはせている「語り手」のいま現在があるはずで、それはむろん、④の現在にかさなる。

⑥(反歌1)では、想念はこの未来から一挙に反転して、「塞かませば」「のどにかあらまし」と反実仮想の表現で過去へとたちもどっていく。長歌の内容との関係でいえば、皇女の死をとどめえなかったことへの悔恨というところをとおして、③あたりにふたたびつながるのだろうが、それにしても長歌末尾の時間からの反転がつよく印象づけられるところだ。しかも、⑦(反歌2)はまたまた反転して、結局「明日だに見むと思へやも」というふうに未来へのまなざしを回復し、「我が大君の御名忘れせぬ」と、長歌末尾での将来かけての「しのひ」の決意をなぞってむすびとしている。この反歌二首間の時間の反転もまた、注目すべき特徴といえる。

このように、「明日香皇女挽歌」の時間構成は、こまかくみると相当に複雑な側面も有しているが、それらの点をいったん捨象してごくおおまかにとらえるなら、序奏部に無時間的現在をおくところをのぞけば、過去から現在、そして未来へ、という自然な時間のながれにそって叙述されているといえる。そうした点は、先行の二作品「日並皇子挽歌」「高市皇子挽歌」もおおむね共有するところで、殯宮三挽歌はほぼ同一の時間構造によっているといえなくもない。

ところで、この作品について「時間」の観点から論じたものとして、はやくは青木一九七九がある。この論文は、おおくの人麻呂長歌作品について時間意識の面から考察をこころみている貴重な先行研究といえるが、「明

日香皇女挽歌」のそれについては、主としてさきの二殯宮挽歌との共通性を強調する方向にかたむく。すなわち、同論文は、序段①の叙述について、

ここには、「絶ゆれば生ふる」「枯るれば生ゆる」という、植物における枯死と再生の無限のくりかえしが強調されている。この自然の循環は、あたかも、神の御子天武に重ね合せられた日並や高市の両皇子の、とりわけ日並挽歌にみられた神話的な永遠回帰的時間にも相当する観念といえよう。

と認定している。ただし、青木によれば、それがそのままこの作品の時間意識の基調として堅持されるわけではなく、以下、②においては、皇女の死が「一回限りの取り返しのきかぬ直線的な歴史的時間(死)」として、また、③の城上の宮の回想部分では「愛の神話的時間」が、さらに⑤の長歌終局部では、「天地自然の悠久時間」がうたわれているとする。

青木論文は、時間意識の対立・交錯という観点からこの作品の構成意識を総体としてとらえようとしている点、まなぶべきものがあるとおもわれるが、個々の時間意識の基本的な把握のしかたには問題があるし、それによって三殯宮挽歌を共通のものとしてくくっていく論理はかならずしも説得力をもたないだろう。そもそも、両皇子の殯宮挽歌の冒頭部に神話世界がうたわれているからといって、それをただちに「神話的な永遠回帰的時間」と規定できるかといえば、おそらくそれはまちがいだ。すでに第一章でみてきたように、両作品の冒頭におかれる「神話」的世界は、そのあとにつづく歴史的世界とひとつづきになって、連続する「過去」をかたちづくっている。「永遠回帰的時間」としての性格はもはやそこにはない。あえていえば、人麻呂の時間認識は、そのような原初的・土着的な次元からは変質をとげており、むしろ「歴史意識」とでもいうべきものに浸潤されているとみるのが適切だとおもわれる。その点からいえばまだしも、この「明日香皇女挽歌」序奏部の時間は、さきにものべたように時間意識の発達史の面から、多少問題はのこるにせよ、「(神話的な)永遠回帰的時間」とするにふさわしいものといえるだろう。

だが、それはそれとして、こうした時間意識の面からのとはまた別のかたちで、すなわち、より作品の構成に密着したかたちでこの挽歌の「時間」を分析する方法があり、その必要もまたあるようにおもわれる。それは、「時間意識」のレベルではなく、「時間構成」の問題として、すなわち、作品世界における時間のありようからせまっていくという本書の方法だ。そうした面からみたばあい、この作品に特徴的なことは、それが「明日香川」という、すぐれて空間的なイメージによってささえられて存在する、という点だろう。これをいいかえれば、この作品世界の時空のかなめには「明日」ということばがしっかりとすえられている、ということなのだ。しかし、空間の視点、そして「明日」についてはのちに考察することにして、いまはもうすこし時間構成の面からの分析をつづけたい。

かかる視点からこの作品を論じている先行研究としては、前掲平舘・倉持両論文があり、両者の指摘からはまなぶべき点が多々あるが、ここでは、両論文を参照しつつ、本書なりのとらえかたを提示することにしたい。そこで、ここでも前章で検討した「献呈挽歌」との比較をてがかりとしよう。この作品が、おおくの点で「献呈挽歌」と共通の性格をしめすことについては、先行研究がひとしくみとめるところだ。しかし、両者は、長歌の時間構成にあって重要なところで差異をみせる。それは倉持が指摘するように、⑤にあたる部分、将来かけての「しのひ」の決意をのべるとじめの部分だ。それが「献呈挽歌」には欠落している。この、将来にわたっての「しのひ」の意志の表明という要素は、さきにも指摘しておいたように、殯宮挽歌の系列でいえば「日並皇子挽歌」では表面化せず、つぎの「高市皇子挽歌」において導入されたもので、その点からすれば、こうした要素の導入は、一見、死者の未来にわたっての顕彰という、いわば公的な性格の発現への要求にもとづくもののようにおもわれる。それならば、皇子挽歌ではあっても、殯宮挽歌ではなく、またおそらく制作の事情もより私的なものだったことが予想される「献呈挽歌」が、それをもたないことに不思議はないともいえる。

だがそうかんがえたとき、ただちにひとつの矛盾につきあたってしまう。というのも、もしもそれが公的性格の追求過程でうみだされたものとするなら、その手法は、だれよりもまず、登極を期待されながら早逝してしまった皇太子草壁への殯宮挽歌「日並皇子挽歌」において実現されるべきものだったろう。それが現実には、「高市皇子挽歌」において導入され、いま、もっとも私的な性格のつよい「明日香皇女挽歌」で完成された。これをどうかんがえたらよいのか。むろん、「日並皇子挽歌」の段階では、人麻呂はいまだ、未来という時間を「しのひ」の表現に有効にはたらかせるすべをみいだしていなかった、そうした手法は殯宮挽歌制作の過程で徐々に獲得されたものだ、というふうにとらえるなら、この現象をとくに矛盾とみなすにはおよばないかもしれない。だが、それにしても、三殯宮挽歌のうちでも、死者の素性からいってもっとも非政治的な存在といえる明日香皇女への挽歌で、そうした手法が完成するということをどう評価したらよいのか。

「明日香皇女挽歌」といえども、れっきとした殯宮挽歌であり、素材や発想の面で多少私的な挽歌のわくぐみにちかづいているとしても、本質的に宮廷的・儀礼的な性格の挽歌なのだから、それは当然だ、というふうにもいえるかもしれない。しかし、ここは、おもいきって発想の転換をはかってみることも必要ではないだろうか。未来への志向、将来にわたっての「しのひ」の意志の表明という要素を、かならずしも公的な性格の要請とむすびつけるのでなく、むしろ逆に、これが私的な挽歌的抒情の実現への志向がうみだした表現だったとかんがえたらどうだろうか、と。それならば、死者の身分・資格との齟齬を問題にする必要はないし、殯宮三挽歌作品制作の時系列に拘束されることもない。

こうかんがえるひとつの根拠は、この「明日香皇女挽歌」長歌終局部でもちいられている「形見にしのふ」、という発想にある。この発想についても前掲倉持論文が、「しのふ」の方に重点をおいてではあるけれど、すでに言及しているところだが、こうした「形見」による発想類型は、挽歌につきもののようにおもわれがちだ。しかし、用例の検討からはむしろ、別の一面がうかびあがってくるようにおもわれる。

①ま草刈る　荒野にはあれど　もみち葉の　過ぎにし君が　形見とぞ来し　（1・四七）

②……我妹子が　形見に置ける　みどり子の　乞ひ泣くごとに……（2・二一〇）
③……我妹子が　形見に置ける　みどり子の　乞ひ泣くごとに……（2・二一三）
④高円の　野辺の秋萩　な散りそね　君が形見に　見つつ偲はむ（2・二三三）
⑤我が形見　見つつ偲はせ　あらたまの　年の緒長く　我も偲はむ（4・五八七）
⑥我が衣　形見に奉る　敷たへの　枕を放けず　纏きてさ寝ませ（4・六三六）
⑦我が背子が　形見の衣　妻問ひに　我が身は放けじ　言問はずとも（4・六三七）
⑧我妹子が　形見の衣　下に着て　直に逢ふまでは　我脱かめやも（4・七四七）
⑨とほるべく　雨は降りそね　我妹子が　形見の衣　我下に着《け》り（7・一〇九一）
⑩藻刈り船　沖漕ぎ来らし　妹が島　形見の浦に　鶴翔ける見ゆ（7・一一九九）
⑪池の辺の　小槻が下の　篠な刈りそね　それをだに　君が形見に　見つつ偲はむ（7・一二七六）
⑫我妹子が　形見の合歓《ねぶ》木は　花のみに　咲きてけだしく　実に成らじかも（8・一四六三）
⑬恋ひしけば　形見にせむと　我が屋戸に　植ゑし藤波　今咲きにけり（8・一四七一）
⑭秋風の　寒きこのころ　下に着む　妹が形見と　かつも偲はむ（8・一六二六）
⑮潮気立つ　荒磯にはあれど　行く水の　過ぎ去にし妹が　形見とぞ来し（9・一七九七）
⑯恋ひしくは　形見にせよと　我が背子が　植ゑし秋萩　花咲きにけり（10・二一一九）
⑰君来ずは　形見にせむと　我が二人　植ゑし松の木　君を待ち出でむ（11・二四八四）
⑱まそ鏡　見ませ我が背子　我が形見　持てらむ時に　逢はずあらめやも（12・二九七八）
⑲……垂乳根の　母が形見と　我が持てる　まそみ鏡に……（13・三三一四）
⑳我妹子が　形見に見むを　印南都麻　白波高み　よそにかも見む（15・三五九六）
㉑我妹子が　形見の衣　無かりせば　何ものもてか　命継がまし（15・三七三三）

㉒逢はむ日の　形見にせよと　手弱女の　思ひ乱れて　縫へる衣ぞ　（15・三七五三）
㉓まそ鏡　懸けて偲へと　まつりだす　形見のものを　人に示すな　（15・三七六五）
㉔……我妹子が　形見がてらと　紅の　八入《やしほ》に染めて　おこせたる　衣の裾も……　（19・四一五六）

たしかに、この語は②③④⑮のように、しばしば挽歌においてみられるものだが、その挽歌のばあい、よくみると人麻呂関係歌がおおくをしめている。それらを別にして全体的にみれば、その用例のおおさからして、むしろそれが相聞歌の有力な素材だったことはあきらかだ。右にあげたうち半数ちかくが相聞の部の例だが、そのほかの部類に属するものも、たとえば羈旅のうたなど、大部分は相聞的な内容のものだ。この点からみるなら、その「形見」によって「しのふ」という表現は、もともと相聞歌の発想形式で、それが人麻呂作品において挽歌に転用されたものともかんがえられる。だとすれば、その発想がこの作品に採用されたのは、宮廷挽歌としての公的・儀礼的な性格にもとづくというよりは、「つま」の死を夫君のたちばによりそって哀悼するというこの作品の基本的な性格のしからしむるところ、とかんがえるべきではないかとおもわれる。

だが一方で、実際にはこのまえにもあとにも、人麻呂作品の私的な挽歌系列においてこうした未来志向が顕著にあらわれることがないという点は、このようなみかたに対して疑念をつきつける。どうやら、この問題は二者択一的にわりきることができないようだ。つまり、この作品の公的な性格と私的な性格を統合したようなありようそのものに、それは由来しているというべきものなのだろう。このことに関しては、のちに第九章で「吉野讃歌」について検討する際にもう一度かんがえたい。

さて、ここで、人麻呂作品における「未来」ということについてまとめておこうとおもう。未来という時間は、常識的には過去―現在―未来というふうに、線条的な時間認識のうえに位置づけられるものだ。しかし、あたりまえのことながら、わたくしたちはつねに「現在」をいきている。未来はあくまでも、「未だ来たらざる」世界に属する。したがって、これも当然のことながら、表現されるものとしての未来は、おおくのばあい、期待か、あるいはその反対の危惧のかたちでかたられる。そして、そうでないばあいもふくめて、未来は意識のなかにうかびでた幻影としてのみ存在する。ところが、序章でものべておいたように、文学言語の母胎となったとおもわれる呪術言語の次元では、期待や危惧の表現は存在しない。危惧は、そもそもくちにされることがないからしばらくおくとして、期待の心情についていえば、それらはつねに、すでに実現されたものとして、現実をさきどりして表現される。これが、いうところの「予祝」表現だとみてよいだろう。期待や、あるいは危惧をそのままに、さきどりではなくあるがままのものとして表現するようになったとき、うたは呪術の束縛からときはなたれた——というより、うたが呪術の束縛からときはなたれた結果として、期待や危惧がそのものとして表現されるようになった、というべきだろう。人麻呂作品においてその確実な一歩がふみだされたということは確認しておいてよいことだとおもわれる。

「献呈挽歌」とのちがい、というところからこの作品の時間表現の特色について考察してきたが、一方で、おなじ殯宮挽歌としての、しかも未来志向という性格をも共有する「高市皇子挽歌」との比較、という点からみたとき、この作品のどのような側面がうかびあがってくるだろうか。「高市皇子挽歌」とのちがいがあらわな点はというと、それはなんといっても、明日香川の景にはじまる冒頭の序詞的な表現の部分だろう。また、この無時間的、あるいは永続・反復的な時間の世界の表出が、「献呈挽歌」での達成を、さらに前進させたものだということもあきらかだろう(その点で、前述したように、わたくしのとらえかたは前掲青木論文とは決定的にことなる)。それは結局のところ、これらの作品が本質的に「歴史」を志向してはいない、ということにつながるのかもしれない。くわえて、この明日香川の景の問題は、時間というわくぐみだけではとらえきれないものをかかえこんでいる。

しかし、その問題にすすむまえに、「明日香皇女挽歌」の時間構成についてなおひきつづきかんがえておこう。以上にみたところにもとづいていえば、この作品は、時間構成の基本については「高市皇子挽歌」をひきつぎつつ、一方で「献呈挽歌」と志向をおなじくする面ものぞかせる。これは、さきに「語り手」の面から考察したこの作品の位置づけと一致する。すなわちこの作品では、公的・儀礼的挽歌の手法と私的・抒情的挽歌のそれとが結合され、それにふさわしく時間構成が設定されている、ということができるだろう。

だが、以上のようにまとめてみても、この作品を時間表現の視座からとらえきれたようにはおもわれない。というより、端的にいってとおり一遍の表面的な把握に終始していることはいなめないだろう。この「時間」という視座から作品の表現の核心にせまるためには、なによりも、「明日香川」に注目しなければならないとおもう。かりに時間表現という要素を無視したばあいでも、この作品において「明日香川」という存在が構成上おおきな意義をもっていることは一目瞭然だろう。まず、序段の景を構成する中心には「明日香川」があった。また一方、長歌の終局部から反歌にかけて、さきにとりあげた未来へのまなざしを確実なものにしているのも「明日香川」という要素にほかならない。むろん、そうした有効性をもちうるのは、一にかかってそれが皇女の「御名」と同一名称だからだが、作者は、安易にそのことだけによりかかって発想しているのでなく、そこにねざしつつ、いわばより周到な構成意識のもとに、この「明日香川」を配置しているということができる。

もう一度冒頭、序段からみていこう。さきに、ここを「無時間的現在、永続・反復する時間」としておいた。それは、おそらくまちがいではないだろう。ただ、そのこと自体は、さきにみておいた以上の意義はもちえない。問題はそのさきにある。「無時間的現在、永続・反復する時間」の相において「明日香川」の

上つ瀬に　石橋渡し　下つ瀬に　打橋渡す　石橋に　生ひ靡ける　玉藻もぞ　絶ゆれば生ふる　打橋に　生ひをれる　川藻もぞ　枯るればはゆる

という景をえがくことは、なにを目的とするものなのだろうか。それはすでにのべたごとく、「藻」に託した自然の再生力、生命力のゆたかさとの対比において、人間の生の決定的な有限性をうきぼりにするためだろう。現に、この序段をうけた②は、皇女が日常の世界から非日常のそれへとうつってしまったことを、「何しかも」と

いぶかりつつのべることになる。つまり、ここでの「明日香川」という空間設定は、抒情挽歌の基点たる、かけがえのない存在の死、愛するものの喪失のモチーフを導入する重要な役わりを演じていることになる。だが、一方でその「明日香川」は、まさにその「明日香」のなをもつことにおいて、「明日」、すなわち未来へとつながっていくひらかれた時間、という方向性を喚起する。そのゆえにそれは、序奏部①にあっては「永続・反復する時間」のイメージとの親縁性を発揮することができるといえるだろう。たしかに、後代ともなれば、この「明日香川」は、変転きわまりないひとのよのありさまを寓意する地名となるが、いまのばあいはむしろ、「明日も、明後日も、そのまた明日も」といったぐあいに、永続・反復のイメージにむすびつきうるからだ。しかし、まさにそのゆえに、②以下、皇女の死をえがいていく部分に対しては、それがアイロニーとして機能することになる。かんがえてみれば、皇女の「明日香」という名称自体が、そうしたアイロニーをはらむものだったわけだが。

「明日香川」の名称は、作品では後半部、長歌終局部⑤から反歌⑥⑦にかけてふたたびクローズアップされる。長歌終局部⑤では、

明日香川　万代までに　はしきやし　我が大君の　形見にここを

と、「明日」の本義にふさわしい措辞がもちいられ、「明日香川」は死者の「形見」として、「偲ひゆ」くべきものとして定位される。

反歌二首ではどうか。⑥では、明日香川はたゆみなくながれるそのさまによって時間の不可逆性を象徴させられている。それは、あえていえば、おなじ景でありつつ、長歌序奏部と正反対の役わりを演じていることになるだろう。⑦では、明日香川はその「明日」によってなき皇女をしのぶよすがとされるが、一方で明日香川は、その「明日」を介して、もはや現実を糊塗することなく、皇女なき「明日」という時間をはっきりと提示したうえで、「我が大君の御名忘れせぬ」と、その「明日」以降、すなわち未来にわたっての「しのひ」の決意をのべることによって、長歌終局部を反復して作品全体をとじる、そうした構想をになってもいる。だが、むろん「明

いかなしみの時間の到来、その起点を冷厳にしめすことばでもあるからだ。

ここで、あらためて「明日」ということを強調してうたうことの意義について確認しておきたい。万葉歌で「明日よりは」というような措辞がはたしている役わりについて、渡辺一九九一が周到な分析にもとづいて論じている。もっとも、いまのばあいは、文字どおり「明日よりは」とはうたっていないし、また同論文がおもに歌群の末尾にこの種の表現があらわれることについて論じている点からいっても、渡辺説の安易な援用はつつしむべきだろう。しかし、長歌作品の終局部(長歌末尾および反歌)に「明日」が登場するという点は、歌群末尾との類似点を感じさせるものだし、現にこの点に関しては、渡辺論文も長歌作品のばあい、具体的には「石田王挽歌」(3・四二三)をとりあげて、そこに同一の傾向をよみとっている。こうした措辞が「別離の悲しみを永遠のうちに定着させる」ものだという指摘は、当該作品の理解にとっても有益なものではないだろうか。ちなみに、この観点からみるとき、「明日」という時間に関して、作品外部の現実のレベルで、そのさししめすのが喪葬儀礼のどういった時点なのか、ということも表現の内実にかかわってくるかもしれない。本書では基本的に制作や誦詠の次元を捨象するので、くわしくは論じないが、先行研究が指摘するように、殯宮挽歌が殯宮期間中でもおそらくその最終局面で、すなわち埋葬の直前に誦詠されたとするならば、このように終局部で「明日」とうたうことの意義はいっそう注意されねばならないだろう。しかし、そうなると、さらに問題はひろがりをみせ、そこに「異伝」の問題がかげをなげかけてくる。異伝の存在を、誦詠の機会の複数性にかかわらせる論議もなされているからだ。つまり、具体的にいえば、伊藤延子二〇〇四が指摘するように、本文と異伝とで「明日」の意味するところのものが変化することもかんがえなければならなくなる。本書ではこの異伝の問題、またそれから派生してくる作品の形成過程の問題についても、これを捨象するたちばをとるので、この点についてもこれ以上ふかいりすることはないが、本文形、すなわちわたくしがここで分析の対象としている作品においても、「明日」のになっている表現の意義をみきわめるうえでは、渡辺論文の指摘とともに、この点はひとつの示唆をあたえる。すなわち、この作品で、「今日(まで)」と「明日(から)」とのあいだには、決定的な断絶のあることが、あらためてかんがえられなければならなくなるだろう。

時間を中心観点としてこの作品の構成をみてきたが、ここにいたって、「明日香川」という作中空間がこの作品を根底のところで律していることをおもいしらされる。さきに「時間というわくぐみだけではとらえきれないもの」と指摘しておいたのもまさにそのことだった。

作品は、明日香川のたゆみなきながれと、そこに繁茂する「川藻」のつきせぬいのちのいとなみにはじまり、明日香川の「御名」によせつつ皇女をしのんでいこうとする「語り手」の心境の吐露でとじられる。その中間にあっては、なるほど、前掲平舘論文が「城上の宮への場の転換でもある」と適切に指摘しているように、死者とその配偶者とが生前なかむつまじく暮らした「城上の宮」がよびよせられ、それがいまでは、いとわしい殯宮に変貌してしまったことをうたってはいる。しかしそれは、いってみれば「語り手」の想念のなかにえがかれる回想の景=空間でしかないかもしれない。それに対して、明日香川という〈場〉の方はどうか。冒頭部を序奏部ととらえ、そこにうたわれる「明日香川」という〈場〉を、単に呪的なめでとらえた景とのみみていたことに、反省の余地はないか。また、終局部の「明日香川」を、「御名」にかようものとしてよびよせられただけの観念的な〈場〉とみなすことで、重要ななにかをみおとしてしまうことにならないか。

そのようにおもいかえしてみたとき、「語り手」の現在空間——「語り手」のここは、まぎれもなく明日香川のほとりだった、ということにおもいいたるだろう。従来この作品の分析において、作家(歌人)と「語り手」とが区別されるようなことはほとんどなかった。そのために、「語り手」の属する空間についての分析はほとんどといってよいくらいおこなわれてはいない。しかも、その「殯宮挽歌」としての性格からいって、〈場〉というようなことをかんがえるばあいにも、作中空間としてではなく、それが現実に誦詠された状況ということに注意がむかい、結局それは公表の〈場〉の問題にすりかえられてしまっている。むろんそれはそれとして重要な問題ではあるだろう。しかし、そのばあいでも、作中世界のここが、ひいてはそれとうたの誦詠の〈場〉との関係が、わすれられてよいわけではない。それこそは、作品の表現の質を、さらにさかのぼっては作品形成のモチーフのありようをも如実にしめすものだからだ。

こう断じてよいのではないか。作者(ここにいう「作者」とは、序章にものべておいたように、ひとつの作品の表現の背後にたちあらわれてくる表現の主体のことだ)は、「語り手」を明日香川のほとりにたたせるという設定においてこの作品を構想した。明日香川こそは、なき皇女の「御名に懸かせる」もの、そして「明日」という「しのひ」のかなめになることばをもせおうもの、そしてさらに、滔々とながれ、「川の流れ」として悠久の時間を想起させる存在なのだ、との意匠のもとに。「語り手」は、明日香川のほとりにたたずみ、そのながれと「川藻」に託して悠久の時間と強靱な生命力とにおもいをはせ、そこからふりかえって、おなじ明日香のなまえをもちながら、人間なるがゆえに生命のはかなさを運命づけられた明日香皇女へと想念をめぐらせる。皇女の生前の、夫君とのなかむつまじい生活、突然の薨去と夫君の悲嘆の行動をおもい、かぎりない共感をよせる。そして、皇女へのおもいはふたたび眼前の明日香川の景とむすびついて、皇女のいまさぬ「明日」からの時間に万感のおもいをこめつつ、「明日」=未来にかけての永遠の「しのひ」の決意をうたいあげるのだ。

ここで、作家論の観点を導入して、人麻呂の「川」へのまなざしのありようを

もののふの　八十宇治川の　網代木に　いさよふ波の　行くへ知らずも　（3・二六四）

というような作品にさぐってみてもよいかもしれない。が、それはさておくとしても、この作品はその「空間」としての「川」すなわち「明日香川」を構想のかなめにおくことにおいてなりたっている、といいきってよいだろう。そして、作者をして挽歌作品に「形見」の発想を導入させ、未来へのまなざしを可能にすることによって

この「明日香皇女挽歌」を突出した挽歌作品たらしめたものは、まさにこの明日香皇女―明日香川―明日という、「川」を中心としたイメージの連鎖だった、ということをもって、本章のむすびとしたい。

第五章　「吉備津采女挽歌」

ひきつづき「亡夫・亡妻」挽歌系列の作品について、その「語り手」や時空のありようを検討していく。ただ、本章であつかう作品では、いたまれるべき死者の人間像が、先掲の二作品とはすこしくことなる。みまかったのは、皇子でも皇女でもなく、「采女」という、後宮につかえる地方出身の下級の女官なのだ。しかも、その死は自然なものではなく、入水自殺という衝撃的なものだったらしい。采女は、その制度の歴史的経緯（門脇一九六五など参照）から、後宮女官として結婚を禁じられており、この吉備津采女はその禁忌にふれて、自死のみちをえらんだものとかんがえられている。

そのうえ、表現レベルでいっても、「語り手」と死者やその配偶者との関係、すなわち「語り手」の設定のしかたも、宮廷挽歌もふくめて、いままでのどの作品ともことなっている。だが、この作品の「語り手」のありようを直接に規定しているものは、そうした人物設定ではない。それらの条件がもたらしたところの、作者による作中世界の時間設定が、さらにいえば、それと作家レベル、すなわち制作次元との関係こそが、この挽歌の「語り手」の特異性を決定づけているというべきだろう。

吉備津采女死時柿本朝臣人麻呂作歌一首并短歌

秋山の　したへる妹　なよ竹の　とをよる子らは　いかさまに　思ひをれか　栲縄《たくなは》の　長き命を　露こそば　朝に置きて　夕へには　消ゆといへ　霧こそば　夕へに立ちて　朝には　失すといへ　梓弓　音聞く我も　おほに見し　こと悔しきを　敷たへの　手枕まきて　剣大刀　身に添へ寝けむ　若草の　その夫《つま》の子は　さぶしみか　思ひて寝らむ　悔しみか　思ひ恋ふらむ　時ならず　過ぎにし子らが　朝露のごと　夕霧のごと

短歌二首

楽浪《ささなみ》の　志賀津の子らが　罷り道の　川瀬の道を　見ればさぶしも

そら数ふ　大津の子が　逢ひし日に　おほに見しくは　今ぞ悔しき　（2・二一七〜二一九）

この作品の制作年代の特定はむずかしい。巻二挽歌部では、さきの二作品よりも、さらには次章であつかう「泣血哀慟歌」よりもあとにおかれているが、このあたりまで制作年代順の排列が貫徹している保証はない。ただ、ひとつのてがかりは、この長歌作品に付されている反歌の頭書が「短歌」となっていることだ。人麻呂長歌作品の反歌に付される「反歌」「短歌」の頭書については、本書でもたびたびふれることになる稲岡耕二の著名な論文がある（稲岡一九七三）。その指摘によって人麻呂長歌作品の編年が可能になったという意味でも、この論文は画期的なものだった。その稲岡説に依拠するなら、「吉備津采女挽歌」は反歌の頭書に「短歌」を採用しているから、持統朝後半部、持統六、七年（六九二、三）以降の制作にかかるものだということになる。ただし、推定できるのはそこまでで、たとえば、前章でとりあげた文武四年（七〇〇）の制作と推定される「明日香皇女挽歌」との前後関係などは、明確にしがたい。しかし、制作状況などを勘案して、わたくしはひとまずこれを持統朝末年制作とみておきたい。

制作年代のことはおくとして、この作品でも、「献呈挽歌」(第三章)と同様に、「語り手」のありようがまちがいなく中心的な問題のひとつとして論議されてきた。したがって、本書でとりあげるにふさわしい、というよりぜひともとりあげなければならない作品といえるだろう。もっとも、いま「語り手」の問題といったが、むしろ第一義的には、作品の内容(うたわれている「事件」のおこった年代)と、推定される制作年代との関係をめぐって論議がされてきて、そのなかで「語り手」像をどう定位させるかという問題が、おのずからうかびあがってきたというわけだ。したがってこれはまた同時に、本書のもくろみのもうひとつの中心、作品世界におけるいまはいったいいつなのか、という「時間」の設定の問題でもあるのだ。

この作品を解読するための視点は、むろんほかにもある。たとえば、トーンの問題。長歌の

秋山の　したへる妹　なよ竹の　とをよる子らは

という、唐突ともいえるはじまりかた、そして

時ならず　過ぎにし子らが　朝露のごと　夕霧のごと

というとじかたが端的にものがたっているように、この作品では、えがかれる人物像も事件の全貌も、すべてがあえかにはかなく、模糊としている。その印象をつくりだしているのは、いまもひいたように、また武田『全註釈』、澤瀉『注釈』をはじめ諸注がこぞって指摘しているように、「露」と「霧」だ。両者は終局部だけでなく、冒頭の部分につづく

露こそば　朝に置きて　夕へには　消ゆといへ　霧こそば　夕へに立ちて　朝には　失すといへ

という象徴的な表現にも、実に効果的にもちいられている。あたかも、作品世界全体がおもい「露」にぬれ、ふかい「霧」にとざされているかのような印象——清水一九六二がそれを的確に指摘している。そしてその清水の指摘をうけて、『集成』は、「霧一重を隔てたような物言い」とこの挽歌の特徴を評している。それはたしかに、この作品の解読のうえでみのがすことのできない要素ではある。しかし、いまはあくまでも「語り手」の問題、

時空の問題に焦点をあわせて、この作品の特色をみていくことにしよう。

この作品、題詞には「吉備津采女死時、柿本朝臣人麻呂作歌」とある。この記載をすなおに信ずるとすれば、この挽歌が人麻呂により制作されたのは、采女の自死という事件の(直後の)時点ということになる。つまり、事件の当事者たちは人麻呂の同時代人、事件のおきたのは持統朝だった、ということだ。たしかに、長歌によれば「語り手」は生前の采女と面識があった(すくなくとも、その女性をみしっていた)ようでもあるし、采女ののこされた配偶者「その夫の子」にこころからの同情をささげてもいる。つまり、この挽歌はいわゆる「世話物」的な作品ということになろう。そして従来は、「語り手」＝制作者とかんがえられてきたのだから、みぎのような推定はいわば当然のことだ。しかし一方で、この作品にえがかれた事件(采女の禁断の悲恋とそれゆえの入水)のおきたのは近江宮時代だったとするみかたがつよい。登場人物が「志賀津の子」とか「大津の子」などとよばれていることからみても、そのみかたは妥当だろう。するとここにおおきな矛盾が生じることになる。天智朝と持統朝と、いったいどちらがただしいのか。

北山一九七二・一九七三の見解はその意味では明快だ。北山は青年期の人麻呂が近江(＝天智)朝に出仕していたとして、

人麻呂は、この挽歌を、采女の入水事件の直後に、近江朝にあって制作した。(北山一九七三)

と結論づける。この説は、そのばかぎりでの解釈としてならば、あながちに否定されるべくもないが、近年の万葉集研究の成果、わけても人麻呂研究の趨勢をすこしでもわきまえるなら、論議の対象になりえないことは明白だ。まず、排列の問題がある。この作品は「藤原宮御宇天皇代」の標目のもとに、それも、いままでとりあげてきた諸皇子・皇女の挽歌よりあとに排列されている。排列は絶対的なものではない(現に、明日香皇女と高市皇子の挽歌の順序は、すでにふれたようにかれらの実際の死の順序と齟齬をきたしていた)とはいえ、これを天智

朝の作とすることは到底できそうにない。くわえて、すでにのべたように、反歌につけられた「短歌」の頭書は、それが持統朝後半期以降の作であることを雄弁にものがたっている。また以下の表現分析からも、この作品が人麻呂の歌業の初期に位置づけられるべきものでありえないことは明白だ。

それならば逆に、持統朝の作品であるはずの挽歌が、天智朝の事件を、まるでついきのうのことのようにかたるのはどういうことなのか。この問題に正面からとりくみ、結果として万葉虚構論の本格化をみちびく一方で、この作品の「語り手」に関する論議の端緒をひらくことになったのが、澤瀉久孝の著名な論文だ(澤瀉一九五六)。澤瀉は、事件を天智朝のできごととみる一方、作品の制作自体は持統朝のこととみとめる。そしてそのあいだに生ずる矛盾を、「虚構」の視点を導入することによって解決しようとはかる。すなわち、「語り手」たる「吾」についいて

この「吾」を現実の作者の吾とすれば采女の入水を近江の御世の物語といふ説は成立たない。(中略)今の作の「吾」をその時の人に身をなしての言と見ることは十分認める事が出来ると私は考へる。

として、「語り手」の設定の特異性＝虚構性を指摘する。澤瀉のこの論の画期性はだれのめにもあきらかだろう。万葉虚構論は、その源流に折口信夫の先駆的な作品論・作家論をもっているが、本格的なその方向はこの澤瀉論文以後に形成されていったといってよい。それとともにここで確認しておきたいことは、「語り手」の論はおおく虚構論と密接にかかわるという点だ。作家(歌人)とことなる「語り手」を設定するということは、従来の万葉集研究のわくぐみでいえばそれだけで虚構がはらまれていることになるが、単にそれだけではなくて、そうした「語り手」の設定には、より積極的な虚構＝フィクションへの志向がともなうとおもわれる。この作品などはその典型だといえるだろう。

ただ、一方で澤瀉は、この作品を山部赤人の「過勝鹿真間娘子墓時」の挽歌(3・四三一～四三三)などのいわゆる伝説歌の「先蹤をなすものだ」としている。この説明のしかたは土屋『私注』の指摘をうけてのものなのだ

が、いささか不用意で誤解をまねきかねない。これは時空論の問題でもあるのだが、伝説歌のおおくは、「語り」の時間と「出来事」(伝説内容)の時間とのあいだに懸隔のあるものだ。つまり、「語り手」が現在にみをおきつつ(「語り手」のいま)、とおいむかしをふりかえるかたちをとるもので、「語り」の時間と「出来事」の時間とが一致するこの作品とははっきりことなる。この作品は、むしろ持統朝という現代にあっての、「世話物」ならぬ「時代物」とでもいえばわかりやすいだろうか。また、憶測をたくましくするなら、この「時代物」は作家個人のこころやりとしてではなく、持統朝の宮廷人士の好尚にこたえるべく披露された作品だったのではないか。この作品がそうしたなんらかの意味での公開的性格をおびたものだということは、その題詞の形式の面からも推測が可能だ。この作品の題詞は「制作者名+作歌事情+作歌」ではなくて「作歌事情+制作者名+作歌」というふうに要約できるだろう。伊藤博(『釈注』一、「近江荒都歌」の釈文の項参照)によれば、後者は公的なうたに付されることがおおいという。この作品が天智朝を舞台とした「時代物」という形式をとったのも、皇位継承の問題にもからんで天智朝への回帰の様相をつよめたとおもわれる持統朝後半の時代相と関係があるのかもしれない。

ともあれ、以後、この澤瀉のみかたが作品論をリードしてきたといってよいかとおもうが、それでもなにかと論議がたえないのは、万葉集研究の大勢が、作家(歌人)と「語り手」とを区別することになれていないからだろう。本書のたちばからみるなら、ことはさほど複雑ではない。「語り手」≠作家のケースとしてかんがえればよいだけのことだ。「語り手」は、すくなくとも制作者としてかんがえられる持統朝の宮廷歌人柿本人麻呂ではない。作者によって創出された、吉備津采女やその「夫の子」と同時代すなわち天智朝近江宮廷の人物なのだ。

だが、この作品のばあい、単に制作者とはことなる「語り手」が設定されていることを指摘すればことたりるかというと、そうではない。それだけならば、「語り手」という概念を導入する以前の論調と大差はない。そのような「語り手」を設定することで作品の表現はいかなる方向性をもつことになったのか、前章の「明日香皇女挽歌」のときと同様に、この作品でもそれをこそとわねばならないだろう。この作品の「語り手」は、すでにみてきたとおり、事件の当事者たち（吉備津采女とその「夫の子」）をわずかにみしる程度の、いわば純然たる第三者だった。それならば、なにゆえにそのような「語り手」を設定したのか。またそうした方法のなかで、挽歌的抒情を実現するために、いかなる表現技法がとられているのだろうか。

順序をかえてはじめに後者から考察していこう。ひとことでいうなら、ここには「同化」「融合」という方法がもちいられている。「語り手」と死者の配偶者「夫の子」とを同化し融合するのだ。この挽歌が、哀傷表現＝挽歌的抒情を実現していくにあたってとったのが「夫の子」の悲嘆をおもいやる、という手法だったことはだれのめにもあきらかで、ひとりのこされた「夫の子」のかなしみを、「語り手」のめをとおしてえがくことに中心をおいているといってよい。神堀一九七四が

すなわち、第二段の最も重要な部分は、采女を失った「若草のその夫の子」に対して割かれているのである。（中略）この長歌一首において、作者が意図的にもっとも大きな比重をかけている部分がはっきりしてきた、と思う。すなわち、それはまぎれもなく第二段であって、しかもあきらかに、采女とかかわった「その夫の子」の身の上に照明があてられている、とみてとらざるをえない。

と指摘するとおりだ。だが、それはことの半面でしかない。もしもそれだけがこの作品の哀傷表現の特徴だったなら、たとえば窪田『評釈』が

死者の近親者に対してといふことも、「さぶしみか思ひて寝らむ」といふ思ひやりの句があるだけで、それも自身の心残りの比較においていつてゐるにすぎないもので、采女の夫に対して、直接に言ひかけてゐるものとは思はれない。この歌で人麿のいつてゐるものは、単に自身の感懐のみである。

などと断言するはずはなかったろう。どうしてこのようなうけとりかたがでてくるのか。それは、この作品では「語り手」もまた、みずからの存在と、自身の哀傷の感情とをいささかもかくそうとしないからだ。長歌冒頭部から開口一番、吉備津采女は「語り手」から「妹」「子」としたしげによびかけられる。しかもその「語り手」

は、「音聞く我も」というふうに自己顕示的に、いわば自己を前景化する。また反歌では、「見ればさぶしも」「おほに見しくは今ぞ悔しき」というふうに「語り手」自身の感情を直接に表白している。つまり、「夫の子」にスポットライトをあて、その心情をおもいやるという姿勢をとる一方で、「語り手」がみずからを前面におしだし、その哀傷の心情をもつよく主張する、という二面的な要素をあわせもつのが、この作品の特徴なのだ。ただし、そのうえで、この「語り手」は「夫の子」の心情によりそい、みずからのそれをかさねていく。折口『口訳』が

主として、頼んだ人の心持ちを思ひやる風に作つてゐるが、時々その心持ちに同化してゐる点がある。といみじくもいいあてているように、この挽歌では、「語り手」の心情が「夫の子」のそれと同化し融合してえがかれることにより、挽歌的抒情の構築がなされるのだ。

そして反歌にいたって、このかさねあわせの方法は極限にまで達する。

楽浪の　志賀津の子らが　罷り道の　川瀬の道を　見ればさぶしも
そら数ふ　大津の子が　逢ひし日に　おほに見しくは　今ぞ悔しき

この反歌二首は、すなおに解せば、さきにものべたように「語り手」自身の「さぶし」く「悔し」い心情を表明したものということになるだろう。そのことは、反歌2（二一九）の「おほに見しくは今ぞ悔しき」が長歌中の「語り手」自身の心情を吐露した部分「おほに見しこと悔しきを」をうけていることからも明白だ。もっともそのような事実は、

長歌の「おほに見し　こと悔しき」の意を取つて一首の短歌に仕立てたものであるが、それだけで、反歌としての独立性に乏しく、前の一首に及ばないのは作者自身の実感によるものでない事を示すと云へるのではなからうか。（『注釈』）

というような否定的な評価をもまねいてしまう。しかし、前掲稲岡論文の

　「短歌」という頭書のある場合、われわれは「反歌」とは異なって単なる長歌の反復や要約にとどまらぬ自由な詠みぶりのものとしてそれを受容する必要があるのだろう。

というような指摘を念頭におくとき、『注釈』のくだしたような評価には再考の余地があるとおもう。そこにはこまやかな表現意識と、それにみあう高度な表現手法が、みてとれるのではないだろうか。そこで注意してみると、「悔し」という語がこの作品中でもう一回つかわれていたことにおもいいたる。「語り手」がのこされた「夫の子」の心情をおもいやる部分に「悔しみか思ひ恋ふらむ」とあったではないか。そうおもってみるとさらにもうひとつ、長歌中でこの句と対をなしている部分が「さぶしみか思ひて寝らむ」とあることに気づく。こちらも、反歌1にみごとに対応しているのだ。つまり、長歌中で「夫の子」の心中を推測することばとしてもちいられた「さぶし」「悔し」が、反歌では一転して「語り手」みずからの心情を表現するところにもちいられていることになる。もっとも、この事実は、すでに前掲神堀論文が指摘しているし、伊藤一九七六は

　長歌において「夫の子」の思いを想像したことばを、短歌の方では、采女その人に対する人麻呂自身の心情を示す語として、転換的に承けとめながら結んだ

とも説明している(同趣旨のことは伊藤も校注に参加している『集成』頭注にも、また伊藤自身の注釈書『釋注』にもひきつがれている)。たしかにそのとおりなのだが、この反復の事実には、もっともっと注目してしかるべきではないだろうか。長歌では当事者たる死者の「夫の子」の心中をおもいやるためにもちいられていた語が、反歌二首では、そのまま「語り手」自身の心中を表出するためにもちいられているというようなことは、反歌の本来の機能からはかんがえられないことだ。このようなおもいきった技法によって、融合・同化は周到に実現されているとおもわれる。それによって、この反歌にきて、もはやわたくしたちはそれが「夫の子」の心情なのか、それとも「語り手」の心情なのか、しかとはみわけがたくなっていることに気づくだろう。反歌において「語り手」の心情がかぎりなく「夫の子」のそれに融合・同化することに成功しているとすれば、結果として、反歌二

首にしめされた哀惜の心情は、第一義的には「語り手」の心情ではあるけれど、それと同時に「夫の子」の心情でもある、ということになるかとおもう。

「語り手」に関して、もうひとつの問題にこたえをだしておこう。なにゆえに作者は、そのような「語り手」を設定したのか。このような状況だったら、たとえば直接的に「夫の子」を「語り手」にすえるという方法もあったはずだ。これは、従来のわくぐみでいえば〈代作〉にあたる。現に、さきにひいた『口訳』をはじめ、人麻呂が「夫の子」から依頼されてこの挽歌をつくった、と推定するむきもおおい。だが、ここでもう一度この作品の制作事情をかんがえてみれば、代作的手法をとることがむずかしかったことがわかるだろう。この時代にあって、代作は自由に、条件なしにこころみられるものではなかった。同時代ならともかく、過去の時代に属する「夫の子」になりかわってよむということは不可能だったといえよう。わたくしたちにとってフィクションにはいかなる制約もないが、この時代にあっては逆にある一定の条件、たとえば〈場〉の要請などのもとにおいてのみ可能であったはずだ。この作品のばあいなら、人麻呂は、かつて天智朝につかえていたころのこととして(事実はともかく)、事件を紹介し、そのときの作として披露する、といったことができたとおもう。だが、それと、みずからを事件の当事者「夫の子」に擬して演ずるのとは、次元がちがうこととしなければならないだろう。

しかし逆にいえば、もしも時代設定をともなわず、事件の当事者を「語り手」にすえるというだけの虚構化ならば、条件次第ではこころみられる可能性はあったということにもなろう。たとえば、「明日香皇女挽歌」でそれがおこなわれなかったのは、それらが多少なりとも公的な性格をおびた作品だったからにほかならない。より私的な性格の作品ならば、その制約はない。事実、わたくしたちは人麻呂の作品中に、そうした設定をみることができる。「泣血哀慟歌」(次章)はまさにそのような作品だといってよいとおもう。

わたくしたちは「泣血哀慟歌」について、その「語り手」を作家(歌人)と区別することなくあつかってきた。その結果として、ふたつの長歌作品のそれぞれにうたわれている「妻」が同一人かいなかをめぐるながい、不毛な論議がかさねられてきた。さらにそのことと柿本人麻呂の生活史の実際との関係づけもさまざまにこころみられてきた。だが、「語り手」を作家とは別の次元の存在とかんがえるならば、そうした論議は雲散霧消せざるをえない。「泣血哀慟歌」は最愛のつまにさきだたれたおとこの痛恨の激情を、そのおとこ自身を「語り手」にすえてまとめあげた作品だ、ということになろう。

このあたりで以上の、同一の系列を形成しているとみなされる挽歌作品の「語り手」の設定についていったんまとめておきたい。これまでにあつかってきた作品のうち、「亡夫・亡妻挽歌」の系列に位置づけられるべき「献呈挽歌」「明日香皇女挽歌」「吉備津采女挽歌」は、その性格の面で

死者が女性(明日香・吉備津)——死者が男性(献呈)
死者が皇族(献呈・明日香)——死者が臣下(吉備津)
私的性格 (献呈・吉備津)——公的性格 (明日香)

というふうにちょうど三者三様にかさなり、またずれる点を有する。しかしながら、挽歌的抒情の実現のための方法において、三者は共通する。それは、なんらかのかたちで当事者、すなわち死者の配偶者の存在を作品内部に導入するという方法だ。そして、それぞれの性格に応じて、「献呈挽歌」では代作的機構(ただし、配偶者自身を「語り手」にたてるわけではない)が採用され、「明日香皇女挽歌」では「語り手」による配偶者への共感のモチーフが強調され、「吉備津采女挽歌」ではさらに「語り手」の心情と配偶者のそれとのいっそうの同化・融合がはかられる。さきにのべたように、「吉備津采女挽歌」の正確な制作年代はもとめえないが、あえて方法的展開の過程を推測すれば、献呈挽歌—明日香皇女挽歌—吉備津采女挽歌ということになろうか。そしてそのさきには、方法的にはむしろ原点にもどったということになるのか、だが単なる先祖がえりではけっしてない、この系列のもうひとつの作品「泣血哀慟歌」がつらなる、というべきだろう。

ここまで、もっぱら「語り手」の観点からこの作品を分析してきたが、このあたりで方向を転じて、さらに時空という側面からも検討する必要があるだろう。というのも、まさにこの作品では、作中世界のいまがどのように設定されているかということが——むろんそれは、「語り手」がどのように設定されているかということと無関係ではないが——作品をただしく理解するための決定的なかぎをにぎっているからだ。またそれとともに、この作品のここの問題、すなわち空間設定についても注意がはらわれてしかるべきだろう。

この挽歌は、現実にある人物の死をまのあたりにして制作されたものではなくて、過去の事件、その渦中での人物の死を素材とするという要請のもとで制作されたものだったとおぼしい。その意味において、さきほどあげた澤瀉論文がこの作品を「伝説歌の先蹤」をなすものととらえたことも、一概に否定されるべきものとはいえない。ただ、そうしたとらえかたでは澤瀉のこの作品に関する画期的な理解の方向性が徹底をかくものになってしまいかねないことは、さきにのべたとおりだ。時間の視点からそれをいいなおすと、以下のようになる。作中世界のいま、すなわち「語り手」の現在は、この事件、すなわち「吉備津采女」がおそらく入水自殺をとげた当時、具体的にいえば天智朝のこととして設定されている。したがってそれは、実際に作品が制作されたとみられる持統朝からはずっと以前のこととなる。さきにもたとえておいたように、「世話物」ではなく「時代物」の設定になっているということだ。それは、伝説歌では通常「語り手」は伝説内容に対してはっきりと過去のできごとの伝聞・回想の態度でのぞんでいるのと、あきらかにことなる。このことはしかし、みかたをかえていえば、この作品でも伝説歌的なわくぐみを採用する余地はあった、ということになろう。つまり、「語り手」がそのまま持統朝の現在にみをおいて、「かつてこのような悲恋のものがたりがありました」とむかしがたりをする、という設定だ。しかしその方法はとられなかった。なぜだろうか。それは、「挽歌」というもののありように対する認識の問題だろう。挽歌とは、ひとの死という現実に直面しての、死者にちかしいもののかなしみと「しのひ」をうたうものだ、との認識が、人麻呂の時代にはいまだ強固に存在していたにちがいない。それが、虫麻呂や赤人の時代以降になると、もうすこし自由になって、伝説上の人物の死をうたうことも挽歌というカテゴリーと矛盾しないという理解がうまれてくる——むろん厳密にいえば、かれらの作品を挽歌のカテゴリーにいれたのは、かれら自身ではなくて作品の採録者ないしは編者の認識にもとづくものだろうが。

ともかくも、この作品では、伝説歌的な手法は採用されず、「時代物」の設定が採用された。当然、その分だけフィクション性が強化されたことになる。挽歌的抒情の中核は、くりかえしのべてきたように死者の生前、みぢかにあったものの喪失のかなしみと「しのひ」の心情とだ。それを直接にあらわすか、さもなければなんらかのかたちでそれに融合・同化するすべをみいだすことで、人麻呂の挽歌作品はなりたっている。この作品のばあい、いずれのばあいにしろ時間の操作をおこなうことなしにはそれがはたせない。いいかえれば、人麻呂の挽歌の方法のなかに伝説上の人物に対する「しのひ」という方向はうみだされていなかった。伝説に取材した高橋虫麻呂の挽歌のように

遠き世に　有りけることを　昨日しも　見けむがごとも　思ほゆるかも　（9・一八〇七）

故由聞きて　知らねども　新喪のごとも　哭《ね》泣きつるかも　（9・一八〇九）

などと、「語り手」が直接に伝説上の死者に哀情をそそぐ表現ができるようになるためには、もうすこし時間が必要だったのだ。

「語り手」を当事者にすえるばあいはもちろんのこと、第三者的な「語り手」を当事者に接近・融合させる方法のばあいにおいても、「語り手」が事件とのあいだにときをへだてていては、挽歌的抒情の実現はきわめて困難になるといわなければならないだろう。すなわち、「語り手」を事件の当事者たちと同時代におくことが、人麻呂の方法にとっては必須の条件だったのだ。この作品の時間(時代)設定はそうした必然からうまれたものだったといえるだろう。だが、当然のことながらこの設定は、作品の表現のみをかんがえたばあい、なんの工夫もなしには理解されにくさをさけられない。それはどのように回避されているのか。むろん、実際の公表(誦詠)にあ

たっては、さまざまな前提条件の設定(言語および言語以外の)が可能だったろうが、そうした次元はここでは導入されるべきではなく、あくまでも作品自体、その表現に即して検討される必要があるだろう。

さきにみたこの作品の特異な、あるいは特徴的な表現は、おそらくすべてこの問題、「時代物」という設定がともなう困難さの解決のためにもたらされたものといってよいだろう。そもそも、題詞の記述からみちびかれる状況、すなわち、「采女」の死ということからして、これが持統女帝の宮廷を舞台にした「世話物」ではないことを示唆するのではないだろうか。そして、反歌二首における「楽浪の志賀津」「大津」が、それを天智朝近江宮廷に誘導する役わりをはたす。一方、当事者たちの同時代人として設定される「語り手」は、伝説歌でのそれのように、ものがたりの世界におもむろに(説明的に)はいっていくわけにはいかない。つい最近におきたなまなましいできごとのおおきな衝撃・興奮のいまださめやらぬ時点での叙述なのだから。長歌が単刀直入にいたまれるべき死者、すなわち事件の中心人物吉備津采女の叙述にはいっていくのはそのためだ。しかしまた、この「語り手」は、まさに同時代人であるがゆえに、事件の全貌、ことの詳細を十分にはしりえないたちばにおかれる。「語り」論的にいえば、ある意味で「読者」(持統朝の享受者)よりもすくない情報しかもちえない「語り手」というところだろう。この作品のもつ、なにがしか曖昧模糊とした印象は、なによりもまず吉備津采女の造型にあえかな、はかない印象をあたえるという意図にもとづいていようが、一面ではそうした「語り手」の状況をつたえるための手段でもあるのではないだろうか。

最後に、この作品の空間設定の問題に言及しておきたい。といっても、長歌は、「語り手」の空間的な位置ここについてほとんどてがかりをあたえない。したがって作中空間の究明のてがかりになるのはもっぱら反歌、それも一首め(二一八)の方にかぎられるだろう。そこで「語り手」は、吉備津采女のおそらくは「死出の旅路」だったろうとおもわれる「川瀬の道」を「見ればさぶしも」とかたっている。すなわち、「語り手」はその「川瀬の道」にいましもたたずんで、この悲劇的な死をとげた采女の追憶、そしてのこされた「夫の子」への共感にみをゆだねている。そうかんがえたとき、さかのぼって、長歌冒頭部の、また終局部の「露」や「霧」、なかんずく「霧」が、単なる比喩の素材ではなく、一種の舞台装置としてはたらいていることにおもいいたらなければならない。「川霧」のただようなかに薄幸の采女の幻影をおもいうかべつつたたずむ「語り手」、その回想のなかにくりかえしあらわれる「おほ」ということばは、そのような舞台設定とみごとにひびきあって、この作品の色調をかたちづくっているといえるのではないだろうか。

ここで、「明日香皇女挽歌」においては「語り手」が作者によって明日香川のほとりにたたされていたことを想起せずにはいられない。その制作の前後はさきにものべたように不明というほかないが、この系列をおなじくする二作品において、「語り手」はいずれも、なきひとをしのびつつ「川」のほとりにひとりたたずむ。そこに、後代のような無常感が揺曳するとはいえないかもしれないが、とにかく、人麻呂という作家は「流れのほとりに立つ」という設定をこのんでもちいた歌人だったといえるのではないだろうか。

第六章　「泣血哀慟歌」

人麻呂挽歌におけるいわゆる「亡夫・亡妻」挽歌の系列の最後に位置するものとして、「泣血哀慟歌」があげられるだろう。といってもそれは、実際の制作順序ではなく、方法の展開過程としてみたばあい、「献呈挽歌」「明日香皇女挽歌」そして「吉備津采女挽歌」とたどってきた公私の亡夫・亡妻をいたむ挽歌をひきついで、これを集大成したおもむきを感じさせる。むろん、殯宮挽歌、すなわちれっきとした宮廷挽歌のひとつとみられる「明日香皇女挽歌」を、私的な挽歌をもまじえたこの系列にいれるというのは、従来の人麻呂作品の分類の方向（たとえば阿蘇一九七三）からいえば問題かもしれない。だが、すでに前掲の諸作品を通じてたしかめてきたような観点からは、このような位置づけも見当ちがいとはいえないことが理解されるだろう。

さて、「泣血哀慟歌」だが、この作品自体の方法を究明するためのきりくちとしては、「語り手」の問題よりも時間・空間の構造の問題が重要だろう。だが、こうした系列としてとらえるにあたっては、やはり「語り手」のありようについてもおさえておく必要があるとおもわれる。すなわち、ここではつまにさきだたれたおとこ自身を「語り手」とする、ある意味でもっとも単純な挽歌のわくぐみが採用されている。挽歌的抒情の主体の構築のために、「献呈挽歌」では代作的な手法がとられ、公的挽歌としての性格をよりつよくもつ「明日香皇女挽歌」

では、それにふさわしく第三者的な「語り手」を設定する一方で、その「語り手」を、のこされた夫君の心情にかぎりなく共感し接近する存在としてえがくという戦略がえらばれ、さらに「吉備津采女挽歌」では、それが徹底化されているといえる。そうしてみるとき、「泣血哀慟歌」のとった手法は、方法的な見地からいえば退化した、もうすこし穏当なことばでいえば挽歌本来のすがたにたちもどったありようをしめしている。だがそのことは、一面で作品に必要な構造や表現をめぐる緊張感をみうしなわせることになりかねない。この作品では、そのような危機が、時間・空間の有機的な構造化、そして長歌連作という、可能性と困難さとを同時にひめた作品形式の選択により克服されている、ということができるのではないだろうか。

そこでつぎに、その時間と空間の問題だが、いまものべたように、この作品はふたつの長歌作品をつらねて全体としてひとつの作品をなす連作形式をとっている。そのため、時空の構造の分析にあたっては、ひときわ慎重なてつづきが要求されることになる。このことについてしばらくのべよう。

人麻呂の長歌作品のなかには、ひとつの題詞のもとに、しかもひとつの題材をあつかったふたつの長歌作品がおさめられているものがみられる。のちにみる「吉野讃歌」(第九章)「石見相聞歌」(第十二章)、そしてこの「泣血哀慟歌」がそれにあたる。それらが、制作の動態からみたばあいに、(A)はじめから統一的な構想のもとに制作された、いわば純然たる連作的歌群作品か、それとも(B)一が先行し、他が追随するかたちで制作されたもの(いわゆる「歌い継ぎ」)か、はたまた(C)制作者の次元では相互に交渉がなく、あくまでも編集の次元で——つまり制作者の関与なしに——類をもってひとつの題詞のもとに集約されたものか、ただちにはみさだめがたい。そこにさまざまな見解の相違がうまれる。これから考察する「泣血哀慟歌」については、作中にうたわれるみまかった「妻」は同一人か別人か、というかたちでこの問題が論じられてきた。いずれのみかたが妥当かは、作品内部での各部分同士の相関度・相互依存度などの慎重な分析がある程度まであきらかにするだろう。結論からいうなら、人麻呂の複数長歌作品はすべて統一的な主題をもった連作的な作品だといってよい。むろんそこには、いましがたのべたように、(A)すなわちいわゆる連作と、(B)「歌い継ぎ」(「結果連作」とでもいうべきもの)とのばあいがありえよう。だが、本書の基本的なたちば、すなわち作品を静態として把握するというたちばからいえば、実のところこのふたつを区別する必要はない。人麻呂の複数長歌作品は統一的な構想にもとづく構成的な作品だ、ということにつきる。さらにいえば、序章でも確認したような本書のもうひとつの基本的なたちば、すなわち作品そのものの表現の背後にたちあらわれてくる表現主体を「作者」とみるたちばからみるかぎり、(A)と(B)とを区別する必要がないばかりか、これらと(C)とをも区別しなければならない必然性はないのだ。ここではそうした立脚点から、これらの作品を「長歌連作」とよぶことにしたい。「連作」という用語をめぐっては、近代以降こちたい論議があるけれど、それについてはのち(第十一章)に概観するとして、いまはそのことにあえてふれない。

ところでいま、作品を静態として把握する、という本書のたちばをのべたが、むろん、ことなる分析のたちばがありうることを否定するものではない。ただし、すくなくとも、静態(共時態)レベルでの分析と動態(通時態)レベルでのそれとを明確に区別すべきで、ひとつの分析のなかで両者を混在させることはゆるされないだろう。これはとりわけ、時空の観点からの作品分析にあたって注意しなければならない原則だとおもう。このことについても、のち(第十二章)に具体的事例に即して問題にしたい。

本題にもどるとして、空間の問題はさておき、一般的に作品における時間の問題をあつかうに際して、以下のような視点が設定されることを再確認しておきたい。まず、①作品のなかをどのような時間がながれているか(ながれていないか)、つぎに「語り手」の視点を導入するとき②「語り手」のいまと作中世界の時間とはどのような関係にあるのか――このばあい、とりわけ叙述が「回想」形式によるものなのかいなか、といった点が問題になるだろう。そして③分節化された各部分――長歌の各段落、あるいは長歌と反歌と、さらには反歌同士等々――の相互の時間の関係などがとわれよう。

長歌連作のばあいも、基本的にはおなじ視点が適用される。ただし、とりわけ③に関して、このばあいふたつの長歌作品がくみあわされてひとつのおおきな作品をなしているだけに、分節化された各部分も多数になり、また階層性も複雑化し、それだけ相互関係も複雑かつ重層的にならざるをえないことが予想される。

そこで、作品世界のなかでの——あるいはさきのように分節化された各部分相互の、というべきか——時間の「前後関係」ということについて検討しておきたい。ここではあらかじめ論証ぬきに認定することにするが、ひとつの作品——ここではそのもっともちいさな単位としての一首の長歌や短歌をいうことにする——の内部では、基本的には時間は一方向にむかってながれる。長歌のばあいは、作品の途中に回想表現などをはさみこむことも可能だから、理論的にいえばこの原則は絶対的なものとはいえないが、実際には、この原則をおおきく逸脱する作品はない。だが、それならこんどは長歌作品の内部での長歌と反歌との関係、という次元になるとどうなのか。これについてもさまざまに論議されてはいるが、のちに作品各論で確認していくとおり、基本的には両者のあいだに時間のながれの逆転などは生じず、反歌は長歌のいまをそのままにひきつぐ。つまり、ほぼ同時か、あるいはそれに近接する時間をみずからのいまとする。これは、反歌というもののなりたちからみてもある意味で自然なことだろう。

かくして、作品間の時間の前後関係がもっとも問題化するのはやはり、「長歌連作」におけるふたつの長歌作品相互のあいだでということになる。作品でいえば、ここであつかう「泣血哀慟歌」と、そして「石見相聞歌」とが、その点でいっても、もっとも問題提起的な作品ということになる。

ところで、ふたつの長歌作品の時間的前後関係は、長・反歌を区分してそのこまかい前後関係まで考慮するなら、いくとおりものパターンになるだろう。必要以上に煩雑になるのをさけて、いま、ひとつの長歌作品を一体のものとみなしてかんがえても、ふたつの長歌作品の関係には、

① A——B——

とか(これを一般的には前後関係というのだろう)、

②　A――――
　　B――――

とか(これは同時、並行というところか)いうような単純なものとはかぎらず、

③　A――――
　　　B――――

とか、

④　　A――――
　B――――――

といったようなばあいもあるわけだ。そして完全な同時並行関係、つまり②をのぞけば、いずれもふたつの長歌作品について、ある意味で前後関係がいえるわけで、それは各作品の最終場面、すなわち「語り手」のいま・ここを比較したばあい、どちらがさきでどちらがあとかということを意味する。以下の分析で前後関係というときは、基本的にこのような意味でもちいている。

　なお、さきにものべたように、時間や空間の問題には結局「語り手」の問題がからんでこざるをえない。ちなみに、回想形式で叙述されている作品(作品世界がすべて「語り手」によって回想される世界からなっている作品)では、作品の最終場面もふくめて、作品世界は「語り手」におけるいまからみて「過去」(このばあい最終場面はさきほどの原則により、いまにもっともちかい過去となる)ということになる。これとの対比でいいなおすなら、非回想形式では、作品世界の最終場面はすなわち「語り手」のいまにかさなる。

　このような予備的考察にもとづいて、ここではもっぱら「泣血哀慟歌」における時間と空間との構造をさぐっていくことにしたい。

柿本朝臣人麻呂妻死之後泣血哀慟作歌二首并短歌

天飛ぶや　軽の道は　我妹子が　里にしあれば　ねもころに　見まく欲しけど　止まず行かば　人目を多み　まねく行かば　人知りぬべみ　さねかづら　後も逢はむと　大船の　思ひ頼みて　玉かぎる　磐垣淵の隠りのみ　恋ひつつあるに　渡る日の　暮れ行くがごと　照る月の　雲隠るごと　沖つ藻の　なびきし妹はもみち葉の　過ぎて去にきと　玉梓の　使ひの言へば　あづさ弓　音に聞きて　言はむすべ　せむすべ知らに　音のみを　聞きてありえねば　我が恋ふる　千重の一重も　慰もる　心もありやと　我妹子が　止まず出で見し　軽の市に　我が立ち聞けば　玉だすき　畝傍の山に　鳴く鳥の　声も聞こえず　玉桙の　道行く人も　一人だに　似てし行かねば　すべをなみ　妹が名呼びて　袖ぞ振りつる

短歌二首

秋山の　もみちを繁み　惑ひぬる　妹を求めむ　山路知らずも
もみち葉の　散り行くなへに　玉梓の　使ひを見れば　逢ひし日思ほゆ　（2・二〇七〜二〇九）

うつせみと　思ひし時に　取り持ちて　我が二人見し　走り出の　堤に立てる　槻の木の　こちごちの枝の　春の葉の　繁きがごとく　思へりし　妹にはあれど　頼めりし　子らにはあれど　世の中を　背きしえねば　かぎろひの　もゆる荒野に　白たへの　天領巾《ひれ》隠り　鳥じもの　朝立ちいまして　入り日なす　隠りにしかば　我妹子が　形見に置ける　みどり子の　乞ひ泣くごとに　取り与ふる　物しなければ　男じものわきばさみ持ち　我妹子と　二人我が寝し　枕づく　つま屋の内に　昼はも　うらさび暮らし　夜はも　息づき明かし　嘆けども　せむすべ知らに　恋ふれども　逢ふよしを無み　大鳥の　羽易《はがひ》の山に　我が恋ふる妹はいますと　人の言へば　岩根さくみて　なづみ来し　よけくもぞなき　うつせみと　思ひし妹が　玉かぎる　ほのかにだにも　見えなく思へば

短歌二首

去年《こぞ》見てし　秋の月夜は　照らせれど　あひ見し妹は　いや年離る

衾道《ふすまぢ》を　引手の山に　妹を置きて　山路を行けば　生けりともなし

（二一〇〜二一二）

或本歌曰

うつそみと　思ひし時に　携はり　我が二人見し　出で立ちの　百枝槻の木　こちごちに　枝させるごと春の葉の　繁きがごとく　思へりし　妹にはあれど　頼めりし　妹にはあれど　世の中を　背きしえねばかぎるひの　もゆる荒野に　白たへの　天領巾隠り　鳥じもの　朝立ちい行きて　入り日なす　隠りにしかば　我妹子が　形見に置ける　みどり子の　乞ひ泣くごとに　取り委す　物しなければ　男じもの　わきばさみ持ち　我妹子と　二人我が寝し　枕づく　つま屋の内に　昼は　うらさび暮らし　夜は　息づき明かし嘆けども　せむすべ知らに　恋ふれども　逢ふよしを無み　大鳥の　羽易の山に　汝が恋ふる　妹はいますと　人の言へば　岩根さくみて　なづみ来し　よけくもぞなき　うつそみと　思ひし妹が　灰にていませば

短歌三首

去年見てし　秋の月夜は　渡れども　あひ見し妹は　いや年離る

衾道を　引出の山に　妹を置きて　山路思ふに　生けるともなし

家に来て　我が屋を見れば　玉床の　外に向きけり　妹が木枕

（二一三〜二一六）

本文形を分析対象とする本書の方針からすれば、II群の初案とみられている「或本歌」まで掲出する必要はないのだが、のちにみるように、このばあいにかぎっては、初案のかたちと本文形とを対照することに意味があるので、例外的にこれもあげておいた。

この作品の研究史は、おなじく長歌作品ふたつからなる「石見相聞歌」のばあいと、よくにた経過をたどっている。それは結局のところ、万葉集全般の、さらにいえば古典文学全般の研究史のながれにさおさすものなのだが、本書のとる作品分析の方法からみるかぎり、それらを全体としてふまえなければならない必然性はかならずしもない。しかしながら、たとえば作家の生活史的事実との関係や、作品制作の順序(ふたつの長歌作品の、制作レベルでの前後関係)に関する論議などはともかくとして、作品の主題をめぐる論議、それに関連してこの作品に影響をおよぼした先行文芸の検討などの視点は、周辺的事実ではなく作品そのもの、作品の表現自体を批評の対象とするという点において、作品の内部世界の時間や空間の構造をみさだめていくうえで、多少なりとも交渉をもってくる。

ともあれ、この作品の研究史を、必要な範囲で概観しておくところからはじめようとおもう。最初に論議の対象になったのは、作品に記述されていることを作家自身の生活の真実とみなすことを当然の前提として、ふたつの長歌作品にえがかれた「妻」は同一人物なのか、それとも人麻呂はあいついでふたりのつまと死別したのか、というような問題だった。むろんそのような論議も、もとをただせば、ふたつの長歌作品の「妻」のえがかれかたがことなってみえるという、作品の表現そのものにねざしたものではあったのだが、それが作家の伝記的事実の問題に還元されるかぎりでは、本書の関心からははずれた論議だというほかない。しかし、まさにこのような論議のなかから、あらたな観点が提起されるにいたった。「妻」の形象のされかたのちがいを、それまでのように直接作家の伝記的事実にむすびつけるのではなく、どのような先行文芸の表現に準拠しているかのちがいとして把握しようとする観点だ。すなわち、I群における「妻」の「軽の忍び妻」といったイメージは、事実の問題というより『古事記』允恭天皇条の「軽太子」と同母姉妹「軽大郎女」との悲恋物語からもちこまれたものだったという指摘だ(金井一九七〇)。そしてこのような観点は、金井論文に付された副題がものがたるように、ほぼ必然的に作品の虚構性の問題にあらたなみちをひらくことになった。もっとも、この虚構性の問題は、いちはやく伊藤一九六六が提起していた観点だった。そしてそれは渡辺一九七一等にひきつがれ、この作品の研究動向を主導するものになっていった。

渡辺論文はまた、もうひとつの論点を提起した。すなわち異伝の存在を視野にいれて作品の推敲・増補過程を検討し、ふたつの長歌作品は同時に制作されたものではなく、まずⅠ群が単独に制作され、その好評をうけてⅡ群がおいつぎ制作されたというもので、この「歌い継ぎ」説が伊藤をはじめおおくの論者によって支持され、一時は学界の通説になるかにみえたが、その後Ⅱ群先行説が提起され、現在にいたっている。

むろん、これ以外の論点もかずおおく指摘され検討されてきているが、制作過程の問題としてではなく、作品世界の提示(すなわち時空の設定)という意味で、ふたつの長歌作品がどのような関係にあるかについては、部分的・断片的に考慮されることはあっても、全体として検討される機会にはいまだめぐまれていないといってよいだろう。そこで、ここでも制作過程の問題はおもいきって省略し、最終形態とみられている本文形を主たる分析対象として、両歌群の時間・空間の構造、およびその相互の関係をあきらかにすることを通じて、この作品の挽歌的抒情の方法を解明したい。

さきにものべたように、この作品では「語り手」の設定のしかた自体はある意味でごく単純なものなので、それを基準にしてこの作品を分節化することはできそうにない。ここではひとまず、さきざきの章でもおこなってきたように、時間のありようを基準として、作品をいくつかに分節化し、問題点を析出させてみよう。まずⅠ群(二〇七〜二〇九)から。

①天飛ぶや〜恋ひつつあるに――生前の夫婦のかたらい(過去1)
②渡る日の〜使ひの言へば　――つまの死のしらせ(過去2)
③あづさ弓〜袖ぞ振りつる　――「語り手」の悲嘆の行動(現在)
④反歌1(二〇八)――「語り手」のおもい(現在)

⑤反歌2(二〇九)——同

まず問題になるのは、長歌(二〇七)が回想形式の作品なのかそうではないのか、つぎには、その長歌の時間と反歌の時間との関係だ。順序は逆になるが後者からかんがえていこう。④でわかることは、そのいまは、季節が秋だということ、そしておそらくつまの死からあまり時間がたってはいず、くわしいことをしらされない状態がつづいているらしい(「妹を求めむ山路知らずも」)ことだ。またここでは、「語り手」の空間的な位置についての情報はあたえられていない。一方、⑤では、季節はやはり秋、つまの生前の回想をふくむ(「逢ひし日思ほゆ」)が、全体が回想形式になっているわけではない。この作品のいまは、「使ひを見」たことに触発されて「逢ひし日」を回想している、そのいまだ。このいまを、長歌のいまに直接につづくものとし、また、その空間的な設定は、長歌の最終場面とおなじ軽のちまたとすることは不可能ではない。そのばあいには当然のことながら長歌は回想形式ではないことになる。すなわち、軽のちまたでむなしく「袖」をふった、そのすぐあとに、反歌1、2のいまがつづくということになり、長歌でも、過去についていっている①②はともかくとして、③と④⑤とのあいだにはほとんど時間の経過がないことになる。そうすると、この歌群の時間構造は比較的単純なもので、長歌の最終場面はそのまま「語り手」のいま・ここになっている。そして長歌③のいまから④⑤のいまへと時間が近接・連続しているとみることができるだろう。つまり、つまの死を使者からしらされ、「軽」のちまたにさまよいでてむなしく「袖」をふって、ふと生前のつまとの「逢う瀬」をおもいおこした、ということなのではないか。

江戸期以来の伝統的な解釈も、おおすじにおいては、このような時間把握にかさなる。⑤の「玉梓の使ひ」をみたときが、すなわち長歌の②の「玉梓の使ひの言へば」とあったまさにそのときなのだ、という解釈だ。長歌と反歌におなじ「玉梓の使ひ」が登場するのだから、それを同一のもの、妻の突然の死のしらせをもたらしたおなじ使者とみなすのは不自然な解釈ではない。そのような代表として、契沖の説をあげておこう。

妻の親族のもとより死を告ぐるに文あればなり。又生けりし時、文などもてきけん使なるべし　(『代匠記』)

というものだが、ただ、ここにひとつ問題が生じてくる。この解釈に厳密にしたがったばあい、⑤のいまは、長歌の(最終場面の)いまよりもさかのぼった時点だということになってしまいかねない。井上『新考』が

反歌のうちに入れたれど、こは長歌より前に作りしならむ。

といい、武田『全註釈』(旧)が

これは更に遡つて、使ひの来たときの感情を叙してゐる。時処があちこちして一に集中してゐないのは欠点である。

と、おのおのことなる位相というか、ことなる次元から反歌2のありようを批判するのは、そのことにかかわっている。

そこで、このような批判を回避すべく、これを後日、別の機会のことと解するたちばがうまれた。すなわち、稲岡『全注』および同『和歌大系』や伊藤『釈注』などは、別時であるだけでなく使者も別人物で、

長歌の例と違い、ここは、別の男女のために恋文を運ぶ使者をさす。(『釈注』)

他の男女の許に嬉しい便りを運ぶ使であり、それをよそ目に見ることを言う。(『和歌大系』)

というふうに解する。この解釈の方向ははやく都倉一九六九によって主張されていたものだった。しかし、「他の男女の許に」「嬉しい便りを運ぶ」使者を他人がそれとしることがはたしてできるものかどうかはさておくとしても、そのように解してしまっては、一首はなにかしら焦点のさだまらない、散漫な印象のものになってしまわないだろうか。同時・別時はさておき、すくなくともこの使者は、やはりつまの死のしらせをもたらしたそのかおみしりの使者と解するべきだろう。またここにかぎっていえば、契沖の「又生けりし時、文などもてきけん使なるべし」という推定がまとをいているだろう。この使者こそは、生前の、「逢う瀬」もままならなかったふたりのあいだをとりもっていた、かけがえのない使者だったのだ。

さらにいえば、それを、後日、別の機会にあったこととしてよいのだろうか。旧稿(身﨑一九八四)ではたしかに、

そのようにかんがえた。「軽」のちまたでのできごとからしばらくたったあるひ、「語り手」は自家にあって、使者の来訪に接した。あのひとおなじ「使ひ」がまたやってきたことに触発されて、それまでのつまとのいきさつなどをおもいおこして、つまの死のかなしみを反芻している、というわけだ。

しかし、Ⅰ群を全体としてみたばあい、このような空間把握には問題があるのではないか。長歌の③で舞台とされたここ＝最終場面は「軽」の地だった。つまの突然の死のしらせに接し、やもたてもたまらず「語り手」がとびだしていったところ、それが「軽の市」だった。そこに「語り手」はつまの幻影をむなしくもとめ、「袖」をふる。こうしてみると、すくなくとも長歌では「軽」の地こそが支配的空間だということがいえるだろう。それならば、長歌だけでなくⅠ群全体にそのかんがえをおよぼすべきではないのか。そうなると、結局はじめにしめしておいたような解釈におちつくことになる。反歌までふくめて、Ⅰ群の時空は「軽」のちまたに終始している。「泣血哀慟歌」Ⅰ群は、まさに「軽」の地を舞台として構想された挽歌作品といえるのではないか。

だがそれならば、「語り手」がその「使ひ」をみて、「逢ひし日思ほゆ」と、回想にとらわれていくのはなぜだろうか。そのことをより説得的に説明しないかぎり、『新考』や『全註釈』はもとより、稲岡などの主張を決定的にくつがえすことはできないだろう。それは、のちにものべるように、つまとの「逢う瀬」、あるいはさらにさかのぼって、はじめてのであいとちぎりをむすんだのが、まさにこの「軽の市」にほかならなかったからではないだろうか。

なお、この点について、はやく十分にいきとどいた解釈をしていた先達がある。賀茂真淵だ。真淵はこのようにいう。

共に顕し身なりし時、使を待ち得て行て逢たりし日に、もみぢ葉の散たりけん、それが並にけふも黄葉のちるに使の来たるを見れば、忘れては、かの逢ひし日の心持するといふ也、（『考』）

真淵が訓釈におぎなった「忘れては」の一語に注目したい。「語り手」はなにを「忘れ」たのか。それは、つまがもうこのよにはいないということ以外ではありえないだろう。いつもふたりのなかをとりもっていた使者がやってきたものだから、一瞬、もうつまはこのよにいないということをわすれて、つまとしのびあったときのことをまざまざとおもいだした、というのだ。

しかし、これがまさにつまの死のしらせをもたらした使者ならば、いかになんでもその使者をめのまえにしてつまの死を「忘れ」るということはありえない、という批判は当然あるだろう。それに、ここには、江戸期以来の解釈にもとづいて提起された「玉梓の使ひ」をめぐる批判の問題が再燃してくる。『新考』の解釈、『全註釈』の批判をどうしたら回避できるのだろうか。

「玉梓の使ひを見れば」という文言を、『新考』や『全註釈』は窮屈にかんがえすぎているのではないか。たしかにそれは、事態としてはつまの死のしらせをもたらした使者を「見」たときのことをいっているのだが、作中世界での時間の経過という要素をかんがえるなら、そのときから、いてもたってもいられなくなって「語り手」が「軽」のちまたへさまよいでて、むなしく「袖」をふり(③長歌の最終場面)、さらにつまのゆくえをおもいあぐね(④)、そしてつまとしのびあったときのことをまざまざとおもいだすいま(⑤)までには、いくばくかの時間の経過があるはずだ。それならば、「玉梓の使ひを見れば」といっても、なにも長歌の最終場面からさかのぼって、つまの死を報じた死者をいま眼前にして、といっているわけではなく、「さきほどあの使者に会ったので」くらいのニュアンスでうけとるべきものだろう。このばあい、厳密にいうなら「見れば」ではなく「見しかば」となるのだろうが、和歌においてはそのような時制の表現のゆるやかさは普通のものだろう。『新考』や『全註釈』の非難は、結果的にまとはずれだったとおもう。

⑤の解釈にてまどってしまったが、Ⅰ群の時間の構造をあきらかにするうえで、どうしてもはっきりさせておかなければならないところなので、すこしくわしくみておいた。かくて、この歌群の時間的なながれは、さきほどしめしておいたような、比較的単純なものと理解できる。この第Ⅰ群を全体としてひとつの作品とみるならば、

その最終場面は⑤のいま・ここで、それは「語り手」のいま・ここに一致し、長歌の最終場面（軽のちまでの袖振り）から連続している。

ところで、これは時空の構造という視点をはなれてのことだが、I群の「逢ひし日思ほゆ」というとじかたは、そこで完結しているというよりは、なにかしらのちへの展開を予想（期待）させるひびきをもってはいないだろうか。その期待にこたえて、II群は回想をもってあらたな作品世界をひらくことになるのだ。

II群にめをうつそう。ここでも主として時間の相をてがかりに分節化していくが、それはたとえば窪田『評釈』がおこなっている段落わけとかさなっている。段落わけをするばあい、一般的にもその判断の基準となっているのは結局時間や空間によってくぎられた場面なのだということだろう。

①うつせみと〜子らにはあれど――生前の夫婦の交歓（過去1）
②世の中を〜隠りにしかば　　――つまの死（過去2）
③我妹子が〜逢ふよしを無み　――つま屋（婚舎）での悲嘆（過去3）
④大鳥の〜見えなく思へば　　――山中の悲嘆（現在）
⑤反歌1（二一一）――月下のおもい（現在）
⑥反歌2（二一二）――山中のおもい（現在）

この歌群の時間の構造も、I群と同様比較的単純なものだといってよい。過去から現在へと、ほぼ時間のながれにしたがって叙述がなされる。ただ、ここでひとつ注意していてよいことは、冒頭の回想、生前の夫婦の交歓をえがいた①の部分（過去1）では、具体的なある過去の一時点の記憶が――すくなくともそうした体験のうらづけをもって――えがかれているらしいということだ。この、「祝祭の日」の叙述部分については、のちに空間分析のところで、さらにくわしくみていくことにしよう。

この長歌の最終場面は、あきらかに現在(「よけくもぞなき」「見えなく思へば」)だから、これはそのまま「語り手」のいまにかさなる。そして⑤⑥はそれに直接する。つまり、このII群全体の「語り手」の最終的ないまは⑥のそれにほかならず、それは長歌の最終場面から連続しているといってよい。そして⑤から、それが「秋の夜」だということがわかる。「語り手」は「人」のことばをたよりに「羽易の山」につまをさがしもとめ、山中でよるをむかえてしまったことになる。そういえば、これはのちにみるところだが、「石見相聞歌」でも、「語り手」はつまとわかれて山中のみちをたどり、途中でよるをむかえる。人麻呂の代表的な二作品に「秋の夜、独り行く」イメージがもちいられていることになろうか。なお、『全註釈』は長歌冒頭に「春」とあるのをこの歌群の制作時期としているが、これはあきらかにあやまりだ。この冒頭部の描写は過去を回想したものでしかない。

ふたつの長歌作品の時空の構造を分析してみたが、それではこのふたつの作品世界の、主として時間的な関係はどうなっているのか。実は、このことをめぐっては、問題の次元こそことなってはいるが、はやくから論議がなされてきている。制作の時期について、II群がI群すなわちつまの死から一年をへだてているのかいなか、というかたちでの論議で、この点についてかぎをにぎるのはII群の反歌1(⑤)だ。この一首をどう解するかによって、この長歌作品の時間設定はまったくくちがうものになってしまう。

去年見てし　秋の月夜は　照らせれど　あひ見し妹は　いや年離る

たとえば『代匠記』(初)は、これをつぎのように解している。

此反歌によりてみれば、後の歌ならびに此短歌二首は、一周忌によまれたるを、類聚して一所にをけるなるべし

すなわち、II群はつまの死、そしてその直後によまれたI群から一年を経過した翌年、一周忌に際して制作されたものだが、おなじつまの死にかかわるためにI群とともに排列されている、というのだ。また『代匠記』(精)

はその傍証として、『拾遺和歌集』(巻二〇)におさめられているこのうたの詞書に

妻ニ罷リオクレテ又ノ年ノ秋月ヲ見侍テ〔『代匠記』の引用のまま〕

とあることをあげている。これなど、『代匠記』の注釈態度のおくふかさをしめすものではあるけれど、このうたの解釈に関していえば、あくまでも平安時代の解釈の、それも一例をしめすにすぎない。ここはやはり、作品自体の表現にそってみさだめるしかないだろう。ここでかなめになるのは、「年離る」という語の解釈だとおもわれる。これがもしも『全註釈』(旧)の「年を隔てる意である。妻が死んでから、年が変つたことをいふ」という解釈しかありえないとすれば、ことは単純で、一年後のおなじ「秋」の詠ということはうごかせないだろう。そのばあい、「去年見てし」というのは、去年つまとともに「秋の月」をながめたけれど(その直後に)つまはみまかり、一年が経過したということになろうか。しかし、はやく『新考』は「年離る」について

年サカルはただ月日がタツといふことなり。年と云へるに泥むべからず。

と言明していた。これをうけてか、澤瀉『注釈』も

「年月遠くはなれてゆく」ので、「年月がたつてしまつた」といふのではない。今迄にもそこばくの日はたつてゐるが、かくして妻なき年月がいよいよ重なつてゆく事を思つての、将来をかけての悲嘆がこめられてゐるのである。

と説明しており、『釈注』などもこれにしたがっている。なお、『注釈』はこれと別に、

死後あまり時日はたつてゐないものと考へられる。

とも指摘している。この解釈が妥当だとおもう。そのばあい、「去年見てし」というのは、さきとはことなり、去年の「秋」にもこの「月」をながめたけれど、そのときともにながめたつまは、いまやみまかってしまい……、というほどの意味となる。この方が自然な解釈というものだろう。もちろん、契沖などの主張は作品の制作時期についてのもので、作品の内部世界における時間の前後関係を直接に問題にしているわけではないが、そのふた

つのことは、当然のことながら無関係ではありえない。契沖などの説にしたがったばあい、すくなくともこの反歌一首のいまは、I群の最終場面からほぼ一年をへだてていることになるだろう。しかし、みてきたようにこのいま、したがってII群の「語り手」のいまは、つまのみまかったそのおなじとしの、それもあまりときをへだてていないおなじ「秋」のうちだという可能性がたかい。要するに、この反歌一首のありようだけからは、両群の前後関係をふくめた時間的な構造の問題はあきらかにすることができないことがわかる。その解明にはかなり複雑な分析を必要とするだろう。長歌作品同士を考察の対象とするばあいのむずかしさについてはすでにのべたとおりだ。しかも、おなじ複数長歌作品からなる「石見相聞歌」のばあいとちがって、この作品では、時間の推移とともにめにみえやすい空間移動がうたわれるわけではないから、分析のてがかりをさがすことも容易ではない。

一見して感じられることは、全体として、II群の方が、あつかっている時間のはばがおおきそうだ、ということだろう。また、すくなくとも、最終場面でみるかぎり、II群の方があとだろうということも(一年後ではないとしても)、ほぼまちがいないところだろう。そこで、ひとつの可能性として、II群の時間のなかにI群が包摂される、さきの類型でいえばほぼ④のような関係が想定されるだろう。むろん、両群ともその長歌は過去の記述、すなわち回想の部分をふくみ、とりわけI群のばあい、その冒頭部、生前の夫婦のかたらいについてのべた過去

1(=①)の

天飛ぶや　軽の道は　我妹子が　里にしあれば……

という部分は、すでに注意しておいたII群冒頭の回想部分とはことなり、具体的な過去のある一時点の記述というわけではなく、生前の夫婦のかたらいのありようをいわば概念的にまとめた記述なので、その両者のあいだの時間的な前後、あるいは包摂関係をいうことはできない。ただ、あえていうなら、II群冒頭部の叙述が、もしものちにのべるように、軽の地における「春の祝祭の日」の、ふたりのであいと交歓の回想の記述とするなら、I群冒頭の記述は、ふたりが夫婦のちぎりをかわした、その後のかたらいのさまをえがいたものということになる

ので、やはり、II群がI群をつつみこむ関係がなりたっているものとかんがえることが可能だろう。

ここで、そのII群の叙述のながれに注目してみよう。そのとき、これは論証というよりは素朴な印象にすぎないかもしれないが、長歌の②と③のあいだに、時間的にちいさな断層のようなものがあることに気づきはしないだろうか。すなわち、「入り日なす隠りにしかば」という、妻の死を叙した部分と「我妹子が形見に置ける……」という死後の「語り手」の行動を叙した部分とのあいだのギャップだ。別のいいかたをすれば、妻の死は一種幻想のようにかたられ(これを葬送をえがいたものというふうに短絡的に解してはならないとおもう)、それに対する「語り手」の衝撃やかなしみの叙述はないままに、ただちに「つま屋」の叙述にはいってしまう。むろんそこでの、のこされたものの悲嘆は、そのあとの部分で

昼はも　うらさび暮らし　夜はも　息づき明かし　嘆けども　せむすべ知らに　恋ふれども　逢ふよしを無み

というふうに入念にかたられはするけれど、肝腎のつまの死の、まさにその前後のことは省略されているかにみえる。

そこで、ひとつの仮説として、II群のそうしたありようをおぎなうべく、I群はII群でいえば②にあたる過去2、すなわちつまの死を叙した部分を、とりわけつまの死をしらされた時点を、「語り手」の心情と行動とを中心に、くわしくえがいているとみることができないだろうか。そうみたばあい、つぎのような解釈が可能になるとおもわれる。さきにも確認しておいたように、I群⑤すなわち反歌2の最終場面、「語り手」が「軽」のちまたにたちつくして、ふとまだつまがいきているように錯覚し、生前のつまとの「逢う瀬」をおもいおこした、その時点が、まさにI群の「語り手」のいま・ここだった。その時点を、II群の②の最後の部分にかさねてみる。「使ひ」がつまのいえからやってきた。その使者は、つまの死の事実とともに、その前後の消息——葬儀の様子やのこされた遺児のありさまなどの情報をもたらしたのだろう。「語り手」は、いつまでも「軽」のちまたにた

ちなずんでいるわけにもいかず、つまの生前、ふたりが生活をともにしていた婚舎におもむいた。そこでいまとなってはわすれがたみの遺児をだいて悲嘆にくれる。それと同時に、「妹を求めむ山路知らずも」(I群④)というような状態にあった「語り手」は、「人」から、つまのゆくえをしらされることになる。

大鳥の　羽易の山に　我が恋ふる　妹はいますと　人の言へば

これをまたしても、つまの埋葬の地点をしらされた、というふうに直接的に理解してしまってはならない。たしかに、解釈の、ある次元におよんだ段階ではそのようにいってもいいのだけれど、しかしここではまず表層の表現のレベルで理解する必要がある。「妹を求めむ山路」を、語り手はしらされたのだ。

ここで、本書の立脚点からいえば余計な穿鑿だし、すこしよりみちをすることになるが、この作品の享受の実際におもいをはせてみよう。現行巻二の排列、すなわちI群、II群という順序で享受するばあいには、はじめにもっぱらつまの死の直後の心境をかたった、挽歌としてはむしろ異例な構想ともいうべき作品に接し、そのあとで、よりながい時間的なひろがりのなかで、つまとのであいとその死、死後の悲嘆と行動とが全体としてかたりなおされることになる。しかし、もしもこの作品がはじめII群のみのかたちで制作され、I群が追補された(いわゆる「逆歌い継ぎ」)ものだとすると、それは、いったんはつまの死という主題に関しての一般的な構成によって構想されたものに、おもいきってトリミングの手法をほどこして、不意につまの死をしらされたもっとも衝撃的な経験、その時点に焦点をあわせた続編がうたいつがれたことになる。

しかしむろん、はじめに想定したとおり、わたくしたちは現行の排列のままに、すなわちI群、II群という順で作品に接することを要求されているとみるべきだ。そのとき、この挽歌作品は、つまの死がはじめはいかにも不確実で曖昧なものであり、それが徐々に明白になって、冷徹な現実として「語り手」の、そして享受者のまえにさらされていく、そういう構想がみてとられることになるだろう。作品世界を組織する時間の構造がそうした構想をささえている。以上をまとめて、簡単に図式化しておこう。

長歌の最終場面と反歌二首の「いま」とのあいだの時間の経過はほとんどないといってよい。

Ⅰ ——→ 二〇七
　・二〇八
　・二〇九

Ⅱ ——→ 二一〇
　・二一一
　・二一二

こちらも、長歌から反歌へと時間は連続している。これが或本歌のばあいだと、第三の反歌のみが多少時間的な経過をもっていることになり、さらに、空間の構図もまったくことなるものになるだろう。すなわち、長歌作品としての最終場面、つまり「語り手」のいま・ここが本文歌とはことなっていることになる。なお、あらためて確認しておくなら、「語り手」のいまは、全体としておなじとしの「秋」のうちで、つまの死の直後からすこしときをへだてるところまで、ということになる。これがⅡ群は一年後にまでおよぶとしたら、やはりそのうったえかけるかなしみがよわまってしまうだろう。

ここまでは主として時間の構造を中心にみてきた。時間との関係でいささかなりとも空間の問題にもふれることはあったが、空間の問題をそれとして独自にとりあげてはこなかった。本来、時間と空間とは不可分の関係にあるものなのだが、行論の都合上、空間の問題についてはくわしい言及をさけてきたのだ。しかし、このあたりでこの作品における空間配置のありようをまとめて論じておいた方がいいだろう。

さきほどの、時間を基準としてしめした分節把握に、空間的な把握をかさねてみると、つぎのようになるかとおもう。まずⅠ群。最終的な「語り手」のここ、すなわち⑤(反歌2)の「語り手」のここは、すでに時間の分析のところでのべたとおり、「軽」のちまただ。みてきたように、これを別時・別所のこととみるむきもあるが、それはただしくない。さきほどのべたことをくりかえすなら、このI群でかたられる空間、舞台となる空間としては、「軽」の地が強調されている。I群の時空は、「軽」のちまたにおいて完結している。I群はまさに「軽」を舞台として構想された挽歌作品なのだ。

それならば、なぜここで「軽」の地が舞台としてえらばれているのか、なぜにこの作品はかくも「軽」の地に執着するのか。あるいは、こうといかけてもいいだろう――つまの死のしらせに接した「語り手」は、つまのいえにおもむくかわりに、どうして「軽の市」にいでたつのだろうか。たしかに、かれは、「軽」の地がつまの「里」だといっている。またその「軽の市」には、つまがしばしばいでたっていたこともものべている。だが、それだけだろうか。ここに、さきにもふれておいたように、先行研究によってその疑問に対するひとつの回答がしめされている。それは、このI群がある先行テクストをふまえて制作されており、そのテクストとは、ほかならぬ『古事記』允恭天皇条の、軽太子と同母妹軽大郎女との悲恋のものがたりだ、とする見解だ。このものがたりには、登場人物の名称との一致からよびこまれ、かれらの作中詠としてはめこまれたとおぼしい

天飛《だ》む　軽のをとめ　いた泣かば　人知りぬべし　波佐の山の　鳩の　下泣きに泣く
天飛む　軽をとめ　したたにも　寄り寝て通れ　軽をとめども

といった歌謡がおさめられている。この悲恋のものがたり、そして軽の地にゆかりをもつとみられる歌謡の存在が、「泣血哀慟歌」I群のいわばプレテクストをなしている、というのだ。こうした見解は、はじめにも紹介しておいたように、はやく伊藤一九六六で示唆され、その後金井一九七〇や渡辺一九七一などによって強調されていった。

しかし、この説の難点は、「軽の忍び妻」といったおおまかなわくぐみが一致するとはいえ、先行テクストとするほどには、表現の共通性が顕著にはみとめられない、という点をひとまずおくとしても、それならば連作の

もう一方、すなわちII群には、この『古事記』の悲恋のものがたりがどんなかたちでかげをおとしているか、という疑問には、いっさいこたえられないことだ。金井はもともとこの作品について連作的なみかたをとらず、別時の作とみているから、「Bの歌(引用者注、II群のこと)は軽の伝説とは無縁である」と断言してはばからない。一方、伊藤説を発展させて「歌い継ぎ」形成説をとなえた渡辺も、「歌い継ぎ」であるからには、両者のあいだに構想上の変化・展開があっても当然だとみているようだ。しかしながら、この「泣血哀慟歌」という作品を、真の意味で連作的な機構をもち、有機的にむすびついた一体的な作品とみるたちば(それはそもそも伊藤や渡辺がきりひらいた、この作品についての展望だったはずだ)からは、これらの見解にやすんじてしたがうわけにはいかない。軽太子のものがたりが、たとえなんらかのかたちでふまえられているとしても、「軽」の地のはたしている役わりは、それとは別にかんがえられなければならないだろう。そしてそのばあい、II群には、すくなくとも表面的には「軽」の地がよみこまれていないわけだから、表層にはあらわれないものとして「軽」の存在をそこにさぐる必要があるだろう。

だが、その問題につきすすむまえに、I群でも④(反歌1)にいたってはじめて登場することになる「山」の要素についてみておこう。もっとも、長歌にもすでに「畝傍の山」は登場していたが、いまはそれとはことなる「山」、つまがまよいこんだ「山」のことだ。むろん、暗黙のうちに了解される背景としては、それは死者を埋葬したところ、ということなのだろうが、いまはあくまでも表現されたレベルのこととしてかんがえる。なぜここにいたって、「軽」の地といれかわりに、長歌にはなかった「山」の要素が登場させられるのか――そのとき、当然視野にはいってくるのは、II群だろう。II群では、つまがおもむいたとされる「山」、具体的には「羽易の山」=「引手の山」が、主要な空間として強調される。なるほど、II群ではそれとともに「語り手」と死者とがともにくらした「つま屋」もまた重要な位置をしめてはいるが、作品の最終場面は山中におかれる(本文形)。I群④は、いわばその伏線として、両群をつなぐ連結器の役わりをはたしているのではないだろうか。

さて、「軽」にもどろう。Ⅰ群は「軽」を主要な空間として描出していた。それならⅡ群の方はどうなっているのか。いましがた、さきばしりしてのべておいたように、こちらでは「つま屋」と「山」とが主要な空間として描出される。とくに、つまの死後おそらくはじめておとずれた「つま屋」の、凄惨なまでの描写は印象的だ。しかし、Ⅱ群長歌に描き出される空間はそれらだけとはいえない。冒頭部①に回想されている空間は、そのどちらでもないようだ。この、ふたりがちぎりをかわした「春」の、いわば「祝祭の日」の舞台は、いったいどこなのだろうか。「槻の木」のしげる、「走り出の堤」というふうに具体的な景のイメージを提供していながら、「語り手」はそれを具体的にどこのことと明示しない。しかし、地名をあげてそれとしめさずとも、そこがどこだかは、作品の論理から明白だったのではないか。すなわち、それこそほかならぬ「軽」の地だったのではないだろうか。さきに、Ⅰ群の「逢ひし日思ほゆ」というとじかたは、そこで完結しているというよりは、のちへの展開を予想(期待)させるもので、その期待にこたえてⅡ群は回想をもってあらたな作品世界をひらくことになる、という見解を提示しておいたが、その点からいえば、「軽」の地でとじられたⅠ群から、「軽」の地の回想ではじまるⅡ群への展開は、きわめて自然なものといえるのではないだろうか。

ここであらためて、Ⅰ群③で

我妹子が　止まず出で見し　軽の市に　我が立ち聞けば

というふうに、「軽」が「市」としてえがかれていたことを想起したい。Ⅰ群の冒頭では「軽の道」とうたわれていたのが、ここでは「軽の市」といいかえられている。そこに、「語り手」はつまのおもかげをもとめてたちつくすのだ。この「軽の市」こそは、ふたりがしのんであうところだったのだろう。ところで、「市」はまた、「歌垣」がもよおされるところでもあったことをも、おもいおこすべきだろう。春秋の祝祭のときにあたって、ことなるむらやさとのわかい男女が一堂にあいつどい、うたをうたいかわし、それぞれにふさわしい異性にめぐりあい、そしてむすばれる「歌垣」、それこそが、Ⅱ群長歌冒頭(①)にうつくしくまた具体的なイメージをとも

なってえがきだされた「春の祝祭の日」の実体だったのではないだろうか。I群冒頭の

天飛ぶや　軽の道は　我妹子が　里にしあれば

という叙述からみて、「語り手」は「軽」とはことなる土地の人間だろう。そのおとこが「軽のをとめ」とむすばれた機会、それが「軽の市」の「歌垣」だったと想像することは、かならずしも荒唐無稽なこととはいえないだろう。「軽」の地がそのような、ふたりにとって、ふたりのであいにとって決定的な意味を有する土地だったからこそ、「語り手」はつまの死の報に接して、やもたてもたまらずその「軽」のちまたにとびだしていくのだ。

実ははやく前掲伊藤論文も、またそれを発展させた渡辺論文も、このII群冒頭にえがかれている光景が、I群をうけての、「軽」の地の「歌垣」のそれだということを的確にしめしていたのだった。なおまた伊藤『釈注』は、さきほどの「走り出の堤」を、「軽」の地にあったとされる「軽の池」のそれだとも推定している。しかし両論文とも、例の「軽太子物語」をコードとしてよむというわくぐみの呪縛からのがれられず、そのために、このことこそがそもそもI群の「軽」の地への執着・強調のめざすものだった、というふうなかんがえにはいたらなかったのだ。

ともあれ、I群は徹底して「軽」の地にこだわりつつ、その理由自体はあかすことなく、ふたりの「逢ひし日」のみを暗示しておわり、一方、II群はといえば、「軽」の地名をおもてだたせることなく、しかしその地への、そこでの生前のつまとのめくるめく歓喜のときへの哀切なる追憶をかたる。それは、まさにここそが「語り手」とつまとがあいそめたおもいでの地だったからだ。そこに、わたくしたちは、たとえば堀辰雄（ノート「軽の里」、制作年次未詳、筑摩版全集七下）が構想していた（そしてついに実現しなかった）ような、「ある恋のものがたり」を想像することができるのではないだろうか。

II群長歌冒頭部の空間の確認はこのくらいですませて、さきにすすもう。②は、一転してつまの死という現実を、神話的・夢幻的なトーンでえがいていく。ここでは、つまのおもむいたところが「荒野」をとおっていくと

ころとしめされる。長歌終局部④へと展開する「山」の叙述への、ここは導入部の役わりをはたしているといえるだろう。だが、空間の叙述はストレートに終局部につづくわけではない。ここで空間はふたたびきりかえられて、わたくしたちは「語り手」によって「つま屋」へとみちびかれる③。その内部の描写は、なまなましいイメージ——とりわけ生前のつまの肉体の——をともなった具体的なものとなっている。「我妹子」の「形見」としてのちのみご、その「みどり子」が「乞ひ泣く」ことから想起される「取り与ふる物」すなわち「乳」(母乳であり、また乳房でもある)、そうしたイメージの連鎖が「語り手」のなきつまへの、思慕の情というにはあまりにもなまなましい想念をかきたて、ついには

我妹子と　二人我が寝し　枕づく　つま屋の内に　昼はも　うらさび暮し　夜はも　息づき明かし

と、夫婦の情交の記憶をストレートにうたった表現をみちびく。そして、終局部④がやってくる。ふたたびことなる空間に転ずるのだ。

大鳥の　羽易の山に　我が恋ふる　妹はいますと　人の言へば

つまのゆくえを「人」からおしえられて、「語り手」は最後の舞台空間「羽易の山」にわけいる。しかしながら、ついにもとめるつまのすがたをみいだすことができないままに、かれは山中を彷徨することになる。

うつせみと　思ひし妹が　玉かぎる　ほのかにだにも　見えなく思へば

長歌最終場面④のここは、あきらかに「羽易の山」の山中だといえる。

⑤(反歌1)については、時間のところで問題にしたが、空間についての情報はここにはふくまれていない。ただ、消極的なものいいにはなるが、「秋の月夜は照らせれど」というのが、④にひきつづく、すなわち山中を彷徨する「語り手」のめにうつった光景であっても、いっこうにさしつかえはないだろう。むしろ問題は、ここを明示している⑥(短歌2)の方にある。

衾道を　引手の山に　妹を置きて　山路を行けば　生けりともなし

この、II群全体の最終場面にあたる⑥も、④同様に山中をゆく「語り手」のすがたを想起させるに十分だが、問題は、こちらは山名が④の「羽易の山」とはことなり「引手の山」とされていることだ(これについては、伊藤延子の未公表の論文「泣血哀慟歌論――第二歌群・異文歌と本文歌の『山』――」に興味ぶかい分析がなされている)。ここでは、長歌は長歌で、そのありようにふさわしい地名を採用し、反歌は反歌で、やはりそのモチーフにふさわしい山名を選択しているのだろう、という推測にとどめておく。なお、これとおなじような手法は、かの「石見相聞歌」においても観取される。これについてはそのとき(第十二章)にまたあらためて確認するが、これもまた、人麻呂作品の方法の一端というべきだろうか。ともあれ、II群の「語り手」のここは、歌群の最終場面のそれにかさなるところ――つまり「羽易の山」=「引手の山」の山中だと断じてよいだろう。さきのI群の分析にならっていうなら、「語り手」の意識は絶望的な山中彷徨のなかで、幸福な過去と妻の死後のかなしみとを、追憶のなかに封じこめようとしているのか、とおもう。

ところで、本文形のみを分析の対象とするのが本書の基本的な姿勢だが、ここでは例外的に、II群の初案と目されている「或本歌」(二一三~二一六)とのちがいについてふれておかなければなるまい。というのも、そこには時間と空間の構造においてみ過できないおおきな相違がみられるからだ。或本歌群のとじめにあたるのは、II群(本文形)にはない第三の反歌(二一六)だ。そして、「家に来て我が屋を見れば」とあるように、こちらでは最終場面は山中ではなく「つま屋」になっている。これにともなって当然、そのあいだ(反歌2とのあいだ)に時間的な経過があることになる。或本歌と本文歌とは時空の構造をはっきりとことにしているのだ。またこれに関連していえば、長歌のとじめにしても、本文歌が、みてきたようにつまのすがたをみいだせないまま山中を彷徨するところでおわっているのに対して、或本歌の方では、

うつそみと　思ひし妹が　灰にていませば

と、つまのかわりはてたすがたを、まさめにみてしまったことがあきらかにされている。伊藤が、I群がつまの

死を「耳に聞いた歌」、「死を確認しない歌」なのに対してⅡ群はつまの死を「わが目に見た歌」、「死を確認した歌」だと規定していることはよくしられている。これは大局的にみて、ふたつの長歌作品の性格の対比をただしく把握した発言だといってよいだろう。ただ、そうしてみるとき、本文歌よりも或本歌の表現の方に、Ⅱ群としての性格はより明確に実現されているようにおもわれる。それならば、もしも本文形が推敲による決定版だとして、なぜそのような変改がおこなわれたのだろうか。

不思議なえにしとふかい愛情によってむすばれ、いかなる障害によってもたちきることができないはずの、夫婦のきずなをもってしても、死というのがれがたい人間の運命にあらがうことはできない。そのとき、愛するものの死は、時間の冷徹な作用によって、たとえ理性においては承認できるときがくるとしても、のこされたものにはついに最後まで、うけいれがたいもの、不条理なものとして存在しつづけるだろう。そのかなしみは、かれもまたおなじ運命のてにみをゆだねるそのひがくるまで、いやされることはないのではないか。

むろん伊藤の規定を否定するものではないが、愛するものの死は、その意味において、のこされたものにとって最後まで「確認しえない」ものともいえるのではないか。Ⅱ群（本文歌）の、つまのすがたをむなしくおいもとめる「語り手」の山中彷徨でおわるかたちは、そのような、死というものの凝視からうまれた作者の認識を、作中空間の設定のしかたにおいてみごとに形象化したものといえるのではないだろうか。

第七章 「石中死人歌」

前章までは、「亡夫・亡妻」挽歌の系譜に属する作品をおってきた。本章では、かならずしもその系譜の作品とはいいがたいが、にもかかわらず、ある意味でそれらとふかくつながる面を有するとおもわれる作品をとりあげる。ところで、ここまでみてきた挽歌作品では、いたまれるべき死者は、皇子・皇女のような公的な人物か、さもなければ「語り手」にふかいゆかりをもつ人物かだった。もっとも、この基準に合致しないものとして「吉備津采女挽歌」(第五章)がある。この挽歌では、いたまれるべき死者「吉備津采女」は皇子・皇女でもなければ、「語り手」にとくにちかしい人物というわけでもない。しかし、そのひとは、その「禁じられた恋」(?)と悲劇的な死とによって、天智朝宮廷に、そしておそらくは後代、すなわち人麻呂の活動していた持統朝ごろまでも喧伝された人物だったらしい。その点で、まったく無名の人物というわけではなく、皇子・皇女のばあいと、いくぶんか条件がにかよっているといえなくもない。また、歌中の表現にみるかぎり、「語り手」はおなじ近江宮廷のみやづかえのみとして、この女性にまみえることがあったらしいし、その悲恋のあいてである男性とも、旧知のあいだがらだったのかもしれない。しかるに、これからとりあげる作品では、いたまれるべき死者は、運つたなく旅中にたおれたとおぼしい無名の人物で、偶然この死者と遭遇した「語り手」とは、直接にも間接にも交渉らしい交渉をいっさいもたない。

だが、挽歌としての構成・表現という観点からみるならば、いたまれるべき対象がそのような死者であるだけに、逆に「語り手」の設定のしかた、かれと死者とのかかわりかたの造型が、いままでにみてきた作品以上に表現のかなめとなっている可能性がたかいとおもわれる。つまり挽歌的抒情、すなわち「しのひ」の主体と「語り手」との角度、距離のおおきさをどのようにのりこえるかが、おのずと挽歌制作上の重要な課題となるからだ。その意味においてこの作品は、「泣血哀慟歌」(前章)のように「語り手」が死者の配偶者自身として設定されているばあいとは、ちょうど対照的な位置におかれるべき作品ということになろうか。またそのことに関連して、「語り手」の問題ばかりでなく、時間と、そしてとりわけこの作品にあっては空間の構造が、挽歌的抒情の実現のうえでおおきくものをいっているふしがみられる。その点に留意しつつ作品を分析していこうとおもう。いうまでもなく、ここで分析の俎上にのぼすことになるのは、巻二挽歌部で「吉備津采女挽歌」のつぎにおかれている、「石中死人歌」と略称されるところの、反歌二首をともなう単一長歌作品だ。

讃岐狭岑嶋視石中死人柿本朝臣人麻呂作歌一首并短歌

玉藻よし　讃岐の国は　国からか　見れども飽かぬ　神からか　ここだ貴き　天地　日月と共に　足りゆかむ　神の御面と　次ぎ来たる　中の湊ゆ　船浮けて　我が漕ぎ来れば　時つ風　雲居に吹くに　沖見ればとゐ波立ち　辺見れば　白波さわく　いさなとり　海を恐み　行く船の　梶引き折りて　をちこちの　島は多けど　名ぐはし　狭岑の島の　荒磯面に　いほりて見れば　波の音の　繁き浜辺を　敷たへの　枕になして　荒床に　ころ伏す君が　家知らば　行きても告げむ　妻知らば　来も問はましを　玉桙の　道だに知らず　おほほしく　待ちか恋ふらむ　愛《は》しき妻らは

反歌二首

妻もあらば　摘みて食《た》げまし　沙弥の山　野の上のうはぎ　過ぎにけらずや
沖つ波　来寄する荒磯を　敷たへの　枕とまきて　寝《な》せる君かも　（2・二二〇～二二二）

「語り手」の問題はのちにとりあげるとして、はじめに時空の問題からみていこう。いましがたのべておいたように、ここでは作品世界の空間のありようをとらえる視点が、作品の構造をあきらかにする有力なてがかりとなる。そして、「語り手」の空間内での移動が

中の湊ゆ　船浮けて　我が漕ぎ来れば～狭岑の島の　荒磯面に　いほりて見れば

というふうに、地名をともなって克明にしめされる作品だから、当然のこと、空間の移動にともない、時間の経過も暗黙のうちに提示されているわけだが、分析にとって有効なのは、この作品のばあい、わけても空間配置の問題なのだとおもわれる。

ところで、この作品の研究にあっては、従来いわゆる「行路死人歌」の伝統、あるいはそこからの逸脱、および伊藤博が折口信夫などの民俗学の視点にヒントをえて提唱している「家と旅」の視点（伊藤一九八三ほか）からのアプローチが主流をなしてきた。しかし、前者についていえば、近時その分析の視点としての有効性、ひいては「行路死人歌」という概念自体にまで、疑念がつきつけられている（土佐一九九八など）。また後者についても、それがこの作品における挽歌的抒情の方法をみきわめるうえで、有効な視点だということはあきらかだが、作品全体の構造、とりわけ、のちにとりあげるような前半部の存在のなぞをときあかすことには、かならずしもつながらない。以下にみるように、この作品のなぞは、結局、時空構造の特異さそのものがつくりだしているものなのだ。それならば、正面からそれに対峙するしかないだろう。すなわち、この作品の時空の構造、わけても空間構造それ自体を徹底的に分析してみることが、この作品のありようを的確にとらえるためには必要なのではないだろうか。

そこでまず、分析の手順として、この作品をいくつかの分節にくぎっていこう。そのばあい、当然のことながら時間の経過と空間の変化それ自体に注目して分節化をこころみるのが妥当だろう。もっともそれは、結果的には通説（『全註釈』など）の段落理解と、さほどおおきくずれることにはならない。このことは、この作品の構造をささえているのがやはり時空の配置なのだということの証左ともいえよう。ただし、時空の観点を中心におくということからいえば、通説の長歌三分割よりは、もうすこしちいさく分節した方がよいだろう。以下に、私見を提示する。

①玉藻よし〜ここだ貴き――讃岐讃美（神話的現在＝無時間）
②天地〜次ぎ来たる（中の湊）――中の湊讃美（過去1）
③中の湊ゆ〜白波さわく――出航と航行（過去2）
④いさなとり〜いほりて見れば――航路からの逸脱と狭岑の島への漂着（過去3）
⑤波の音の〜愛しき妻らは――海岸での死者との出会い（現在）
⑥反歌1――死者への哀悼（同）
⑦反歌2――同

この作品は、このように五段構成の長歌に反歌二首をあわせて、都合七段からなる段落構成とみられるが、時間の観点からいうと、長歌の最終場面が「語り手」のいまで、三・四段めはちかい過去（一日の航海）を回想するかたちになっている。それに対して、二段めはおなじく過去といっても、悠久の過去からの時間のながれをとらえている。その長歌の一段めから二段めにかけての（①②――以下、これをあわせて序段とよぶことにする）、記紀のいわゆる「国生み神話」を髣髴とさせるような、神話的な表現にふちどられた讃岐国讃美が、いったいどのような論理で挽歌としての作品構成のなかにくみこまれているのか、という点が、従来も問題視されてきた。たとえば、金子『評釈』はつぎのようにのべて、この序段の表現のありように対する疑念をかくそうとしない。

案ずるに、初頭の讃岐国礼讃は、この歌の主調とは緊密の交渉がなく、只中の水門を呼び出す荘重なる序詞の役目をつとめて居るに過ぎない。そこで余り頭勝ちな不釣合な感じがおこる。

また、武田『全註釈』(旧)も

讃岐の国の貴い国であることから説き起してゐるのは、雄大な構成であるが、石中の死人を悼む歌としては、必要で無く、唯序としての意味を有するだけである。

と、その構成上の意義についてきびしい判断をくだしている。しかし、このように作品を分裂したものとして、あるいは表現を不要のものとしてしか評価できないのは、作品を分析するがわ、評価するがわにも、ある種の盲点があるからにほかならないとおもわれる。が、そのことはおいおいかんがえていくとして、序段の表現については、そこにもうすこし積極的な意義をみとめようとする説があるので、ここで紹介しておこう。森一九七五のみかたなどがそうした例のひとつだ。

三段の展開は道行きの起点↓経過点↓終着点という順序に添うている。(中略)結局この歌の三段は、充足↓不安↓悲傷と展開する三段だといえる。あるいは、この道行きは、《神話》の港↓叙事詩の海↓叙情詩の島という展開の道行きだった、といってもよいだろう。確実にいえることは、この道行きが、《神話》から徐々に遠のいてゆく、流離のそれであった、ということだ。

この森論文のとらえかたは、さまざまな可能性と同時にさまざまな問題点をふくんでいるが、序段とそれ以降とのあいだの違和、あるいは変質を示唆している点で、のちに紹介する近年の村田・土佐両論文などの主張のさきがけをなすものといってよいかもしれない。

公表年次は森論文をはるかにさかのぼるが、序段の存在意義を積極的にとらえるものとして、犬養孝の著名な論文(犬養一九五七)の、森とおなじ構成論的な視点からの評価がある。

第二段第三段と、大自然大景観の中の一焦点を浮きあがらせてゆき、狭岑の島の死者への感動を生かしてゆく、必要不可欠の伏線としての構造的意味をも有するもので、決して、これまで多くの評者のいふごとく、不調和ないし無駄な表出ではない。

「伏線」というとらえかたに注目しておきたい。犬養の指摘は、この作品の構想の秘密をみごとにいいあてているとおもわれる。一方、清水一九六一は宮廷歌人柿本人麻呂の表現思想を批判的に分析するという観点から、

この歌の国土讃美の叙述が、かかる神話(引用者注、国生み神話をさす)をふまえているということは、やはりこれが、発想の根源に天皇讃美の感情を持っており、天皇の国土の一部として、讃岐の国が讃えられたものであることを、物語るものと言うべきであろう。

とのべる。これらの、序段の神話的な世界の提示にいくぶんかでも積極的な意義をみとめようとする説のうち、構成論的な観点からの森・犬養らの説についてはひとまずおくとして、清水の主張に関していっておくなら、それが清水のとくようなものだとして、それならばなぜ、旅中に死者と遭遇し、その非業の死をいたむこの作品において、天皇讃美という要素が、たとえ長歌の前半部にかぎられるとしても、このように前景化されなければならないのか、ということが説明されるべきだろう(清水にいわせれば、それこそが宮廷歌人柿本人麻呂の特色でありかつ限界でもあるのだ、ということなのかもしれないが)。さらにいえば、清水がこの作品自体をいかなるものとしてとらえるのか、というところが、この論文ではかならずしも明確にされていないうらみがある。

この序段の存在に対しては近年にいたるまで、この作品に関する主要な問題として、おおきな関心がはらわれてきた。そのなかでとくに注目すべきものを一、二あげておこう。村田一九九三は、序段の表現に「国見」的な讃美性・予祝性をみとめたうえで、この作品ではそれが使命をまっとうすることがなく、むしろ讃美性が自壊していくことにおいて作品の構想をささえることになるとする。表現の細部にするどく分析のメスをいれる村田論文からくみとるべきものはすくなくないが、序段の讃美表現が機能しえていないということを、「自壊」ととらえるような措定がはたして妥当なものといえるのかどうか、一抹の疑念を生じさせるし、そもそもそれが挽歌作

品であるかぎり、讃美性が貫徹することはありえないのだから、讃美性が最後まで機能しえていないことをいっただけでは、すまされないはずだ。それらは作者の「方法」としてとらえなおされるべきではないだろうか。一方、前掲土佐論文は、その副題にもうたっているように、神話の解体、すなわち神話的調和が現実によってうらぎられるという過激なまでの、いわばパロディの方法性をそこにみようとする。この論文からもおしえられる点は多々ある。しかし、この論文も村田のばあいとおなじように、「神話の解体」というとらえかたは意味づけ過剰のうたがいなしとしない。そして両論文に共通していえることだが、この作品が挽歌でありながら、その冒頭に讃歌的な表現を、しかもバランスを失しかねないボリュームをもっておいていることの、十分な説明がなされているとはいいがたいうらみがある。両論文は、あえていえば作品構造のダイナミックな把握にはかけているといわなければならない。両論文を咀嚼したうえで、わたくしなりにこの序段の表現の機能についていいなおすならば、こういうことだ。宮廷歌の伝統に依拠し、そのなかで定着してきた讃美表現が、この作品(長歌)では、その使命をはたすことなく、むしろそれとは反対の機能をよびこんでしまうこと、つまり、ここでは本来讃美表現であるはずのものがアイロニカルな機能をもってしまっていること――そういうことなのではないだろうか。そうだからこそ、序段で讃岐の地の神話的な讃美が入念におこなわれればおこなわれるほど、アイロニーの機能が有効にはたらいてしまう、ということになるのだ。それならば、そのアイロニーの手法によって強調されることになるものとはなにか。それは、作品全体の構造を的確にとらえることによってあきらかにすることができるだろう。というわけで、やはりもういちど作品の構造を、とりわけ時空の視点から分析しなおしてみる必要があるようにおもわれる。

長歌は、讃岐のくにの神話叙述からはじまる(①)。それはあたかも、このくにをそらたかくから鳥瞰するような叙述だ。この壮大な神話叙述が、いわゆる記紀体系神話とかならずしも一致しないという点については、すでに遠山一九九〇による指摘があるが、それは本書の関心からは埒外のことなので、ここではその論の是非の判断はひかえたい。これにつづいて出航の地「中の湊」讃美がのべられる(②)が、ここで注意すべきは、そこではこの土地の悠久の歴史が簡潔に叙述され、しかもそれは

天地　日月と共に　足りゆかむ　神の御面と　次ぎ来たる　中の湊ゆ

というふうに、過去から現在をへてさらに未来にむかってひらかれたものとして提示されていることだ。この点からみると、①だけならばともかくとしてこの①②をあわせた序段の時間は、かならずしも神話的無時間的原理によっておおいつくされてはいないことが理解されよう。人麻呂の作品における神話から歴史へという展開のさせかたにみられる、こうしたいわば脱神話的な性格については、くりかえし指摘しておいたことだが、たしかにある種の「歴史意識」の覚醒によってもたらされたものといって過言ではあるまい。

そのこととともに注意すべきは、ここまでの序段と、「我が漕ぎ来れば」以降、加速度的に――というのが適当でないならば、たたみかけるように――石中に死人を発見する終局部までもっていく③以下とでは、時間のながれのテンポが急変しているという事実だ。この変化には、なんらかの意図が反映しているにちがいない。

さて、作中をながれる時間の構造は以上のようなものだとして、肝腎の空間構造の方はどうだろうか。「玉藻よし讃岐の国は」と鳥瞰的におおきくとらえることからはじまった空間提示は、「次ぎ来たる中の湊ゆ」と、水平の、いわば実物大の景観把握へとしぼりこまれ、ついで「船浮けて我が漕ぎ来れば」というふうに「語り手」のまなざしの範囲内に収斂していく。それはあたかもズームアップの手法によるカメラワークのようなとらえかただ。前掲村田論文は、このように空間をしぼりこんでいくうたいかたを、「人麻呂の獲得していた手法のひとつ」だったと指摘している。人麻呂の手法として一般化できるかどうかはともかくとして、すくなくともこの作品では方法的に選択されたものとみてあやまらないだろう。そしてそれはそのまま、後段についてもいえるわけで、「語り手」のまなざしは「をちこちの島は多けど」とひろくみわたすところから「沖見ればとゐ波立ち」「辺見れば白波さわく」という眺望をへて「名ぐはし狭岑の島の」としぼりこみ、さらにはその島の「荒磯」＝「浜

辺」の「荒床」(石中)へと焦点をあわせていく。視線も、あきらかに鳥瞰的なものから水平的なものに変化していっている。それに応じて、序段のみちたりた神話的景観が、③でのあらあらしい海景をへて、ついに⑤のまがまがしい光景に変じていくのだ。

こうしてみると、長歌の序段と「狭岑の島」の「浜辺」によこたわる死者をみいだす終局部とは、対照的な位置におかれ、中間部(③④)が両者をつなぐ廻廊の役わりをはたす、という構造がみてとれるだろう。またそれに応じて、地名叙述のもたらすさまざまな要素も、両者の対照をきわだたせることに奉仕しているかにみえる。『古事記』からしられる、「面四つ」ある四国島の雄大なイメージ、それを一身に体現するサヌキのなをもつ「国」に対して、航路からはずれたサミネのなをもつちいさな「島」。豊穣のシンボルのような「神」イヒヨリヒコ(それにオオゲツヒメ)——むろんそれは表現の表層に明示されているわけではないが——に対して、海難による溺死者というよりもまるで餓死した行路死人のように造型される(長歌の段階ではそれとはしらされないが、反歌1で「妻もあらば摘みて食げまし」というふうにとらえなおされている)石中によこたわる「人」。男女神の対偶によるみちたりた状態に対して、旅中にひとりさびしくよこたわる不運な死者と、それとはつゆしらず、故国にあってひたすらかれの帰還をまちこがれる「妻」——空間叙述は執拗なまでに両者の明暗をきわだたせようとしている。

こうしたけざやかな対照をとおして、作者はわたくしたちになにをうったえかけようとしているのか。このなぞをとくかぎは、④にある。さきほど、この第四段について「航路からの逸脱と狭岑の島への漂着」とした。「逸脱」という規定に疑問が呈されるかもしれないが、「海を恐み」「梶引き折りて」「いほりて見れば」という叙述のながれは、景観をしぼりこんでいくズームアップの手法のなかに、すくなくとも逸脱への志向を暗示しているだろう。もっとも、この間にあって

をちこちの　島は多けど　名ぐはし　狭岑の島の

という提示のしかたは、だれのめにもあきらかなように讃美表現の典型をしめす。これはなにゆえだろうか。たとえば村田は、それをもまた讃美表現の「自壊」ととらえているが、それはともかくとして、これはいずれにしても逸脱の表示とはあい反する要素というほかない。わたくしはこれをも隠蔽、あるいはアイロニーとみる。「逸脱」はこわだかにはさけばれない。あくまでも伏線(犬養がこのことばをもちいていたことをここであらためて想起したい)として機能し、作品全体、あるいはすくなくとも長歌全体をたどりなおすときに、はじめてそれと気づかされる。

それならば、序段のみちたりた神話的景観からの逸脱のはて、そしてあざといまでの対比の構造によって、この長歌がしめそうとするものはなにか。それは神話とは対極的ななにか、あえていえば「異常」あるいは「怪異」の提示を予想させるのではないだろうか。それは、この長歌ではまがまがしい「死者との出会い」としてしめされる。そしてこの「死者との出会い」のために、この長歌のすべての叙述は用意されていたのだ。しかし、中間部③④を、単なるプロムナードとのみみることは適切ではないだろう。そこにもまたひとつの暗示、伏線が用意されていたということはできないだろうか。「語り手」は狭岑の島の海岸に死者をみいだした。その石中によこたわる遺骸は、当然のことながら海難死を予想させるだろう。そうなったとき、「語り手」の航海はそのまま死者のたどった行程のたどりなおしとなっていたことに、わたくしたちは「語り手」とともに気づく。「語り手」とおなじように、祝福された「中の湊」から出航したかれ(死者)は、やはり風波におそわれ、しかし「語り手」とはちがって運つたなく難船し、狭岑の島の海岸に漂着したのではなかったろうか。『全註釈』(旧)の

作者も自分の妻を故郷に置いて来てゐることを思ひ、またこの風波に遇つて、或るひは自分もこの死人と同じ運命に置かれたかも知れないことを思つてゐる。

という指摘も、このような文脈のなかでかんがえてみるべきものなのではないか。なお、このことはのちほど「語り手」の問題を検討する際に、もう一度とりあげたい。

もうひとつ、序段にもどってその神話的イメージのありように注意をむけるとき、そこにふまえられている「国生み神話」は、すぐれて身体的なイメージによって特徴づけられていたことにおもいいたるだろう。そもそもイザナキ・イザナミによる「国生み」の神話自体が、「生む」ということをおしたてる点で、創世神話としてすこぶる身体的な特徴をそなえている。そのなかでも四国島(伊豫之二名嶋)は「身一つにして面四つあり」とかたられ、いやがうえにも身体的なイメージを強調されていた。このことは、この長歌でどのように作用しているのだろうか。わたくしたちはそこにまたしても、あざやかな対照の存在をみずにはいられない。生のよろこびとしての分娩・誕生に対する終焉としての死、よこたわる「神」の身体としての四国島と、よこたわる死者と。

この作品の時空の構造をみてきたわけだが、それでは、無縁の「死者」の発見をかたるのに、どうしてこのような布置が必要だったのだろうか。むろん、それは衝撃的な「出会い」、怪異との遭遇を効果的に演出するためのものではあったろう。しかし、それにくわえて、このようにかたらざるをえないなにかがあったようにおもわれる。

そのことを示唆するのは、たとえばさきにひいた『全註釈』の文言だ。ただし、そこでの「作者」は、「語り手」といいかえられなければならない。この「語り手」は「自分もこの死人と同じ運命に置かれたかも知れない」とおもい、異郷の地にはてたこの死者にかぎりない同情と哀悼の情をよせる。だが、かれと死者との関係は、それだけでしかない。どこのだれともしらぬ、まったくみずしらずの他人なのだ。はじめにものべておいたように、「吉備津采女挽歌」のばあいは、それでも「語り手」にとって薄幸の男女はおなじ宮廷につかえる人物たちだった。いまのばあい死者とのかかわりはさらに希薄だ。

ここで、「語り手」の問題、すなわちこの作品における挽歌的抒情の実現の問題に焦点をうつそう。この作品の「語り手」について本格的にとりあげているのは三田一九九二だ。三田は、狭岑の島の海岸によこたわる死者を「見る存在」としての「我」に注目し、長歌の前段がその「我」にかかわる叙述でしめられる理由について、異郷をゆく「旅人」として造型するためと位置づける。そしてそれは、

他の行路死人歌が、死人について様々に思いやりつつも、ついに第三者的態度に留るのに対して、人麻呂の石中死人歌は、死人を見る「我」を作品中に据えることによってはじめて死人と対等に切り結ぶことが可能になったと思われる。「我」にとってはいずことも知りえない家郷で「おほほしく待ちか恋ふらむはしき妻ら」を「来も問はましを」と思いやり、荒磯の死人を「敷栲の枕とまきて寝せる君かも」と言い表すことは、みずからもまた家郷を偲ぶ旅人である「我」の登場なくしてはありえなかったと考えられる。

というところにつながる――これが三田論文の骨子かとおもわれる。この三田の指摘は、「我」すなわちこの作品の「語り手」についての核心の、すくなくとも一面をとらえているとおもう。また、長歌前段の叙述について、本章での分析とはことなる角度からではあるけれど、ひとつの解釈をしめしている点でも、傾聴にあたいするとおもう。三田の指摘と微妙に交錯することになるとおもわれるが、「語り手」の設定という観点から作品をとらえなおしてみよう。

内海航路からははずれた「狭岑の島」なるちいさな島嶼の、通常はかえりみられることのない海岸によこたわる死者と、風波をさけてそこにたちより、たまたま「それ」をみいだしてしまった「語り手」――それを、「行路死人歌」という範疇のもとにおくかどうかは別として、この挽歌にあたえられたのは、そうした設定のもとでの挽歌的抒情の実現という課題だ。くりかえしのべたように、語り手と死者との関係は、他の人麻呂挽歌作品のどれよりも希薄だといってよいだろう。死者にちかしかったもの、配偶者や肉親、したしく近侍したものたちの「しのひ」を原点とする挽歌的抒情を、こうした条件のもとでいかにして実現することが可能か。いままでにみてきたように、人麻呂挽歌作品はこの挽歌的抒情の実現のために、さまざまな条件のもとで、さまざまな手法をそれに対応させて、多様な作品世界を展開させてきている。「語り手」の設定という点でいうなら、まず「語り

手」が配偶者自身としてふるまうばあいがある。「天武挽歌」のばあい、そして「泣血哀慟歌」がそれにあたる。作家レベルでいえば、前者はいわゆる〈代作〉と位置づけられよう。一方、第三者としての「語り」の姿勢をくずすことなく、ただしそこから、さまざまにほどこされた装置によって、「語り手」がのこされた配偶者のたちばにみをよせていくことで、挽歌的抒情のにないてとしての位置を確保しようとするのが、「明日香皇女挽歌」や「吉備津采女挽歌」だった。これらに対して、公的・儀礼的要素のつよい「日並皇子挽歌」や「高市皇子挽歌」では、「語り手」はあくまでも臣下としての視点から、むしろ宮廷人の共通感情を代表するようなたちばを確保し、儀礼挽歌なりの抒情を実現することに成功している。

ところが、この「石中死人歌」では、「語り手」と死者とのかかわりのうすさからいって、どの手法もそのまま適用することがむずかしい。そのような困難な条件のもとで、挽歌としての抒情を実現するために、ここでは一種の逆転の発想が採用された。つまり、死者をいたむがわではなく、いたまれる死者のがわに「語り手」をかさねるという手法がとられたのだ。

わたくしたちは、「語り手」にみちびかれて、かれとともに祝福された「《神話》の港」(前掲森論文)から内海航路に出立する。その航路のはてには、「妻」たちのまつ家郷があるはずだ。しかるに、風波にさまたげられ、航路をはずれて「狭岑の島」にたちよることを余儀なくされ、そこではしなくも、死者とまみえることになった——そこまできたとき、わたくしたちは、「語り手」とともにたどってきたこの行程が、まさしくこの死者のそれをたどりなおしているのだということにおもいいたるだろう。伊藤『釈注』は、反歌1のうたいかたについて

上二句の「妻もあらば摘みて食げまし」によれば、人麻呂たちは行路死人の死因を餓死と見ているようである。縁起を思えば、意地でも自分たちと同じ航路による惨劇と見たくなかったからであろうか。

と推測している。しかし、前半部から後半部への暗転のさせかた、明暗の対照のさせかた、といったこの作品の表現自体は、むしろこの推測をうらぎり、「語り手」がたどったみちこそ無惨な遭難死への道程にほかならな

かったことをしめしてはいないだろうか。「語り手」は死者のすがたに、一歩まちがえればかくあったかもしれないみずからのすがたをかさね、そこから家郷にまつみずからの「妻」のすがたにかさねて死者の「妻」におもいをはせる。これこそがこの「石中死人歌」の挽歌としてのモチーフの核心なのではないだろうか。

「妻」に話題がおよんだところで、この作品の分析の最後に、あらためて反歌の表現をとりあげて、空間の問題と「語り手」の問題とが密接にむすびつくものだということをあきらかにしたい。

ここで問題にしたいのは、空間の視点からみたばあいの反歌二首の展開の順序だ。

妻もあらば　摘みて食げまし　沙弥の山　野の上のうはぎ　過ぎにけらずや　（二二一）

沖つ波　来寄する荒磯を　敷たへの　枕とまきて　寝せる君かも　（二二二）

反歌1は、死者の「妻」を登場させる。それが長歌末尾の「待ちか恋ふらむ愛しき妻らは」をうけたものだということは一見してあきらかで、その点からいえば、そこにはなんの問題もないようにおもわれるだろう。しかし、一歩内容にたちいってみるとどうだろうか。反歌1は「妻もあらば」と、現実にはありえないことをうたう。これは一般に、長歌の末尾をうけて、「(家郷のつまはしらずに死者の帰還をまっているだろうが)もしもそうではなくここにきているなら」ということと解されている。そして、「摘みて食げまし」は、かつては『童蒙抄』『略解』『攷証』『檜嬬手』などのように、「たぐ」を「取り上げる」「抱く」の意にとり、「妻が死者を抱きもするだろうに」と解するむきもあったが、『考』『古義』の「食《た》ぐ」説が定説となっている。

ところで、この「妻もあらば」という仮定は、おなじく長歌中の「妻知らば来も問はましを」という仮定とかさねてかんがえられやすい。だが、こちらの方はあきらかに「つまが事実をしらされたなら、きっと死者をとむらうためにやってくるだろうに」という意味で、当然のこととして死者の存在を前提にしている。「問ふ」にはむろん、後代のように「死者をとむらう」意味・用法がさだまっているわけではないが、このばあいには前後の措辞にてらしてそのように解するほかないだろう。とすると、死者に「食げまし」とはいわないだろうから、反歌1は長歌のその部分とかさねあわせてかんがえるわけにはいかないことになる――『童蒙抄』以下の見解はそのあたりに執したためにうまれたものなのかもしれないが、とにかくおなじように「妻知らば」「妻もあらば」といっているようだが、長歌と反歌1とのあいだには、そういってよければ、一種のずれがあることになる。しかし、そうなのだろうか。反歌1の「妻もあらば」について、再検討の余地はないのだろうか。これは通説、たとえば『新考』がいうように「妻ダニココニアラバ」「モシ妻ヲ具シタラバ」ということなのか。ここで、『古義』の指摘にみみをかたむけてみたい。雅澄はこういっている。

この人近きあたりに妻もあらば、この狭峯山の野上のうはぎを、採《ツミ》て食《タゲ》ましものを、今此菟芽子をみれば、はやくつむべき時節の過たるにあらずや、かく時過たるにて思へば、いかさまにも、此人の家は遠くして、妻も近きあたりになければ、来も問ぬことにこそ、と云意なるべし。

これもむろん通説的な理解にたつもので、しかも長歌と無雑作につなげてしまっている。ただ、ここで注目されるのは、「妻もあらば」を「近きあたりに妻もあらば」とパラフレーズしている点だ。これははじめから長歌をなぞっているわけではない。最終的には「此人の家は遠くして、妻も近きあたりになければ」とみとめてしまってはいるけれど、いったんは「近きあたりに妻もあらば」、つまり死者の家郷がこの「狭岑の島」の海岸からほどとおくないところであったなら、と仮定しているわけだ。これをもう一歩すすめていいかえれば、「妻もあらば」は「妻が遠い家郷からやって来た」のではなくて、むしろ「家にあらば」と同義なのではないか、つまり、この反歌1の一句めは、長歌のように「妻がここ狭岑の島にやってきたならば」といっているのではなく、むしろ、「この死者がもしも旅になど出ず故郷の家にとどまっていたならば」といっているのではないだろうか。実のところ、旅中にたおれた死者のもとに、故郷から家人がやってくるなどということはありうべくもないことだったはずだ。むしろそのありえないような仮定をあえていっている長歌の方に、「語り手」のおもいつめた心情が反映しているというべきか。

こうかんがえることが可能なら、この反歌1はちょうど巻三挽歌部冒頭の聖徳太子作とつたえる「龍田山死人悲傷歌」の

家にあらば　妹が手まかむ　くさまくら　旅に臥やせる　この旅人あはれ　(3・四一五)

とおなじような状況をうたっていることになる。そして反歌2があきらかに「旅」(における死)をうたっているのに対して、こちらは「家」の要素を前面におしたてていることになるだろう。もっとも、このうたとて「家」に終始しているわけではなく、三句め以下では「旅」すなわち「沙弥の山」に空間をうつしている。ただ、通説のように解したばあい、「家」の要素が希薄になってしまうのにくらべれば、反歌二首が「家と旅」の図式に忠実にしたがっていることが鮮明になるだろう。「語り手」が現実にめにしている「うはぎ」(この植物についての考察は岡一九三三ならびに前掲村田論文にくわしい)は、「沙弥の山」ののづらに、むなしく収穫期をすぎてたけてしまっているそれなのだが、同時に「語り手」は死者の(というよりは「語り手」みずからの)家郷の山野にみずみずしいわかばをのばす「うはぎ」を、そしてそれをつむ「妻」のすがたを幻視しているのだ。そしてその幻視からわれにかえって、現実の「沙弥の山」にそそがれた「語り手」のまなざしは、反歌2でふたたびいたましい死者のすがたにたちもどって、その死者(に投影した「語り手」自身)への凝視で、作品はとじられる。壮大な神話的空間の鳥瞰図にはじまったこの「石中死人歌」は、現実・幻景をまじえたさまざまな空間をつぎつぎと提示したすえに、海岸の石中によこたわる死者に焦点をあわせたまま終息するのだ――そのときしかし、死者の眼窩ははたしてなにを凝視しているのだろうか。

第二部

「部立て」の順序からいえば逆だが、挽歌をあつかった第一部につづいて、この第二部では、雑歌・相聞部に属する人麻呂作品について、時間・空間そして「語り手」の観点からみていくことにする。

ここでも第一部同様に、王権とのかかわりの度あいがおおきい宮廷歌的性格の作品をさきだて、つづいて相対的にそうした政治性の希薄な作品をみていくことにする。前者に属する長歌作品としては、「近江荒都歌」「吉野讃歌」などがあり、また、特異な形式によるものとして、長歌に短歌四首がくみあわされた「阿騎野遊猟歌」も、ここであつかっておくのが適切だとおもわれる。一方、後者に属するものとしては「石見相聞歌」があげられるだろうが、そのまえに、短歌連作的な要素を有する諸作品にも一瞥をあたえておくべきだろう。

第一部のクライマックスにおかれたのが「泣血哀慟歌」だったのとおなじく、この第二部でも、その「泣血哀慟歌」となにかにつけて対照されることのおおい作品、壮大な構想のもとに構成された長歌連作「石見相聞歌」が、そのもっともたかい達成をしめすことになるだろう。本書の最後に、この作品を検討することにしたい。

第八章　「近江荒都歌」

「近江荒都歌」は、研究蓄積のおおい人麻呂作品のなかでも、とりわけ論議の集中している作品としてしられる。作品自体の内容・表現はもちろんのこと、制作背景・成立事情をめぐる検討なども、作品の内容の検討、さらには題詞に「過」とあることの解析から発展して、さかんに論じられている。また、この「過」をめぐっては漢土の文芸とのかかわりの面からも論議がされているところだ。

そうした周辺の論議はともかくとして、内容・表現の分析にかぎっても論点は多岐にわたっていて、そのなかでももっとも大きな潮流をかたちづくってきたのが「近江荒都歌挽歌論」の系譜だが、これについてはあえてとりあげない。ここでは、のちのちの検討にかかわる一、二の問題についてふれておくことにする。

まず、長歌の文脈把握の問題がある。その核心に位置するのは、「挽歌論」のよりどころともなっている「いかさまに思ほしめせか」というくだりだが、これを挿入句として処理するというのが近年の解釈の方向で、そうすることによって、この長歌全体が一文として把握されることになる。斎藤茂吉いうところの「連続声調」を、形式のうえでも具現した長歌ということができるだろう。だが問題は、そのように一文を構成しつつも、この長歌が単調な叙述に終始することなく、時間と空間について、凝縮したみごとな構成プランを実現している点だろう。

もうひとつ、これもおおく論じられている問題として「異伝」の問題があって、さまざまな論点と多岐にわたり微妙にからまって問題をいっそう複雑にしている。なかでも、長歌末尾の荒都の情景に対する「語り手」の感懐の部分の、「見れば悲しも」(本文)と「見ればさぶしも」(異伝)との対立は、作品の主題としての宮都の荒廃に対する心情のありようを左右するだけに、みすごすことのできない点だが、本書の基本方針にしたがって、ここでは岩下一九七八のあざやかな分析を紹介するにとどめておきたい。

さて、神野志一九七九は、この作品の主題を「荒都」そのものとしつつ、一方では『時間』という主題」というふうにものべているが、その本意はおそらく、近江宮を荒廃せしめたところの時間、それこそがこの作品の主題だ、というようなところにあるとおもわれる。これは、この作品の核心をつかんだ指摘で、まことに、この作品にあっては「時間」こそがその構成のモチーフないしは基調をなしているといってよいだろう。そして、作品の構成という観点からかんがえるとき、「時間」はやはり重要な役わりをはたしているが、それとともに「空間」もまた不可欠の要素としてうかんでくるはずで、それはひいては、作品の思想、すなわち主題の問題にも微妙にからんでくるはずのものなのだ。

そこで、本章では、「語り手」はひとまずおいて、問題をその「時間」と「空間」とにかぎって、分析をすすめていくことにする。

過近江荒都時柿本朝臣人麻呂作歌

玉だすき　畝傍の山の　橿原の　ひじりの御代ゆ　生《あ》れまししし　神のことごと　つがの木の　いや継ぎ継ぎに　天の下　知らしめししを　そらにみつ　倭を置きて　あをによし　寧楽山を越え　いかさまに　思ほしめせか　天離る　鄙にはあれど　石走《いは》る　淡海の国の　楽浪《ささなみ》の　大津の宮に　天の下　知らしめしけむ

すめろきの　神の命の　大宮は　ここと聞けども　大殿は　ここと言へども　春草の　繁く生ひたる　霞立つ　春日の霧れる　ももしきの　大宮所　見れば悲しも

反歌

楽浪の　志賀の辛崎　幸くあれど　大宮人の　船待ちかねつ

楽浪の　志賀の大わだ　淀むとも　昔の人に　またも逢はめやも

（1・二九〜三一）

さっそく、長歌からみていこう。この全体が一文からなる長歌は、「すめろきの神の命の」を結節点として前半部と後半部とにわかたれる。この句以前、冒頭から「天の下知らしめしけむ」までは、「すめろきの神の命」にかかる長大な連体修飾句とみなされる。一方、この句自体もまた、連体修飾句として「神の命の——大宮・大殿」というふうにかかり、以下、後半部が展開していく。そして、長歌前半では、歴代天皇の宮都が大和の国内にいとなまれたこと、それにもかかわらず天智天皇は近江に遷都したこと、がかたられる。この部分は、いわば皇統譜的に（といっても、個々の天皇が具体的にあげられているわけではないが）えがかれ、その分だけはっきりと時間的叙述としての性格を主張する。これに対して、後半部は荒都（宮址）の景観がえがきだされる分だけ、空間的な叙述へと傾斜をつよめている。すなわち、長歌の構成において、時間を基調とする叙述から空間を基調とするそれへとひとつの転換がおこなわれているとおもわれるのだが、しかし、そういいきってしまうには問題がある。前半部にまったく空間的な要素がないかというと、そうではなさそうだ。ここで注目しなければならないのは、天智天皇による近江遷都をのべた

そらにみつ　倭を置きて　あをによし　寧楽山を越え　いかさまに　思ほしめせか　天離る　鄙にはあれど　石走る　淡海の国の　楽浪の　大津の宮に　天の下　知らしめしけむ

というくだりだ。この部分について、丸山一九九九は、それを「道行き」表現とみたふたつの先行研究、斎藤一

九八六および清水一九八六によりつつ、

この冒頭からの表現は、一方では、遷都として大和から近江への天智の道行きの表現として見ることができる。(中略)うたにおいては、それは人麻呂によって仮構されたうたい手の行為をも指しているに違いない。

と指摘する。これは、身﨑一九九六が、前半部について単純に「時間的叙述」と規定していたことに対する有効な批判となっている。また、これは当然のことではあるけれど、後半部の舞台としての荒都空間は、まさに時間のもたらした結果というべきで、これをあわせてかんがえるなら、前半部の時間・空間の重層的な表現が、後半部の荒都という歴史的空間をえがく叙述をみちびいているということができるだろう。いま、歴史的空間ということばをつかったが、この作品における「歴史」の問題は、神野志の指摘をまつまでもなく、安易な言及をゆるさないもっとも重要なものだ。これについてはのちにくわしくふれることにして、いまはもうすこし作品の表現にそって時間と空間のありようをたしかめておこう。

後半部の叙述が空間を基調とする、とのべたこと自体にあやまりはないだろう。それは「大宮はここと聞けども」「大殿はここと言へども」というふうに、現場指示をになう「ここ」のくりかえしによって強調される。まさにいま・ここの景観として、しかもそれ(大宮・大殿＝宮都)は、「(ももしきの)大宮所見れば悲しも」とうたわれていながら、実際にはみえないものとして、すなわち現実の景のむこうに、なかば幻視されるものとして提示されているのだ。

反歌にめをうつそう。反歌二首(三〇、三一)には、荒都の景から方向を転じた「語り手」のまなざしにとらえられた志賀のみずうみの景観がうたわれる。宮址と湖畔との現実の位置的関係はさだかでないが、作品レベルでいえば、長歌と反歌とのあいだには、「語り手」の視線の転換だけでなく、多少の時間・空間の移動があるのかもしれない。それでも、この長歌から反歌へのながれは、ごく自然なものとしてうけいれられるだろう。西郷一九五九がこれについて長歌では廃墟のさまを直接うたったが、反歌は目を湖辺に転じ、荒都の面影をさらに大きく映し出している。と指摘するのは、その意味でただしいし、同様な指摘は、この作品の文学史的な意義とともに、時間＝歴史こそがこの作品において主題化されているということをはじめてあきらかにした画期的な論文、益田一九五七などにもみられるところだ。

反歌はたしかに、「語り手」の視界にはいってきた湖畔の景をえがいている。ただ、このばあい景観を、すなわち空間をえがくこと自体がすなわち主題なのではない。この反歌においてこそ、「近江荒都歌」という作品に対する益田、そして神野志のとらえかたのただしさをうらがきするように、時間そのものが主題化されているというべきだろう。長歌後半部では、時間にひたされた空間としての宮都＝荒都がえがかれていたが、こちらはむしろ、時間が、というより端的に歴史が、空間のよそおいのなかに顕現している、とでもいったらよいだろうか。

だがしかし、いたずらに言辞をもてあそぶのはやめて、表現に即してその内実をおっていこう。

この二首における「空間」のありようは、そもそもどのようなものだろうか。そこにあっては、いずれも、現前する景(現実の空間)とともに、もうひとつの景がうたわれていることに注目しよう。それはしかし「大宮人の船待ちかねつ」(三〇)「昔の人にまたも逢はめやも」(三一)というふうに否定的なかたちで、すなわち非在の景としてうたわれる。

ここでは「大宮人の船」や「昔の人」は、あくまでもそこにみられないものとして言及される。そうではあるけれど、ことばというもののありようにささえられて、すなわち、ただ言及されることにおいて、存在しない景であるにもかかわらず、それらはやはりひとつの「景」として、すなわち「幻景」としてうけとめられる可能性をおびている。具体的にいえば、この二首において、現実の景＝志賀の辛崎・志賀の大わだと幻想の景＝大宮人の船・昔の人とが対置され、それを通じて、過去と現在とがまさしく対峙する瞬間が現出するのだ。

その点からあらためていえば、反歌二首はいかなる意味においても長歌の末尾だけを単純にうけつぐかたちになってはいない。うけつぐ、というなら、むしろそれは長歌を全体としてうけとめ、その時間と空間とのありようをふたつながらにひきうけようとしている、といえるのではないか。

それならば、この、同工異曲ともみられかねない二首の反歌が、非在の景をよびこむことを通じてえがこうとした「時間」は、それとしてなにをうったえかけてくるものなのだろうか。それは、端的にいえば、「過去のよみがえりくることの不可能性を確認する」ということだったのではないだろうか。

ここで、時空の問題からはすこしはなれることになるが、この二首の発想の特色についてみておきたい。すなわち、二首に共通してみられる擬人的な発想の問題だ。それを、古代的・呪術的な、アニミズム的といってもよいような自然観によるものとしてみるか、それとも近代的な意味での修辞技法のひとつとしてみるかはさておくとして、さしあたって問題なのは、こうした発想のもたらすものはなにか、ということだろう。「語り手」自身の心情を直接に表出するかたちをとらず、しかもまた、他の人格に転移するのではなくて、あくまでも非情の存在に託すこの方法は、どちらかといえば主情を抑制する方向へかたむくだろう。したがってこの作品では、「大宮人」や「昔の人」に、直接的にうったえることはなされない。つまり、挽歌における「くどき文句」のような表現とは、本質を異にするといえるだろう。そのことは、ひいては、この作品が慰撫や鎮魂といった方向を志向するものではないことをも示唆するのではないか。

もうひとつ、これも時空の問題とは直接しないが、この反歌二首の発想について指摘しておかねばならないことがある。この二首はなにゆえに、長歌には登場していた天智自身をうたわないのか。往時を代表するのはどうして「大宮人」や「昔の人」なのだろうか。だが、そもそも、このことは反歌にかぎったことではなかったのかもしれない。天智が長歌には登場する、といったが、その登場のしかた、えがかれかたをとわなければならないだろう。たしかに、長歌は大津の宮への遷都を断行した「すめろきの神の命」として天智自身に言及する。だが、さきに注意しておいたように、文脈的にみると、その「すめろきの神の命」は主語の位置にくるのではなく、

神の命の　大宮は　ここと聞けども　大殿は　ここと言へども

というふうにして、それ自体が連体修飾語となって以下につづく文脈のなかに吸収されてしまっている。あえていえば、問題にされているのは天智天皇ではなく、大宮・大殿＝荒都そのものなのだ、ということになろうか。

それならば、天皇自身をえがくことなく、また近江宮の往時を代表する「大宮人」「昔の人」も、あくまでも非在の景、幻景としてしかえがかれない、そういう表現のしかたを通じて、作者はなにをのべようとしているのか。そのことをつきとめるためには、ふたたび長歌にたちもどって、その前半部における叙述のありようについてもう一度検討しなければならない。

長歌前半部では、神武天皇の「橿原の宮」以来、歴代の天皇がいずれも大和の国内に皇宮をおいたことをのべる。これは、すくなくとも『古事記』『日本書紀』の記述とは合致しない。仁徳をはじめ、大和以外に皇宮をおいた天皇がいる。それをあえてみぎのようにかたっているとすれば、そこにはなんらかの意図が露呈しているはずだ。それは、この部分が神武以来の皇統譜の連続をめざす表現だからではないだろうか。むろん、さきにものべたように、厳密にいえばここの記述は皇統譜といえるほどのものではないけれど、それを志向したものだとはいえるだろう。枕詞による荘重なかきだしにつづいて、「つがの木の」という序詞的な枕詞によってよそわれたこの部分は、連綿とうちつづくイメージにそめられて、歴代天皇についての具体的な記述はないにもかかわらず、神武以下代々の天皇の系譜を髣髴とさせるような効果をあたえている。ここでみすごしてならないことは、この皇統譜的な記述がアマテラスやニニギではなく、神武(カムヤマトイワレヒコ)からはじまる、という事実だ。まさしくそのなのとおり、大和の磐余に皇宮をさだめたはじめての天皇として、この作品において神武は「起源」に位置する。だが、それを、たとえば平野一九七二のように

それはその前にあるべき高天原からの降臨が省略されているにすぎないのであって、神武天皇以来の王権の連続性の背後には高天原神話がひそんでおり、天皇を高天原から降臨した神とする考え方を前提として歌わ

れているのであった。

というふうにみなすことは、はたして妥当だろうか。それならばなぜ、この作品で降臨神話は省略されてしまっているのか。一方に、実際に降臨神話を冒頭にすえている「日並皇子挽歌」(第一章参照)の長歌(一六七)があることをかんがえるなら、それをひとしなみにあつかうことはただしくないのではないだろうか。

神武はあくまでも初代天皇ハツクニシラススメラミコトだったので、その神武からかたりおこすこの「近江荒都歌」長歌は、厳密には、神統譜と接続しない皇統譜を、すなわち地上王権の歴史を、志向するものだったとみなければならないのではないか。集中でみても、起源をかたる言説において、天《あめ》(=高天原)、あるいは天《あま》つ神を基点とするものはすくなくないが、初代天皇神武=カムヤマトイワレヒコを基点にすえた叙述は、意外なことに人麻呂はもとより、他の歌人についても例がない。後代の例として大伴家持の作品「喩族歌」の長歌(20・四四六五)に、

……秋津島　倭の国の　橿原の　畝傍の宮に　宮柱　太知り立て　天の下　知らしめしける　すめろきの　天の日継と……

というふうに、あきらかに神武の治績にふれた叙述がみられるが、それとても、作品の冒頭部では天孫降臨からかたりおこしている。起源・基点として神武をすえる当該歌の手法は、やはり独自なものといえるだろう。そこにはしたがって、独自な意図がこめられているのではないか。あえていうなら、それは神武天皇にはじまり、天智天皇におわるひとつの皇統譜を提示するというものだったのではないだろうか。

「大和」のなをおうカムヤマトイワレヒコにはじまる皇統=王朝の宮地が、その大和の故地から、ヒラカスワケ天皇によって近江へとうつされたことをかたりきたったところで、すでにのべたようにこの長歌は、時間的叙述から空間的叙述へとよそおいをきりかえる。そして、荒廃に帰した宮址の光景がそこに展開し、自然を克服した王権=人為の頂点ともいうべき「大宮」「大殿」が、ふたたび自然によって克服されてしまったことを、「春

草」「霞」におおわれた宮址をえがくことによってみごとにさししめしている。歴史的事実としては、その人為を克服したものもまたもうひとつの人為（＝戦乱）にほかならなかったことはいうまでもない。だが、この作品はそれをかたらない。

宮都の荒廃という現実は、時間がもたらしたものと、一般的な事実としてはいえるだろう。このばあい、その時間とは――歴史的事実ではなくて、作品の現実として――自然のがわが保有するところのそれのことで、人間のいとなみが析出したものではない。さきに、長歌前半部が皇統譜的叙述、つまり時間軸にそった叙述のしかたを採用しているといったが、そのような叙述のスタイルをとったからといって、それだけでただちに人間的な＝歴史的な「時間」がとらえきれるわけではなかろう。その時間が現在に対してもたらしたもの、ふかくしるしたところの刻印こそがそれを可能にするものだ。しかるに、この作品では刻印をしるされるべき人間のがわの生のいとなみ自体がすべて烏有に帰していて、もっぱら自然のがわの支配する時間だけがながれているのだ。もうひとつの人為＝戦乱（内乱）をかたらない、あるいはかたれないことをもってこの作品の、また作家の限界とすることはたやすい。だが、すくなくともこの作品は――すなわち作者は――人為の頂点たるひとつの王権が克服されたことを、宮都の荒廃を通じてかたろうとしている、いや、確実にかたった。そのことのおもみを積極的にみとめたいとおもう。それならば、つぎの問題は、そのことを通じて作者はどのような思想をうったえかけているのか、ということになろう。

おそらく、この作品のしめす歴史認識に対するおおかたの理解は、つぎのようなものだろう。神武以来の、大和に宮都をおいた王権は、天智にいたって、近江遷都という逸脱を経験した。しかしそれは壬申の乱をへて回復にむかい、天武をへて現在＝持統の治世にいたっていると。そして「語り手」は、持統朝の現在にたって、天皇の父君たる天智を、皇統譜のにないてのひとりとして讃仰しつつも、その近江遷都という、『古義』のことばをかりれば「凡慮」をもってははかりがたい行動のもたらした逸脱とその結果としての悲劇を歎じている、それこそがこの作品のモチーフだと。だが、のべきたったこの作品の時間表現――時間意識のありようは、もうすこしちがった方向をさししめしているのではないだろうか。

過去と現在のあいだによこたわる、うめることのできないふかい断層、それをみつめ、過去とはもはや交感しえないかなしみをうたうこと、それがこの作品の表情だ。むろん、断層の認識、断絶の意識は、一面において連続、具体的にいえば皇統の連続への希求をもにないうるだろう。そもそも、連続への希求のないところに、真の意味の断絶の意識など、うまれてくるはずもないから。だが、すくなくとも表現のレベルでみるかぎり、この作品においては、そのような連続への希求が前面にたつことはないのではないか。「ももしきの大宮所見れば悲しも」とか「昔の人にまたも逢はめやも」というような表現に、ふかい喪失のかなしみは感じられるとしても、それ以上に積極的な意志――たとえば、前掲神野志論文が指摘する「喪われたものを見つつなおそれをもとめてせめぎ合い葛藤するこころ」といったような渇望のこころ――を、そこにみいだすことはできそうにない。というより、こうした表現にこそ、むしろはっきりと、「断絶」という事実そのものがそのままモチーフとしてうかびあがってきているとみてとれるのではないだろうか。

作者は、過去と現在とがわかちがたくむすびつき、現在は過去によって規定される――人麻呂の作品でいえば、のち(第十章)にみる「阿騎野遊猟歌」(1・四五〜四九)がそうした思想を体現したものといえよう――というふうには主張していない。むしろ現在は過去と遮断され、長歌後半部の宮址の光景がものがたるように、現在と過去との共通点よりは対立点が強調される。そのことを如実にしめすのが、両作品における「過去」の位置づけかたのちがいだろう。「阿騎野遊猟歌」は「いにしへ思ひて」(四五)「いにしへ思ふに」(四六)というふうに、くりかえし過去を現在によみがえらせようとする。その結果として、実際に(むろん幻想においてだが)過去がやってきて現在と対峙する瞬間をえがいたのが、この作品の最終歌の「時は来向かふ」(四九)という圧倒的な表現なのだ。「いにしへ」がどのような過去を意味するものなのかについては、類義語「昔」との対比においてかまびすしい

論議があるが、ここでは、北野一九八六の

過去を、憧憬すべき対象、共鳴すべき対象、現在の秩序の典拠と捉えた時、万葉人は「いにしへ」ということばを選び取った。こうした過去は、時間の連続性を超越する過去である。

という把握にしたがいたい。

それに対して、この「近江荒都歌」では、「いにしへ」を「思ふ」ことはおろか、「いにしへ」ということばすらもちいられることがない。かえってこの作品では、北野が

過去と現在との関係を移ろいや変化と捉えた時、過去は「昔」と表現された。

ととらえたところの「昔」がもちいられ、しかも、のべたごとく「昔の人にまたも逢はめやも」とうたって、過去をはっきりとむこうがわへとおしやってしまう。

ここにうたわれているのは、ひとつの歴史だといえよう。その歴史とは、ひとつの皇統(王朝)の終焉、湖畔にいとなまれた短命の皇都とともにほろんだ皇統譜のものがたりだったのではないか。「語り手」にとって天智までの皇統は――ここには事実はともかくとして、という留保をつけておくべきだろう、なぜなら現帝は天智の皇女持統なのだから――「こちらがわ」、すなわち現在の皇統につながるものというよりはむしろ、すでにそのながいものがたりをおえて「むこうがわ」へおしやられるべき存在だったのではないか。

この作品において、「時間」は、主題そのものとまでいえるかどうかはともかくとして、叙述の構造をになうものとして位置づけられている。また「空間」はその「時間」に奉仕し、ささえる役わりをあたえられている。そして空間配置のなかにしっかりとささえられた時間は、「時間」というわくをつきぬけて「歴史」の認識に達しているといえるのではないだろうか。その意味で、前掲益田論文が、

日本文学の前面に、廃墟を歌い上げる歌が出現してきたのは、この時であり、移り変わる時の流れに対する感動が、歌の世界にたちあらわれたのも、この時である。

とするどく指摘していた、その重要性を、いくら強調してもしすぎることはないだろう。この作品が皇都の荒廃をえがくのみで、それをもたらしたところの歴史的事実、すなわち壬申の内乱にいっさいふれていないところに、たとえば序章でもとりあげた藤間一九五〇などは、人麻呂の歴史に対する批判精神の欠如をみるが、それは、文学表現のありように対する誤解に起因する不十分な理解だといわなければならない。文学表現は、とりわけ和歌は、思想や認識をナマのかたちで表明するものではない。作者は、みてきたように、暗示的にではあるがひとつのきびしい歴史的認識をしめしていたのだ。もっとも、人麻呂の他の作品において、このようなかたちにしろ、「歴史」が前面にたちあらわれることはないといってよいだろう。だが、この「近江荒都歌」は、人麻呂の作品編年のうえでもっとも初期のもののひとつとされている。そうであってみれば、すでにその作歌経歴の、すくなくとも宮廷関係歌制作の初期の段階で、人麻呂は「歴史」認識のふかみに達していたとみるべきだろう。かれの作品をみていくばあい、表層の事実としてはそれがみとめられないとしても、つねにそうした歴史意識が通奏低音としてながれていることに、おもいをいたすべきなのではないだろうか。

第九章　「吉野讃歌」

この章では、万葉宮廷讃歌の代表とも目されている、「吉野讃歌」と略称される作品をあつかう。この作品は、第一部で考察した「泣血哀慟歌」や、この第二部のしめくくりとしてあつかうことになる「石見相聞歌」とおなじく、ふたつの長歌作品からなる、いわば長歌連作ともいうべき作品のひとつだ。したがってそれらとおなじく、ふたつの長歌作品間の時間の前後関係など、複雑でいりくんだ構成を想定する必要があり、その分析には多大な労力と、事象を的確に整理分析する能力が要求されるかにみえる。だが実際には、この作品の時間構成はさほど複雑ではない。また空間の構造もむしろ静的で、分析にてこずるような要素はない。問題は、それぞれの長歌作品の空間世界がどのような性質をおび、それが作品全体をいかに規定しているかということだ。

この作品は、人麻呂の宮廷歌人としての代表的な作品で、持統天皇の吉野行に扈従して制作した、いわゆる従駕応召歌の典型とされる作品だ。持統の吉野行は、一〇年の在位期間にかぎっても三〇回をこえる。そこで、この異常ともいえる吉野への志向(嗜好)が、どのような意図、あるいは心情にもとづくものなのかをさぐるこころみもおおくなされている。また、行幸さきの吉野離宮の所在地についても、古来さまざまな説がとなえられてきている。が、むろん本章の目的はそのような事実問題の究明にはなく、あくまでもこのふたつの長歌作品から構成される連作の全体像、行幸従駕の讃歌としての表現の質を、作品世界での時間や、とりわけ空間のありようの面からさぐっていくことが目的だ。ここで、結論をさきどりするようなかたちでいえば、この讃歌では「景観の神話化」ということが、空間の性質という基本的な観点としてうかびあがってくるだろう。

幸于吉野宮之時柿本朝臣人麻呂作歌

やすみしし　我が大君の　聞こしめす　天の下に　国はしも　さはにあれども　山川の　清き河内と　御心を　吉野の国の　花散らふ　秋津の野辺に　宮柱　太敷きませば　ももしきの　大宮人は　船並めて　朝川渡る　船競ひ　夕川渡る　この川の　絶ゆることなく　この山の　いや高知らす　水《みな》そそく　瀧のみやこは　見れど飽かぬかも

反歌

見れど飽かぬ　吉野の川の　常滑の　絶ゆることなく　またかへり見む　（1・三六、三七）

やすみしし　我が大君　神ながら　神さびせすと　吉野川　激つ河内に　高殿を　高知りまして　登り立ち　国見をせせば　たたなはる　青垣山　山祇《やまつみ》の　奉る御調《つき》と　春へには　花かざし持ち　秋立てば　もみちかざせり　行き沿ふ　川の神も　大御食《け》に　仕へ奉ると　上つ瀬に　鵜川を立ち　下つ瀬に　小網《さで》さし渡す　山川も　依りて仕ふる　神の御代かも

反歌

山川も　依りて仕ふる　神ながら　激つ河内に　船出せすかも　（1・三八、三九）

まずI群(三六、三七)についてみていく。この長歌作品は、II群とくらべたばあい、総体的にみて現実主義的ないろあいをにじませているかにみえる。しかし、子細にみると、とくに、時間については、かならずしも現実の時間のながれを反映したものになっているとはいえない。この、一種ねじれをもった表現の構造に焦点をあわせてみていくことにしたい。

この作品の空間の構造について、さしあたってつぎのような点に注目しておきたい。長歌(三六)冒頭部の表現は研究史上のひとつの注目点になっている。岩下一九八二は、それまで通説化していた

やすみしし 我が大君の 聞こしめす 天の下に 国はしも さはにあれども

という表現が舒明天皇の「国見歌」(1・二)の冒頭部などとともに「国見の歌の慣用句」だ、とするみかたを批判して、あたらしい讃美表現としての画期性をあきらかにした。これをうけて、この長歌の景観表現についてあらたな検討の視点が模索されてきている。そうした研究動向の驥尾に付していうなら、冒頭から「天の下」→「吉野」→「秋津」というふうに空間がしぼりこまれていき、その究極に「宮」＝吉野の離宮がおかれることによって、この作品の主題が、おおくの先行研究がこぞって指摘するようにまさに「宮」そのもの、あるいはそれへの讃美にあることを明快にしめしているとおもわれる。

一方、時間とのかかわりでいえば、ここには、たとえば次章であつかう「阿騎野遊猟歌」長歌(1・四五)にあるような「道行き」的な手法はとられていないこと、すなわち時間の経過の要素が顕在しないということも、いいそえておかねばならないだろう。ただ、この長歌作品は、その時間のありようについては従来ほとんど問題にされることがない。それも当然で、のべたように、一見したところこの作品にあっては、時間の要素はきわめて希薄だといわねばならない。さらにことばをそえるなら、ここではいわば現実の時空から隔絶した祭式の時間が作品世界を支配しているようにみえる。そのことを雄弁にものがたるのが

船並めて 朝川渡る 船競ひ 夕川渡る

の対句であり、また長歌のとじめの

水そそく　瀧のみやこは　見れど飽かぬかも

というくだりだ。前者についていえば、これは吉野行幸に扈従する「大宮人」が、対岸の宿営地から吉野川をわたって離宮に奉仕するありさまをえがいた部分で、それなりに具体的な情景描写として、このうたになにがしか生気をもたらしているものだということはみとめられよう。のちにみるII群とくらべて現実的な色彩がこい、ということは、そうした点からもみとめられるところだ。しかし、それならばこれが離宮滞在中のある特定の一日の「朝」と「夕」との情景を、写実的にうたったものかといえば、そうはいえないことは、その対句的構成からもつよく感じられるところで、離宮滞在の期間、毎日くりかえしてみられた情景を集約的に叙述しているという感がいなめない。その意味では、記紀におさめられている宮廷歌謡、とりわけ、宮廷寿歌と目されるものにおける静止的な景のありようと、さして径庭が感じられない。集中でいえば「宇智野遊猟歌」(1・三)の

やすみしし　我が大君の　朝には　執り撫でたまひ　夕へには　い依り立たしし　み執らしの　梓の弓の

などと等質のものとみてあやまらないだろう。

後者はどうか。これもまた、現実のまなざしによる景のとらえかたという点において、また、「見れど飽かぬ」としていて、単に「見る」ことをうたうのではない点において、「国見歌」的宮廷歌謡からの成長はみのがすべきでないとしても、結局は「タマフリ」的・呪術的な伝統にねざした一種の恒常的な表現になってしまっていることもまたいなめないだろう。そういえば、このI群では、長歌ばかりでなく、反歌への移行においても、また反歌自体のなかにも、時間の経過の要素がみられない。ただひとつ、時間に関して注目すべきことは、反歌において「絶ゆることなくまたかへり見む」というふうに未来への志向が鮮明に表示されていることだろう。すでに第一部でもみてきたように、挽歌にあっては、宮廷儀礼歌的性格のつよい諸編でも、未来へのまなざしというものは本源的なものではなく、それが確立されるのは殯宮挽歌の最後の作品「明日香皇女挽歌」においてだった。それが、人麻呂の宮廷関係作品系列では比較的初期のものとして位置づけられるこの作品にすでにあらわれてい

る。このことは、あるいは当然のことというべきかもしれないが、やはり未来への志向というものがまさに讃歌的表現として生成し、それがやがて宮廷挽歌にも転用されたものだということを示唆するだろう。挽歌における未来への志向があるいは私的な「しのひ」に発するかもしれないとした第四章での想定は、やはり修正されなければなるまい。

さて、みてきたように、Ⅰ群長歌作品、とりわけ長歌においては、素材自体の現実主義的な性格にもかかわらず、したがって、基本的に景観が神話のヴェールにおおわれることはないにもかかわらず、時間表現のありようはむしろ祭式的・神話的なわくぐみのなかにとどまっている。そして、反歌での未来へのまなざしが、それをかろうじてのりこえようとこころみている、といえようか。ここには、稲岡一九七三の指摘にあったような、人麻呂長歌作品における長歌と反歌との「緊張関係」のひとつのあらわれが、はやくもみてとれるのではないだろうか。

ところが、Ⅱ群長歌作品になると、こうした点に関してまさに正反対といってもよいような様相が展開する。すなわち、景観はかぎりなく神話化されてえがかれるが、半面、そこに現実の時間が侵入してくることをこばんではいないのだ。

景観の神話化は、長歌のばあいだれのめにもあきらかだろう。こちらではすでに冒頭から

やすみしし　我が大君　神ながら　神さびせすと

というふうに、Ⅰ群長歌にはなかった表現をおぎなって天皇を「神」としておしたて、それに対する奉仕者もⅠ群長歌の「大宮人」とはことなり、「山川の神」を登場させる。むろんそれは

山祇の　奉る御調と　春へには　花かざし持ち　秋立てば　もみちかざせり

とか

　　大御食に　仕へ奉ると　上つ瀬に　鵜川を立ち　下つ瀬に　小網さし渡す

というふうにえがかれることでもしられるように、景観をいわば擬人(神)化したものだ。

　こうした布石のしあげに

　　山川も　依りて仕ふる　神の御代かも

と、現在する天皇の治世を「神の御代」とたたえる画期的な表現(神野志一九九〇参照)がすえられることになる。そして、景観と連動して時間についても、「春へには」「秋立てば」あるいは「上つ瀬に」「下つ瀬に」というような対偶表現からみてとれるように、Ⅰ群と同様の祭式的・神話的な無時間的なとらえかたがなされる。

　だが、これをうけた反歌にいたって、にわかに時間がうごきだす。

　　山川も　依りて仕ふる　神ながら　激つ河内に　船出せすかも

初・二句は長歌終局部のくりかえしなので、そこだけをみると、この反歌も無時間的な相のもとに支配されているとみえてしまうかもしれないが、それをうちやぶるのが四・五句め「激つ河内に船出せすかも」だ。これは、Ⅰ群長歌で「大宮人」が

　　船並めて　朝川渡る　船競ひ　夕川渡る

とえがかれていたのとは決定的にことなる。「神」なる天皇の「船出」は、まさにいま・ここすなわち「語り手」の眼前でおこなわれようとしている。その決定的な一瞬、次章にみる「阿騎野遊猟歌」反歌第四首(1・四九)や、さかのぼって額田王の「熟田津の歌」(1・八)と等質の時間がここに導入される。そのことによって、観念操作によって神格化された天皇が現実の存在としてきわやかにえがきだされて作品は完結するのだ。

　この「吉野讃歌」を連作的構成をもったひとつの作品とみたばあい、その「語り手」のいまは、まさにこのⅡ群反歌のいまと一致するとみてよい。ここで検討の次元をかえて、この作品の制作背景なり公表の事情なりを憶

測してみるとするなら、つぎのようになろうか。この作品がいわゆる従駕応詔歌である以上、吉野の地でのなんらかの公的・儀礼的な機会における誦詠ということをかんがえなければならないだろう。だとすれば、「語り手」のいまが、かの額田王の「熟田津の歌」(1・八)と同様に、天皇の吉野川への「船出」の瞬間をとらえたかにみえる最終場面(三九)にかさなっていることからみて、この作品が天皇の「船出」をともなう儀礼的な機会に誦詠されたものだとの想像は自然なものといえるだろう。

だが、いまはそうした作品の制作背景はさておき、作品の構成という面から、ふれるべき問題がのこされている。それは、この最終場面すなわちII群の末尾で、天皇に焦点があわされて、そのすがたが鮮明にえがきとどめられているという事実をめぐってだ。ふりかえって、長歌中盤において「山川の神」の奉仕のさまは

　春へには　花かざし持ち　秋立てば　もみちかざせり

と描出されているが、むろんそれはさきにも指摘したように景観を擬人(神)化したものだ。とするならば、それは、天皇が

　神ながら　神さびせすと　吉野川　激つ河内に　高殿を　高知りまして　登り立ち　国見をせせば

とあったのをうけているのだから、まさに「国見」をする天皇のめにうつった景ということになるだろうか。だがこの叙述は、そのようなはこびにはなっていない。すでに指摘されているように、ここでは「国見」をする天皇もまた、「山川の神」(=景)と同様に「見られる」存在となっている(反歌三九がそれを端的にあらわしているだろう)。「語り手」の視線が天皇と「山川の神」とを(むろん等分にではないが)ひとつのパースペクティヴのなかにおさめる、そうしたまなざしをとおして、「現し世」が「神の御代」として現出するのだ。

このことは、I群の主題が「宮」そのものへの讃美(を通じての間接的な天皇讃美)にあるのに対して、このII群のそれが「御代」の讃美、あるいは「天皇」を直接に讃美する方向に一歩ふみだしたものだということ――これもすでに通説化していることだが――をしめしている。

さて、時空の問題にもどって、さきほど提出しておいた、この「吉野讃歌」という作品を構成するふたつの長歌作品のあいだにみられる対照的な性格、あえていえば矛盾をはらんだそのありようを、どうかんがえたらよいのか。従来、両者の構成にはあきらかに類同性がみられることが強調されてきた。はやく澤瀉『注釈』がその点を指摘し、最近でいえば、両者のあいだに作品としての類同性と差異との双方をみすえようとする西澤一九九一も、すくなくとも構成に関しては、『注釈』の指摘同様、両者が共通の三段構造をしめしていることをみとめているし、太田一九九四も、具体的な分析をもとに「両歌群の構成上の類似は覆うべくもない」との結論に達している。また、そうした構成そのものの由来を、宮廷寿歌の方法にまなんだものとみることも妥当といえるだろう。だが、それ自体はあやまりでないこうしたみかたが、両者のあいだにはらまれている時空表現の矛盾に気づかせることをはばんでいたといえようか。

景観の表出において、また時間の要素の導入のしかたにおいて、正反対の様相をあらわにするふたつの歌群、しかも、現実的色彩にいろどられた空間を提示するⅠ群で時間が神話化され、神話化された景観(空間)を展開するⅡ群において、かえって現実の時間が侵蝕してくるという、このありようはいったいなにをものがたるものと解するべきだろうか。

Ⅰ群からⅡ群へのねじれたかたちでの時空の転換は、現実の吉野から神話の吉野へのおもむろな遷移と、そこからの帰還＝離脱をあらわすものなのではないか、というのが一応の解答だ。

ただし、大局的にみたばあい、「吉野讃歌」では、ふたつの長歌作品のあいだに時空のダイナミックな展開がなされているとはいいがたい。のべきたったようなながれを別にすれば、むしろ虚心にみるとき、おなじような局面をことなる位相からかさねえがいている、といった印象の方がつよいのではないだろうか。すなわちこの作品では、長歌作品の連作というわくぐみのなかでの時空の構造の方法化が、いまだ十分には進展していないというべきだろう。そしてそれはある程度まで、この作品が典型的な宮廷儀礼歌だったことに起因するだろう。叙事性よりも祭式性がまさるところでは、時空の構造が方法化される必然性はいまだ認識されなかったのだろう。そのかわりに、この作品では「宮褒め」と「御代褒め」とをくみあわせた、あたらしい天皇讃美の方法を実現しているとみることができるのではないか。

第十章　「阿騎野遊猟歌」

ここまで、雑歌に属する人麻呂作品のうち、単一の長歌作品およびふたつの長歌作品からなる「長歌連作」的な作品について、その「語り手」の設定のありようや、作中世界を構成する時間・空間の構造をみてきた。それぞれの作品は、挽歌のばあいと同様に、作品の主題や構想、また形態に応じて、「語り手」の位置や志向をかえ、ことなる時間・空間を現出している。この章では、そのしめくくりとして、基本的には単一長歌作品の範疇にはいる形式の作品ではあるけれど、多少ことなる要素をもあわせもつ作品についてみておくことにしたい。それは、おそらく持統六年(六九二)に制作されたものとみられる「阿騎野遊猟歌」だ。この長歌作品は、全二五句からなる比較的短小な長歌(とはいえ、人麻呂作品のなかにはこれよりもみじかい長歌も存在する)と、反歌四首(頭書には「短歌」とある)とからなっている。いったい、人麻呂長歌作品には、いわゆる反歌に対して文字どおり「反歌」の頭書のあるものと「短歌」とあるものとがある。このことに着目してそれを制作年代の推移とむすびつけたのが稲岡一九七三だ。もっとも、稲岡論文にはいままでにもいくたびかふれてきたので、その趣旨についてはくりかえさない。いまここで注目されるのは、稲岡がまさにこの「阿騎野遊猟歌」という作品のありようから、人麻呂長歌作品における「反歌」から「短歌」への転換期を持統六、七年の交と推定している点だ。すなわち、この作品の「短歌」四首は、長歌に従属し長歌の内容をくりかえしたりおぎなったりするというより、独立性がつよく、また反歌相互の連関が重視されている、というような性格を明白にしめしている。

ひるがえって、このことを、この作品のがわからみれば、この作品は独立した長歌(反歌をともなわない)と短歌連作(四首)とをくみあわせた独自な形態の作品だ、と解釈することもできるとおもわれるのだ。

しかしながら、こうした形態の作品は、人麻呂作品にはほかにみられない。長歌作品と短歌連作とをくみあわせた後代の歌人の作品としては、たとえば大伴家持に——このばあいは「阿騎野遊猟歌」にくらべ多少複雑な構成をしめしているが——いわゆる「悲傷亡妾歌」群(3・四六二〜四七二)などがあげられるだろう。だが、それにもましてこの作品との類似性をしめすのは、山上憶良の、たとえば「日本挽歌」(5・七九四〜七九九)のような、おおくの反歌をともなう長歌作品だろう。こうした作品では、反歌はもはやその旧来の機能をはるかにこえて、ふたたび稲岡の言をかりるなら「長歌の枠を踏み出しうるような自由な反歌」という性格をつよく主張するにいたっているといえる。むろんそれも、人麻呂の先導的なこころみにまなんだものだとみてあやまらないだろうが、人麻呂の作品自体にはこの一度きりつかわれていないことを銘記しておく必要があるとおもわれる。それは、役わり・機能に応じて選択された、このときかぎりの独自な形式だったといえるだろう。

ともあれ、この作品をこれまでみてきたような単一長歌作品とかならずしも同列にはみがたいのも、このような理由によるものだ。当然、こうした形態の独自性は、とりわけ作品世界の時間や空間の構造の決定にとって、重要なファクターとなっているはずだ。したがって本章では、主としてこうした観点からこの作品の解明をこころみることにする。

軽皇子宿于安騎野時柿本朝臣人麻呂作歌

やすみしし　我が大君　高照らす　日の皇子　神ながら　神さびせすと　太敷かす　都を置きて　こもり

くの　泊瀬の山は　真木立つ　荒き山路を　岩が根　禁樹《さへき》押しなべ　坂鳥の　朝越えまして　玉かぎる　夕さり来れば　み雪降る　阿騎の大野に　はたすすき　小竹《しの》を押しなべ　草枕　旅宿りせす　いにしへ思ひて

　短歌

阿騎の野に　宿る旅人　うちなびき　眠《い》も寝らめやも　いにしへ思ふに
ま草刈る　荒野にはあれど　もみち葉の　過ぎにし君が　形見とぞ来し
東の　野にかぎろひの　立つ見えて　かへり見すれば　月傾きぬ
（東　野炎　立所見而　反見為者　月西渡）
日並し　皇子の命の　馬並めて　み狩立たしし　時は来向かふ　（1・四五～四九）

時空の問題にはいるまえに、この作品の制作年代・制作背景の問題、それと作品の内容にひととおりふれておいた方がいいだろう。巻一の内部でのこの作品の排列位置からいうと、直前には持統六年（六九二）三月の伊勢行幸時の作品（1・四〇～四四）がおかれ、また直後には翌七年におこなわれた藤原宮造営にかかわる作品（五〇）がくるところから、持統六、七年という制作年次がうかびあがってくる。そして、この作品にうたわれる阿騎野での遊猟が、春夏の交におこなわれるいわゆる「薬猟」などの類ではなくて、冬季の、鳥獣を対象とするものとみられるところから、持統六年冬、とみるむきが有力になっている。

この時期、持統女帝の期待を一身にになっていた皇太子草壁の薨後、皇太子はおかれていず、皇位の継承の帰趨が宮廷最大の関心事になっていた。すこしのちのことになるが、持統一〇年、太政大臣高市皇子の死後、皇位の継承をめぐって宮廷内がおおいに紛糾したこと（『日本書紀』持統紀同年七月）はよくしられている。皇太子の早世にくわえ、この時点では長・弓削・舎人ら尊母をもつ有力な天武諸皇子が皇位継承権者として存在した。みずからのちをひく皇孫軽への皇位継承に執念をもやしていたとみられる持統、おそらくはその持統自身の意図にでた

（そうでないとしても持統の意向にそうようなかたちで発案された）皇孫軽の阿騎野への遊猟行の目的は、多分に濃厚な政治的意図にぬりかためられたものだったろう。

こうした背景のもとで制作されたからには、作品自体の表現も、遊猟のそうした目的から自由であったとはおもわれない。だが、本書の基本的な姿勢からいえば、問題はそれがどのような意図にもとづくものなのかではなく、それがどのような表現意識によって実現されているかということだ。のちにみるように、この作品の構成の基礎となっているものは、まさに時間と空間だといえるだろうし、時間は、さきにみた「近江荒都歌」（第八章）とおなじく、このばあい主題そのもの、あるいは主題をささえているものでもあるのだ。

長歌は、軽皇子（現実には王でしかなかった——厳密に区別されていたとすればのはなしだが）の、阿騎野へのまる一日をついやしての遊猟行をえがいていく。この時間の経過に関して、作品はきわめて意識的、明示的だ。

坂鳥の　朝越えまして　玉かぎる　夕さり来れば……

そしてその長歌の終局部

草枕　旅宿りせす　いにしへ思ひて

をうけて、反歌四首の時間がはじまる。この際、「旅宿り」が原文では「多日夜取」と表意的な暗示をふくんで記されていることに注目するべきだろう。

長歌のえがくのが軽の阿騎野行であるからには、それはまた当然のこと、空間移動の要素をふくんでいる。この空間の問題に関してもまた、作品は明示的だ。「都を置きて」「こもりくの泊瀬の山は」「阿騎の大野に」というふうに、出発地・経由地・到着地を克明に表示する。ここからはいろいろなことがよみとれそうだが、さしあたってつぎのようなことを指摘しておくにとどめよう。まず、「都」と対置されることによって、「阿騎野」は単なる遊猟の地以上の意味をもつ土地だろうことが暗示される。そこは、「都を置きて」までめざされるべき土地なのだ。この「都を置きて」という表現を軽々にみすごしてはならない。かの「近江荒都歌」の長歌(1・二九)では「そらにみつ倭を置きて」とは、神武以来代々の天皇が皇都をおいた大和の地をみすてて、とのニュアンスをふくんでいた。そのことを考慮にいれる必要があるだろう。『古義』が、

京平置而云々とあるに、宮中の栄華をわすれましまして、艱難をしのがせ給ふ意あるに、心を付てよく味(あぢはひ)見べし、さらずは遷都などのごとく、京を置とまではいはじをや

と指摘していたことがおもいあわされる。この阿騎野遊猟行が、なにかただならぬ目的のもとに挙行されることを、この表現はやくも暗示しているとみるべきものなのだ。ついでにいえば、その「置き」さられるべき「都」を、皇孫軽は「太敷かす」、すなわち統治者としてえがかれ、それにあわせて

やすみしし　我が大君　高照らす　日の皇子

と、天皇に対する称辞をもって遇されている。時空の問題からははずれるが、このことの意味も重要だろう。

空間の問題にもどって、経由地として泊瀬の地がえらばれていることにも関心をはらわなければならない。先行研究があきらかにしているように、想定される軽の遊猟行の経路からは、あえて「泊瀬」がうたいこまれる必然性はないはずで、逆にいえば、まさにそれは作者によって「選び取られた」地名だったと想像してあやまらないだろう。そのばあい、この地が「死の国」のイメージを揺曳していることをみのがしてはなるまい(山本一九六二等)。ともあれ、再度この長歌の空間図式の明瞭さを確認しておく必要がある。

反歌(「短歌」)四首の分析にうつる。阿騎野という聖別された――なぜならば、のちにみるように、それは仮構された祭式空間だといえるだろうから――空間の、一夜のやどりから払暁の遊猟への出立までの時間が、継起的にえがかれていく。前二首が「夜」、後二首が「朝」と、ここでも明白な対応図式が提示される。問題は、そのような時間の経過のなかで、なにが開示されているかだ。そのこたえは、反歌1が長歌末尾からひきつぐ「いにしへ」という、これ自体時間にかかわることばがしめす(第八章参照)。

長歌末尾は、阿騎野にたどりついた軽の、その地での野営を

草枕　旅宿りせす　いにしへ思ひて

とむすんでいる。ここに、題詞にもかたられていない軽の阿騎野行の理由、それは「いにしへ」をおもうがゆえだったことがあきらかにされる。だが、実のところ、それはなにかをあきらかにしたというよりは、むしろひとつのなぞをなげかけているとしかいいようがない。なぜ「いにしへ」をおもうことが阿騎野にやどることにつながるのか。「近江荒都歌」において確認しておいたように、「いにしへ」は、現在につながり、現在を規定する、いわば秩序の起源としての過去をさすことばだった。ならば、そもそもここでの「いにしへ」とはどのような過去をさすものなのか。むろん、作品の外部のレベルでいえば、それがなにをさすものなのか、どうして阿騎野の地とむすびつくのか、は自明のことだったにちがいない。だが、いまいっているのは、あくまでも作品のなかでの論理に即してみたばあいのことだ。

長歌末尾のこのなぞは、そっくりそのまま反歌1(四六)にひきつがれる。軽をはじめ、阿騎野にやどるひとびとは「いにしへ」をおもうにつけ、輾転反側して容易にはねられない、というのだ。そのようにまで一行の心情をかきたててやまない「いにしへ」とは、いったいどのような過去なのか。反歌2(四七)がこのといかけにこたえて「過ぎにし君が形見とぞ来し」とのべる。この地は「過ぎにし君」の「形見」だという。そのために、「荒野」のこの地をおとずれたのだという。この阿騎野はおそらく「過ぎにし君」すなわち「亡き人」の曽遊の地だったのだ。ならば「いにしへ」とは、まさにその「君」のこの地へのおとずれのときをさしているにちがいない。

もうひとつ、時間にかかわって注意しておきたいことがある。それは、ここで「形見とぞ来し」と、長歌でかたってきた阿騎野行がはっきりと過去の経験として定位されていることだ。長歌以来の時間のながれが明確にここでうけとめられている。ここに、連作的なまとまりをもった作品のようにみうけられるにもかかわらず、長歌

作品として全体をみたばあいには、ひとつのきれめが感じられるのはそのためだろう。

さてしかし、「過ぎにし君」とはだれか、なにゆえにその「形見」の地を、軽はおとずれなければならなかったのか。なぞは依然としてたちはだかる。そのなぞをひきずったまま、阿騎野の「夜」は退場し、「朝」がむかえられる。

反歌3(四八)は、難訓歌としてしられるうただ。このうたの訓詁・注釈の歴史をふりかえるだけでもおおくの紙数をついやさねばならないだろう。とりわけ二句めの原文「炎」をどうよむかは時空の問題と無関係ではないだけに、さけてとおることはむずかしいかもしれない。だが、ここではあえてその問題にはふれない。はっきりしていることは、「東野」と「西渡」とが「かへり見」という「語り手」の行動によって対照的に配置され、明確な空間図式が提示されているということ、また、「月西渡」――そして「東野炎立」も――がある時間帯(払暁)を明示しているということだ。このことから、この空間図式は、同時に時間表示でもあって、「夜」の退場と「朝」の到来とを宣言するものなのだとおもわれる。そのうえにさらにどのような寓意がかさねられているか、についてはのちにふれることにして、いまはさきをいそぎ、最後の反歌4(四九)にいこう。このとじめの一首でかなめとなるのは、もちろん五句め「時は来向かふ」なのだが、そのまえに、ここにきてようやく、いままでかくされていた「過ぎにし君」が、はじめて「日並し皇子の命」とあかされることに留意したい。追慕されるべき「君」、この地にゆかりをもつ「君」とは、軽皇子の亡父皇太子草壁だったことがここにあきらかにされる。しかもそれは、「皇子の命」という荘重な尊称をともなって、たからかに宣言されるのだ。

さて、「時は来向かふ」だが、この、まさに時間を前面におしだした一句は、しかし古来ふたとおりの解釈をゆるしてきた。これを、近世のおおくの注釈書と、明治以降では井上『新考』、鴻巣『全釈』、土屋『私注』、澤瀉『注釈』、それに近年の『新大系』なども「(狩猟の)季節の到来」と解してきた。なるほど、この阿騎野の地が草壁の故地だということを証するうたとしてひかれる、かの「日並皇子舎人等慟傷歌群」(第一章)中の一首

けころもを　春秋《とき》かたまけて　出でましし　宇陀の大野は　思ほえむかも

（2・一九一）

のばあいはまさにそうだが、しかし、当該歌のばあい、とりわけ長歌以来の時間のながれ、軽皇子一行の早朝「都」から泊瀬山をこえての行旅と、荒涼とした阿騎野での一夜の「宿り」をおってきたためからみるならば、「時」はどうみても「季節」などというところへ拡散していくわけがない。「季節」とみるたちばは、この一首を作品全体のなかに位置づけ、他のうたとの関係のなかでみようとはしないところにうまれるものだ。ここは、ふるくは『燈』『古義』、それに近年の諸注のおおくがとるように「（狩猟への出立の）時刻の到来」ととらなければならないだろう。なき皇太子草壁がかつてこの地でもよおした狩猟のおりとおなじ時刻、軽皇子の狩猟への出立の刻限がいま到来した、というのだ。ここにはあきらかに、作者による亡父草壁と遺児軽のイメージのかさねあわせの意図がよみとれるだろう。

　だが、ここでうたわれていることはそれだけではない。ここにはより積極的な表現意志がはたらいている。「時は来向かふ」という表現が意味するところのものをおろそかにしてはならない。「来向かふ」とは、伊藤『釈注』が的確に指摘するように、「来て我と面と向かい合う意」だ。草壁の狩猟への出立の刻限が、いわば過去からやってきて、軽の狩猟への出立の刻限とであう、対峙する、といっているのだ。時間をめぐる大胆でするどい把握のしかたというべきだろう。

　長歌から反歌へと入念にえがかれた時間のながれの秩序のなかに、しっかりと位置づけられた「あたらしい時」＝軽の時間と、おなじくその時間のながれのなかから徐々によみがえってきた「すぎさりし時」＝草壁の時間とがここでであい、交錯する。別のいいかたをすれば、ここで時間のながれは一瞬せきとめられ、逆流していく。四九が、圧倒的な迫力でわたくしたちにせまってくる、そのエネルギーは、そこにうまれるものとみてあやまらないだろう。そしてここに、ひとつまえの四八の空間図式をかさねてみるとき、「夜（月）」と「朝（太陽）」との交代、そして過去と現在とのであい、という重層化した時間の交錯のうちに、「高照らす日の皇子」たる草壁(父)が、軽(子)のなかによみがえる、というこの作品のモチーフがあざやかにうかびあがってくる。

ところで、このうたが到達したこのような時空の領略のしかたを、卓越した詩人の直観によってとらえられたもの、とのみみるべきではないだろう。作者の構想には、祭式の論理ともいうべきものがつよく作用しているとおもわれる。祭式こそは、日常の時空のなかに非日常の時空を現出する装置だからだ。

とはいっても、ここで上野一九七六や阪下一九七七などの、阿騎野の地で実際になんらかの祭式が実修されたという説にくみするものではない。作家(歌人)に内在した「方法」として、祭式の論理をみとめよう——別のいいかたをするなら、この作品において歌人人麻呂の詩的想像力の基底に祭式というものが強固に存在していた——というにすぎない。

では、もうすこし具体的にいって、そこにどのような祭式のかげが揺曳しているとみるべきだろうか。上野や阪下の注視した「成年式」も、この次元でならみとめられるだろうか。しかし、王位継承をめぐる神話的な演出の装置としてかんがえるなら、「成年式」というより、森一九七六が指摘するように、「大嘗祭」という王権祭式がそれにもっともふさわしいものといえよう。「成年式」的な要素は、もしあるとしても、西郷一九七三などが指摘するような意味において、古代神聖王権の即位儀式としての「大嘗祭」のなかにくみこまれたものとしてみとめられてしかるべきだ。

この作品は空間と時間の構成を基底として、幽明さかいをことにする「聖なる」父子の邂逅を描出し、阿騎野の地を天皇霊の交感・授受の、神話的・大嘗祭的空間として再現したものだった、と総括することができるだろう。

第十一章　短歌連作的作品系列

1　短歌連作的作品

さて、前章までは人麻呂の作品中でも「語り手」の設定がことに問題にされやすく、また時間や空間の配置を分析することが作品の構造理解につながりやすい、長歌形式の作品系列をとりあげて分析をこころみた。本章ではそうした系列以外の作品においてもこのような分析が有効性をもつことをしめしたい。それによって、もっぱら「語り手」＝作家「人麻呂」という通念的理解によってよみとかれてきた作品、作家の実体験に即して解釈されてきた作品に、あたらしいよみの可能性をひらくことができるとおもわれるからだ。

ここであつかうのは短歌連作的な作品の系列だ。こうした形式の作品は、長歌形式とおなじく叙事性・フィクション性を――むろん長歌とはことなる方法ではあるけれど――志向しうるものだから、「語り手」を分析の視点とすることとの有効性が予想できるわけだ。また、全体として一体化した作品を志向しつつも、一首一首は分節化されているから、おおくそこに、時間の経過や空間の移動がおりこまれることになる。

いま、さしあたって「語り手」に即していえば、こうした作品系列にあっても、というよりこうした短歌作品ではなおのこと、作家（歌人）人麻呂の実際の生活体験や感情をそのままにうたったもの、との理解が大勢をしめてきた。というのも、長歌形式が本質的に宮廷歌謡から発展してきたもので、宮廷儀礼歌などにおいて採用されることのおおい形式なのに対して、短歌形式はより私的・個人的な傾向がつよいとみなされやすいからだ。ただ、短歌でも、たまたまそうした理解では解決のむずかしいケース（あきらかに女性詠とみられるものが歌群中に混在する、といったようなばあいなど）がでてくると、はじめて「語り手」の存在が問題視されることになる。

だが、具体的な作品分析にはいるまえに、そもそも「短歌連作」とはどのような形態をさすのかをはっきりさせておく必要があるだろう。というのも、「連作」という用語をめぐっては明治期以来、かまびすしい論議がつみかさねられてきているからだ。もっとも、ここで「連作」論議を本格的にとりあげることはできそうにない。それをするためには、おおげさにいえば近・現代短歌史の全過程を把握する必要があるだろう。むろんいまその余裕はない。それにまた、さしあたってその必要もないだろう。ただ、おそらく「短歌滅亡論」とならんで近代短歌史上の最大のトピックスともいうべきこの論議――なにゆえに近代短歌の勃興期に「連作」の問題が提起され、以来それがくりかえし論じられてきたか、また実作において、それが強力にこころみられてきているか――は、万葉集において短歌連作の発生をうながした状況を究明するための、おおきなてがかりをあたえてもくれる。それにまたその論議の過程においては実際に、しばしば万葉集の連作に対する言及がなされてもいる。そうした点からみても、ここでいささかよこみちにはいることになるが、「連作」論の問題にほんのひとときめをむけてみたい。

周知のように、「連作」の問題を本格的に提起したのは伊藤左千夫だった。これに関しては「連作」について論ずる諸家がかならずといってよいほどふれているので、ここであらためてくわしくのべることはしないが、さしあたって確認しておきたいことは、それがあくまでも短歌実作上の問題として提起されたこと、そして、巨視的にみるならばそれは和歌改良論、短歌革新論の延長線上にうみだされたものだということだ。その点でも、

「連作」論は「短歌滅亡論」と兄弟（あるいは「腹違い」の兄弟）の関係にあるといってよいとおもう。すなわち、『新体詩抄』や『小説神髄』などの、和歌（短歌）の決定的な限界の指摘に対する、短歌実作者としてのひとつの回答だったとみなしてよい。そのことはたとえば、左千夫の

極めて単純なる物、それ一つにてはさびしく物足らぬ感じの起るは当前ならずや、長歌とても即中にて切ることの出来ぬものであるから、長くとも漢詩などに比して、非常に単純なり、況や短歌をや、物それ自身が非常に単純である故に、他の物に依らねばさびしき理屈である、短歌が、歌と歌と相依りて連作となるか、文章に依るかの必要あるが如く思はるゝは、単純であるからと云ふの外ない、（伊藤左千夫一九〇二a）

というような説明にあらわれている。これは結局のところ、

三十一文字や川柳等の如き鳴方にて能く鳴り盡すことの出来る思想ハ、線香烟花か流星位の思に過ぎざるべし、少しく連続したる思想、内にありて、鳴らんとする時ハ固より斯く箇短なる鳴方にて満足するものにあらず（外山正一『新体詩抄』序、一八八二年）

とか、あるいはまた

いにしへの人ハ質朴にて其情合も単純なるから僅に三十一文字もて其胸懐を吐たりしかどけふこのごろの人情をバわずかに数十の言語もて述盡すべうもあらざるなりよしや感情のみハ数十字もていひ盡すことを得たれバとて他の情態を写し得ざれバいはゆる完全の詩歌にあらねバ彼の泰西の詩歌と共に美術壇上にたちがたかるべし（坪内逍遥『小説神髄』上、小説総論、一八八五年）

といった主張を、おおかたにおいてみとめたうえで、複数の短歌をよみつらねることでそうした限界を克服しようとするもくろみだったことを、雄弁にものがたっている。

時代状況はこれとおおきくことなるものの、この事実はわたくしたちに、万葉和歌が短歌連作的な作品構成によってなにをめざしたのかをかんがえるてがかりをあたえる。やまとことばによる散文の未発達だった万葉時代、

うたが、ものがたりによってになわれるべき——事実、つぎの時代、かな文字とかな文体との創出はものがたりがうたからそれらの役わりをうばいとることを可能にした——叙事性などの文芸表現の可能性を一身にひきうけて、さまざまな表現形式の可能性を模索していた。賀茂真淵が

さて古へは、思ふ事多き時は長歌をよめり、又短歌も、数多くいひて心をはたせしも有、後の人は、多くの事を短歌一つにいひ入めれば、ちいさきゐ袋に物多くこめたらん如くして、心いやしく、調べも歌の如くもあらずなり行ぬ、（『にひまなび』、一八〇〇年、全集一九）

といっているのは、そのあたりを洞察したするどい指摘といってよい。すなわち、長歌形式、それをふたつらねたもの、あるいは短歌連作、さらには漢文の題詞、左注や序文と和歌とをくみあわせたもの、等々が、叙事性をになうものとしてこころみられたのだった。

そのなかで、とりわけ短歌連作的作品がおおくこころみられている理由はなにか。まず、長歌作品だが、長歌による叙事性の追求にはひとつの限界があった。それは長大な詩型を確保できる点では、叙事性への欲求をストレートに満足させるかにみえるが、長歌の本質はあくまでも抒情性という点にあり、またその長大さが、かえってことがらを分節化し確認しつつすすめていくような把握のしかたを困難にする。反歌の定着は、その点に一定の改良をくわえる結果をもたらしはしたし、長歌作品をつらねること（＝長歌連作）でさらに作品内の時空を立体化しダイナミックな描写や叙事を保証する、という形式上の進展もみられるけれど、ことの本質までをもかえさせることはできない。くわえて、長歌の構成にはさまざまな技術上の困難さがつきまとい、結果としてその技術はもっぱらいわゆる専門歌人によってになわれることになる。

題詞・序・左注などによる漢文体と長歌あるいは短歌のくみあわせは、異質な文体の交錯のもたらす高度な効果が期待できる形式といえるのだが、これまた、漢詩文に堪能でなければこころみられないという条件に掣肘をうける。

短歌形式は、それらのような制約をもたらさない。ただ、短歌形式はその短小さゆえに、単独では到底叙事の機能をになうことができない。そこで、短歌をおおくつらねることによってその限界をうちやぶるこころみがはじまったのだろう。それに示唆をあたえたのは、あるいは漢詩における連作だったかもしれない。

連作論はこれくらいできりあげるとして、この際ひとことつけくわえておくなら、長歌連作であれ短歌連作であれ、複数作品からなる全体を連作とみとめるということは、それらの全体をもひとつの作品としてみとめることを意味するが、それはまた、そのとき、その作品の背後にひとりの作者を想定することを許容することになる。ともあれ、人麻呂の短歌連作的作品群に、時空や「語り手」のありようをさぐっていこう。

2　「み熊野の歌」

まずはわかりやすい例として、従来も「語り手」像をめぐって(むろん、「語り手」というようなことばはつかわれていないが)注目されていた作品からとりあげる。なお、ここでは時間・空間の問題はひとまずたなあげにして、もっぱら「語り手」の問題をみていくことにする。

柿本朝臣人麻呂歌四首

み熊野の　浦の浜木綿　百重なす　心は思へど　直に逢はぬかも
いにしへに　ありけむ人も　我がごとか　妹に恋ひつつ　寝ねかてずけむ
今のみの　わざにはあらず　いにしへの　人ぞまさりて　音にさへ泣きし
百重にも　来及《し》かぬかもと　思へかも　君が使ひの　見れど飽かずあらむ
（4・四九六～四九九）

この歌群、題詞には明白に「柿本朝臣人麻呂歌」とある。一方、四首めには「君が使ひ」とあって、女性詠だということがこれも明白だ。このくいちがいをどう説明するかに諸家は腐心してきた。たとえば斎藤茂吉「人麿短歌評釈」(『柿本人麿　評釈篇』)はあくまでも題詞を尊重するたちばから、大伴家持が紀女郎におくったうたのなかで「君」とよんでいる例(4・七七八)のあることを根拠に、矛盾はないとしている。だがこの例は根拠としがたい。このばあいは家持詠がなぜこのような表現をとるのかという問題それ自体が、検討の俎上にのぼせられるべきものなのだ。一方、土屋『私注』はこれを民謡と解することで矛盾を回避しようとする。いわば土屋の常套手段だが、むろんこうした安易な「民謡」論にしたがうわけにはいかない。

武田『全註釈』(旧)以降、解釈はあらたな展開をみせる。武田は、おそらく人麻呂関係作品(作歌・歌集歌)に女性詠がままみられることをふまえてだろう、後半二首を妻女の返歌とみる。これをうけて澤瀉『注釈』もこの歌群を男女各二首の問答形式とみとめるが、後半二首が武田の推定するように妻女の実作なのか、それとも実は人麻呂自身の作なのかについては、判断を留保している。つまり、澤瀉はここでフィクションの可能性をはっきりと視野にいれているわけだ。この澤瀉のしめした線をおしすすめたのが伊藤『釈注』で、伊藤はこの歌群について明白に、持統四年(六九〇)の紀伊行幸のおりに「人麻呂が創作して宴で披露した問答歌」だったと推定している。制作レベルとしては、この見解にしたがいたい。この伊藤の見解の背景には、いうまでもなく「旅」のうたをめぐる「家と旅」の論理がはたらいているだろう。すなわち、行幸・官旅などの目的地またはその途次においての「歌の座」(宴席)にあって、「家(の妹)」のことがうたわれたり、ひいてはその「妹」自身のうた(とされるもの)が披露されたりするのは、羈旅信仰にもとづいてのことだったとおもわれる。すなわちこれは、〈場〉の論理がフィクションを生成するという古代的なありかたの、典型的な例といってよい。そして、作家と「語り手」とを区別することが、万葉集研究でも有効な分析の方法たりうることの、これは好個の例だともいえるだろう。

3 「留京三首」

つぎにとりあげるのは、持統六年(六九二)三月の伊勢行幸に際して制作された「留京三首」と略称される作品だ。

幸于伊勢國時留京柿本朝臣人麻呂作歌

嗚呼見《あみ》の浦に　船乗りすらむ　娘子らが　玉裳の裾に　潮満つらむか
釧つく　手節《たふし》の崎に　今日もかも　大宮人の　玉藻刈るらむ
潮騒に　五十等児《いらご》の島辺　漕ぐ船に　妹乗るらむか　荒き島みを

(1・四〇～四二)

この作品の制作事情については、左注にもひかれている留守官の任命のことや、『日本書紀』が記録している三輪高市麻呂による行幸中止の諫奏事件などとの関連もあいまって、従来もさまざまにとりざたされているし、作品そのものもおおくの関心をあつめている。なかでも注目されるのは、これが万葉集におけるいわゆる「連作」の嚆矢だとされる点だ。このことを最初に指摘したのはやはり伊藤左千夫で、左千夫は、連作論議のなかではじめ、いわゆる「大伴旅人亡妻挽歌」(3・四四六～四四八)について「予が見て以て万葉集中唯一の連作なりとする所の歌」(伊藤左千夫一九〇二b)と断言していたが、二年後の伊藤左千夫一九〇四にいたって、この「留京三首」に注目し、「要するに此三首の歌は相関連して見ねばならぬ歌で今日の所謂連作の一種である」というふうに、連作の対象を広げている。

時空や「語り手」の問題にはいるまえに、この作品の制作事情について簡単にふれておく。というのも、従来の研究はほとんどがその問題に集中しているからだ。それに、作品の構想は当然のことながら制作事情や歴史的背景と無関係ではありえない。ただ、それ自体をおもな検討対象にすることに対して、本書では疑問をなげかけつづけてきたわけだ。

この作品については、行幸先で制作・公表されたとする解釈もあるが、これは題詞の記述からみても不自然で、京にとどまった「留守官」や行幸参加者のつまたちの参加した宴で詠ぜられたものとおもわれる。『釈注』はこの作品の制作・公表の〈場〉についてはとくにふれていないが、同じ著者による『全注』巻一では、「帰ってきた一行に披露した場合も考えられ」るとの記述がみられ、さらに、この作品と制作状況のよくにた大宝二年(七〇二)太上天皇による参河行幸時の作の一部(1・五六〜六一)については、『釈注』でも行幸終了後に披露されたものと推定している。おそらく、伊藤はこれらの作品について行幸中と行幸後と、複数の公表の機会を想定しているのではないかとおもわれる。あきらかなことは、この歌群の制作者はこの行幸に参加していないということだ。それが「留京歌」というような特異な設定の作品のうまれた所以でもあるのだが、なぜ当代を代表する宮廷歌人人麻呂がこのたびの行幸に扈従していなかったかということについては、たとえかんがえたとしても憶測の域をでることはないとおもわれるので、ここではふれない。

それならば、この作品の表現上のおもな問題点とはどのようなものなのだろうか。これに関しては、尾崎一九八一が適切にまとめているように、以下の三点に集約できるだろう。

①三首すべてに行幸さきとおもわれる地名がよみこまれていること

②三首すべてが「らむ」という助動詞によって叙述をまとめていること

③各歌の映像の中心が「娘子ら」から「大宮人」、そして「妹」へと展開していっていること

そこで、こうした点に関し、時空の配置や「語り手」の設定の観点から検討をくわえていくことにする。

まず、①から。三首によみこまれているのは、「鳴呼見の浦」(四〇)「手節の崎」(四一)「五十等児の島」(四二)の三地点だ。これらの地名の比定に関してはかまびすしい論議もあるが、いまはふれない。ただ、近年の諸注の

おおくがとっている見解によれば、「嗚呼見の浦」から「船乗り」してむかったのが「手節の崎」で、そこからこぎだして「五十等児の島」にむかうというふうに、三首はあきらかにひとつの連続した行程をたどっていることになる。むろんそれは、あらかじめきめられていたこの行幸の実際の行程にそうものなのだろう。先行研究のなかでは、こうした行幸の行程自体の意図するところをさぐるこころみもなされている(細矢一九九六)。だが、かぎられた情報からそれを推定することはむずかしい。

それはともかくとして、行幸に従駕していないにもかかわらず、的確に地名を配していることから、それらが歌人の曽遊の地かと想像するむきもある。しかし、ここで銘記すべき点はそうしたところにはない。この行幸地名の列挙は、歌人の想像や体験をこえて、これらのうたが行幸の内実とふかくかかわり、その意図にうたというかたちで参画していたことをしめすのではないだろうか。その意味で『釈注』が、

地名をうたいこめることで伊勢との連帯が深まっていることはいうまでもない。

と指摘していることはみのがせないだろう。

つぎに②。このわずらわしいまでの「らむ」の強調も、従駕していないたちばでの詠なのだから当然だ、としてすませてしまってはならないとおもう。それは、行幸にしたがっていない「語り手」、ひいてはその「語り手」が現出するうたの〈場〉を強調するとともに、現実レベルでいえば、その在京のうたの〈場〉と行幸の一行との共感関係を確認する機能をになった表現としてとらえられるべきものなのではないか。

ところで、内容的にみると四〇・四一の二首からは、行幸の地の讃美を、距離をへだてつつえがこうとの作者の意図をよみとることができる。それならば四二はどうなのか。「妹」に焦点をあわせたこのうたは、とりわけ作家の個人史に還元するよみかたがされてきた。そうした事実の有無は、たしかめようがない。ただすくなくとも、これは上述のような〈場〉につどうものたち、すなわち行幸にしたがわなかった留守の官人たちの共通感情に背馳するものではない。『釈注』がこの作品に宴歌としての性格をみようとしているのはただしい。

さて、家郷にのこされたものが旅中のちかしい人物におもいをはせるというのは、まさしく「旅」のうたの伝統にのっとるものだ。ただこのばあいは、たびさきにあるのが女性で、家郷（このばあい飛鳥の京）にのこっているのが男性という逆転がおこっている。そうであれば、想起されるのが行幸供奉の女性官人という設定は、いわば必然だったのではないだろうか。さらにいえば、このたびの行幸の中心にあるのがまさしく「女帝」だという要素も、「大宮人」の内実を行幸供奉の女性官人とすることにあずかっているのではないか。

4　「羇旅歌八首」

つぎは、時空についてはㅤ(むろん本書のような分析の次元とはことなるが)従来もかまびすしく論議されてきたものの、「語り手」に関してはほとんどといってよいくらい問題にされてこなかった作品の例をあげよう。「語り手」という観点を導入することによってあたらしいよみの可能性がひらかれるのは、当然のことながらむしろこういうばあいだ。なお、ここでも、成立過程の観点からしばしば問題にされることではあるけれど、異伝については省略にしたがう。

柿本朝臣人麻呂羇旅歌八首

三津の崎　波を恐み　隠り江の　舟公宣奴嶋尓
玉藻刈る　敏馬《みぬめ》を過ぎて　夏草の　野島の崎に　船近付きぬ
淡路の　野島の崎の　浜風に　妹が結びし　紐吹き返す
荒たへの　藤江の浦に　すずき釣る　海人とか見らむ　旅行く我を
稲日野も　行き過ぎかてに　思へれば　心恋しき　加古の島見ゆ
燈火の　明石大門に　入らむ日や　漕ぎ別れなむ　家のあたり見ず

天ざかる　鄙の長道ゆ　恋ひ来れば　明石の門より　大和島見ゆ
飼飯《けひ》の海の　には好くあらし　刈り薦の　乱れて出づ見ゆ　海人の釣船　（3・二四九〜二五六）

ここでは、はじめに時空の問題をかたづけておこう。この「羇旅歌八首」は人麻呂の作品中でも、論議の集中することでは一、二をあらそう、問題性をはらんだ作品といえよう。だが、問題はその論議の内実だ。あえていえば、そのうちのすくなからぬものが非生産的な、といってわるければ、光明をみいだしがたい論難の応酬におちいってしまっている。その論議の第一は、冒頭の二四九の訓詁をめぐるものだ。このうたは集中屈指の難訓歌で、その四、五句めの訓をめぐって膨大なかずの論文がかかれている。だが、おおくの難訓歌同様、このばあいもあたえられた条件だけからは、定訓をみいだすことはむずかしいといわねばならない。

もうひとつの論点は、この作品全体を論じたものだから、そのといかけ自体は非生産的などというわけにはいかないものだが、論争の実態はやはりかならずしもみのりのあるものとはなっていない。それは、八首全体の構成に関するものだ。具体的には、これら八首が時間順、あるいは空間（地名）の順に排列されているかいなか、また、個々の作が西下詠かそれとも東上詠なのか、あるいは、それらが同一時の旅程のなかでの詠なのかいなか、というような議論だ。問題は、それがただちに、この八首が有機的関連をもったひとまとまりの作品を形成しているのかいなか、ということと、あたかも同一次元の問題であるかのように論じられてきた点にある。しかも、表現内容のみからは、同一の旅程において制作されたものかいなかは、厳密にいえば判定不能といわなければならないにもかかわらず、作品内容はそのまま作家の生活史を反映する、つまり、うたにうたわれていることはそのまま歌人の実体験なのだ、という素朴な信仰が、そうした論じかたを許容してきた。

しかしながら、冷静にかんがえるなら、この歌群がある特定の（一回の）旅中での作かどうかということと、作品自体がひとつの構成体としての内実を有するかいなかということとは無関係だ。また、時間（旅程）順の排列になっていないから構成がない、というのもあまりにも短絡的なみかたで、それはあくまでも、時間順という構成の原理は採用されていない、ということをしめすにすぎない。その点で明確にこの作品が構成的な作品だというたちばをとり、そのために構成否定論の論者たちからの批判にさらされつづけてきている村田一九七六が、「旅程の進みにつれたる順序」のみを羈旅歌の配列の基準と限定するならば、この八首を連作として読むことはできまい。しかしながら、旅の心を和歌に託し、文芸のあやを織りなそうとするのである場合、旅程を逐って日々の記録をつけるのとは異なる面も生じてよかろう。表現としてより高度なものを目指せるのならば、必ずしも「旅程の進みにつれたる順序」ばかりに従って詠歌を並べなければならぬということは、ない。

方法は多様であってしかるべきであろう。

と指摘しているのはきわめて正当だ。もっとも村田論文は、この歌群の分析に、歌群生成の実体的な〈場〉の問題を導入してしまったために、またそれにともなって、さきにものべておいたように定義をめぐってわずらわしい論議のおこなわれている「連作」というタームをもちいたために、それ自体は当然至極ないまのような主張が、批判者たちからは正当に理解されていないうらみがある。

従来の構成論議について、いまそのいちいちにふれようとはおもわない。ここでの関心の中心はあくまでも「語り手」の問題なのだから、それに直接かかわらないことがらについては、たとえ先行研究において論議が集中していようとも、そこにわってはいるつもりはない。ただ、一方では、以下の分析にかかわる必要最小限のこととして、また他方、この問題はそれ自体が、「語り手」の問題とならぶ本書の主要な関心事というべき時間・空間の構造の問題だともいえるので、以下にこの歌群の構成に関する私見を提示しておくことにする。

私見では、この八首からなる羈旅歌群は——作家の体験の事実からはおそらくはなれる部分もあるのではないかと想像されるが——作者レベルにおいては、ひとつの主題のもとに綿密に構想された、統一的・有機的性格を有する、構成的な作品だとみなしてよい。その構成の骨子は以下のとおりだ。

二四九(プロローグ)——三津の崎——「旅立ち」
二五〇・二五一——野島(淡路)
二五二・二五三——藤江・印南・加古(播磨)——「境界の地」(望郷係恋)
二五四・二五五——明石大門
二五六(エピローグ)——飼飯——「旅の終り」

すなわち、この歌群は、その構成の根幹を空間の配置におっているというのが、わたくしの基本的な理解だ。また時間的には——あえていえばだが——行旅の次第(むろん事実としてではなく、ありうべき内海行旅の行程として)にそっての排列と、おおまかにはみてよいとおもう。ただし、西下あるいは東上といった具体的な空間移動と自然な時間の経過を、この作品から感じとることはむずかしく、いわば再構成された「旅」のそれだというべきだろう。まさにそのゆえにこそ、従来の諸説は、現実の航路にこだわりつづけて、解決のいとぐちをみつけられずにきたといっても過言ではない。ここではむしろ、スタティックな、そういってよければ、鳥瞰図的な空間配置としてうけいれるしかないのではなかろうか。畿内と畿外の境界(『日本書紀』孝徳紀大化二年正月甲子朔の、いわゆる「改新詔」の、畿内国条など参照)としての明石(改新詔に「西自明石櫛淵以来」とある)と、その近傍の通過地点や寄港地を点描することで、内海航路の全体像を代表させ、かつ望郷係恋の情の集約される地点＝境界の地をうきあがらせる、巧妙なカメラワークにもにた手法を、そこにみすえておきたい。

つぎに、いよいよこの作品の「語り手」の問題にほこさきをむけるわけだが、これについては、歌群の構成論とは対照的に、従来まったくといってよいほど関心がよせられていない。またたしかに、ここはごく常識的な理解、すなわち題詞にある制作者「柿本人麻呂」をすべてのうたの主体＝「語り手」とみるような理解にしたがっても、さほど大きな矛盾をひきおこすことなく、それはそれですんでしまうようにもおもわれる。その結果、しかしどういう解釈上の混乱がおこってしまうか、以下、みていくことにしよう。

冒頭第一首(3・二四九)は、すでにのべたごとく、屈指の難訓歌として知られる。これを解決することなしに作品論が展開されていることを、西宮『全注』はつよくいましめている。

人麻呂の羈旅歌八首の構成については幾つかの論があるけれども、その第一首(二四九)の解読を放置して、あれこれ論を構築する傾向が近年著しい。古人は誤字説であろうが誤読であろうが、ともかく自己の信ずる訓を出してきた。

これも至極まっとうな指摘ではあろう。しかし、訓がさだまらない作品には、おおくのばあい、さだまらないだけの理由があるわけで、それならばそういう作品はいっさい考察のそとにおくほかないかというと、たしかに、そうしたかんがえかたにも一理はあるが、だからといってかならずそうでなければならないわけでもないとおもう。暫定的な訓によったり、ひとまずは訓の問題をたなあげにして作品全体の考察をすすめ、必要ならばその結果にもとづいてもう一度訓の問題にもどる、といった検討のプロセスもあってよいのではないか。たとえば、ここよりもさらに著名な集中随一の難訓歌と喧伝されている巻一の額田王作歌(1・九)にしても、その訓詁自体は、おそらく今後も解決不能だとおもわれるが、諸説がほぼ一致する三句め以下

我が背子が　い立たせりけむ　厳橿が本

からは、ある人物の映像を核にした過去へのまなざしをよみとることが可能で、そこから額田王作品の時間の問題が析出できるだろう(身﨑一九九八)。

それはともかく、このうたの難訓部分は四、五句め「舟公宣奴嶋尓」で、いくとおりもの訓が提示されてきているが、近年の傾向からいうと「舟公」は「フネナルキミ(フナヒトキミ)」といった訓があてられているばあいがおおい。そしてその、人麻呂によって「船なる君」とよばれる人物は、この作品の制作の背景となった官命による内海の航旅における、一行の長上官であり、人麻呂はその下僚としてこの作をなした、とするのがほぼ共通

理解になってきているといえるだろう。なかには、さらに一歩をすすめて、特定の人物――たとえば『全注』は長田王をそれにあてる――に比定するむきもでている。要するに、作家の現実の生活史に作品の内容をあてはめていくというたちばがとられるわけだ。表現のレベルでの「語り手」と制作レベルでの作家は区別されなければならないという、本書が標榜するような明確なたちばをとらないかぎり、「語り手」の存在をそれとしてつねに意識化することはむずかしいし、そうなったばあい「語り手」から、作者をとおりこして、作家のレベルへのよこすべり的な解釈がもちこまれることはさけられない。だが、それでは、肝腎なことがみのがされてしまうおそれがある。

先入観をとりさって、この歌群が全体としてうったえかけてくるものを凝視するなら、そこにみなぎるものはたびゆくものの望郷の念、家郷と家人へのおもいだということが感じられるだろう。歌群の構成のところでもたしかめたとおりだ。もしもそうならば、冒頭歌にもまた、単なる「旅立ち」のうたという以上の役わりがあたえられていてしかるべきではないだろうか。

そこで、「君」(「船なる君」または「船人君」)という呼称に注目してみよう。文字どおりの難訓部分ではあるけれど、ここに「君」なる人物呼称をよみこむことに関しては、大多数の説が一致しているといっても過言ではない状況があるからだ。「君」はいうまでもなく男性に対する敬称だ。そしてそれはもちろん、男性から、君主、長上、上司等の男性への敬意をこめての呼称でありうる。だからこそ、通説のような解しかたが通用したのだが、しかしかんがえてみるに、「君」とあるばあい、とりわけ行旅に関係するうたという限定のもとでは、圧倒的多数が女性のたちばから男性にむけての呼称ということになるのではないだろうか。しかもその女性というのは、たびだつ男性に対して、家郷にのこるつまなどのたちばをとるばあいがおおいはずだ。それならば、ここもそうした状況として解釈する余地はないのだろうか。

つまり、この一首は、内海航路にたびだつ「君」を難波の「三津」にみおくりにきた女性のたちばでうたわれているのではないだろうか——すくなくとも一度はそうした可能性をかんがえてみるべきだったのではないのだろうか。それをはばんだのは、「語り手」＝作家という通念だったのではないだろうか、ということだ。

しかし、この解釈は、このままでは、まとはずれの奇説としてほうむりさられてしまうかもしれない。そこで、このようにかんがえてよいひとつの根拠を提示してみよう。ここで注目するのは、「君」ではなくて、それに冠せられている「船なる」という表現の方だ。通常の解にしたがうかぎり、これは、行旅の一員として乗船した「語り手」が、一行の中心人物をさしていっていることになる。要するにそれは「語り手」と「君」とがおなじ位置・状況におかれていることをしめすだけだ。

ところが、「甲」なる「乙」(甲は位置や状況、乙は人物)という表現類型において、おおくのばあい「語り手」は甲(場所)を乙(人物)と共有することはない。このかたちはおおまかにいうと四類型に分類できる。順次確認していこう。

〈甲なる「君」〉

①間なく　恋ふれにかあらむ　草枕　旅なる君が　夢にし見ゆる　(4・六二一)

当該例とおなじ〈甲なる「君」〉というパターンはほかにこの一例があるだけだ。題詞に「妻贈夫君」とあるのを参照するまでもなく、「旅なる君」といっている「語り手」は家郷にまつ妻女、「家なる我」としられる。すなわち、このばあい、みずからとはことなる状況下(「旅」)にある「君」に対するもののいいだということは明白だ。

〈甲なる「我」〉

②うつそみの　人にある我や　明日よりは　二上山を　いろ背とあが見む　(2・一六五)

③……うつそみの　人なる我や　何すとか　一日一夜も　離りゐて　嘆き恋ふらむ……　(8・一六二九)

④天ざかる　ひなにある我を　うたがたも　紐ときさけて　思ほすらめや　(17・三九四九)

⑤草枕　旅行く背なが　丸寝せば　家《いは》なる我は　紐とかず寝む　(20・四四一六)

②は死者に対して、それとは幽明さかいをことにするみずからをいったもの。③はまえに「あしひきの山鳥こそは」とあったのに対して「鳥ではない私が」の意。④は実態としては遠隔の地にある朋友におくったものだが、よみぶりからいえば、旅中にあるものが家郷(都)にまつ妻女におくる体のもの。⑤については説明をする必要はないだろう。この四例も、やはりあくまでも、ことなる状況下にあるものとの対比において、みずからをいっている。

〈甲なる「妹」〉

⑥山越の　風を時じみ　寝る夜おちず　家なる妹を　かけて偲ひつ　(1・六)

⑦大伴の　み津の浜なる　忘れ貝　家なる妹を　忘れて思へや　(1・六八)

⑧難波潟　潮干のなごり　よく見てむ　家なる妹が　待ち問はむため　(6・九七六)

⑨あしひきの　山ほととぎす　汝が鳴けば　家なる妹し　つねに偲はゆ　(8・一四六九)

⑩在千潟《ありちがた》　ありなぐさめて　行かめども　家なる妹い　おほほしみせむ　(12・三一六一)

⑪ぬばたまの　夜わたる月に　あらませば　家なる妹に　逢ひて来ましを　(15・三六七一)

⑫旅なれば　思ひ絶えても　ありつれど　家にある妹し　思ひ悲しも　(15・三六八六)

⑬あをによし　奈良にある妹が　たかたかに　待つらむ心　しかにはあらじか　(18・四一〇七)

⑭白玉を　手に取り持して　見る如《の》すも　家なる妹を　また見てももや　(20・四四一五)

⑮足柄の　御坂に立して　袖振らば　家なる妹は　さやに見もかも　(20・四四二三)

ここでは甲にあたる語は圧倒的に「家」のばあいがおおい。それに対比されるのはいうまでもなく「旅」にある「我」ということになる。⑬とて例外ではなく、ただ、「我」ならぬ、地方官として赴任している官人に対して「奈良の都にとどまっているその妻」というわけだ。いずれにしても、みずから、または話題とする人物がその「妹」とはことなる状況下にあることをいっていることにかわりはない。

〈甲なる「人」〉

⑯ひさかたの　天の露霜　おきにけり　家なる人も　待ち恋ひぬらむ　（4・六五一）
⑰玉津島　よく見ていませ　あをによし　奈良なる人の　待ち問はばいかに　（7・一二一五）
⑱梅の花　我は散らさじ　あをによし　奈良なる人の　来つつ見るがね　（10・一九〇六）
⑲天の川　水さへに照る　船泊てて　船なる人は　妹と見えきや　（10・一九九六）
⑳……天雲の　下なる人は　我のみかも　君に恋ふらむ……　（13・三三二九）

ここの諸例も、その用法は、最後の⑳をしばらくおけば、基本的にはいままでの例とかわらない。一例だけあげると、⑲では、「船」にはのっていない人物が、のっている人物のことを「船なる人」といっていることは明白だ。例外のようにみえるのは最後の⑳で、これだけはほかとちがい、自身をもふくむ人間一般をさしている。ただ、これとても真の例外とはいえない。「地上の人間のうちで、私だけが他の人とちがって……なのか」という内実をかんがえれば、ここも、「私以外の人はみな」というニュアンスなのだ。

こうしてみると、例外はあるものの、一般にこの「甲なる(にある)乙」というばあいの甲〈場〉または状況は、「語り手」の現におかれているそれとはことなっているということがわかる。もしそうだとすれば、いまのばあい、「語り手」は「船なる君」とおなじ「船」にのりあわせている人物ではありえない、ということになるのではないか。

しかし、それならばこのもののいいは、どういう人物設定にならふさわしいだろうか。

大船を　荒海に出だし　います君　障《つつ》むことなく　はや帰りませ　（15・三五八二）

というたが、かの「遣新羅使人歌群」のいわゆる冒頭悲別歌群のなかにある。この歌群もなかなか厄介な作品群だが、「語り手」の設定についていえばかなり明白で、一対の男女、すなわち使人のひとりと「妻」または「恋人」との悲別贈答と理解されることは周知のとおりだ。そして当面の一首は「女」、すなわち「妻」または「恋人」が使人にむかっていっているおもむきだ。

「羈旅歌八首」冒頭の一首も、これとおなじ状況のうたなのではないだろうか。つまり、「三津」すなわち難波津から出航する「君」をみおくる女性のたちばでの詠なのではないだろうか。

さきにもあやぶんだように、これはあまりにも奇をてらった説とみられるだろうか。しかし、実は先行の諸家の説にも、こうした解釈がまったくなかったわけではない。たとえば、ふるいところでは契沖の解が注目される。

哥ノ心ハ、三津ノ崎ノ浪ヲ恐レテ、漕出ス入江ニトマリ居シ舟人ノ、今ハニハヨシトテヤ、野島ヲ指テ漕行ラムトナリ。　（『代匠記』精撰本）

これは、「語り手」について明言しているわけではないから、やや曖昧かもしれないが、しかし「野島ヲ指テ漕行ラム」はどうみても乗船している人物のものいいではないのではないか。さらに明白にこうした解釈を表明するのが鴻巣『全釈』だ。その訳文をみてみよう。

三津ノ埼ニ立ツ波ガ荒クテ恐ロシサニ、静カナ入江ノ奥ニ隠レテヰタガ、船人ハ風ガ凪イタノデ野島ノ埼へ、アノヤウニ乗リ出シテ行クカヨ

むろん、こうした解釈のたちばは文字どおりの少数意見にすぎず、ほとんど無視されてきている。しかし、多数派の諸説がおちいっていた「語り手」＝制作者という固定観念にわずらわされなかった点を、むしろたかく評価すべきではないだろうか。冒頭歌二四九は、憶測をまじえていえば、難波津で出航のしおどきをうかがう一行をみおくる家人（一行のだれにとっても、でもありうるが、あえていうなら、一行の代表格の人物のつま）のたち

ばでうたわれた、出航に際しての宴席などでの詠として披露されたものだったのではないだろうか。

この冒頭歌についての解釈の方向は、群末歌二五六のそれにも波及する。さきにしめしたように、冒頭歌と群末歌とは緊密に対応するものになっている可能性があり、そのばあい、この群末歌も通常かんがえられているような状況とは逆に、行旅の人物の帰還をまちむかえる家人のたちばでの詠——ということは陸上詠——の可能性を否定しきれないのではないだろうか。これは、冒頭歌との対応からおもいついた、文字どおりの憶測にすぎないが、それでも、通説になずんでいては気づかないつぎのような事実がある。

このうたの分析にはいるてがかりとして、ここでは、「語り手」の位置、パースペクティヴということからかんがえてみたい。「語り手」は、「海人の釣船」のむれが「飼飯の海」にこぎでているさまをはるかに眺望する。ではその「語り手」は、どこから(どこにいて)眺望しているのだろうか。「語り手」=制作者=人麻呂という暗黙の了解にたつ、従来の解釈のたちばからは、航行中の船上、とかんがえるのがいちばんすなおだろう。

九州からの任果てて、長い船旅の末に明石海峡が見えて、もう故郷の畿内にあるとの安堵感が漲る過程で、淡路島西岸一帯の海を播磨灘から遠望した時、多数散在する釣船が人麻呂の眼中に鮮明に映じたと理解できる。（『全注』）

といった解釈は、その典型的な一例だ。『釈注』の解もほぼこれにちかい。しかし、

飼飯の海の漁場は、今朝は風もなく潮の具合もよいらしい。ここから見ると、漁師の釣船もたくさん漕ぎ出している。（『集成』）

というばあい、「ここ」とはどこなのか、これは多少なりとも曖昧さをのこしているようだ。

一方、つぎのような記述は、注目にあたいするだろう。

飼飯の海の海面が静かであるらしい。海人の釣船が数多く入り乱れて漕ぎ出てゆくのが見える。（『大系』）

これだと、「語り手」の位置は、すくなくとも「海人の釣船」よりは海岸にちかいところにあるおもむきだ。あ

るいは停泊中の船上からの眺望とみているのだろうか。

さらに明確なみかたを提示するものとして、つぎのような見解もある。

作者は、船を礒辺に留めて、寝ての翌朝この歌を詠んだ。（『全註釈』旧）

これによれば、「語り手」の位置は明白だ。

はたしてこの問題をどうかんがえたらよいか、つきとめるすべはないものだろうか。ここはやはり、集中の類似した表現の用例の検討にまつほかないだろう。

a住吉の　得名津に立ちて　見渡せば　武庫の泊りゆ　出づる船人（3・二八三）

b朝なぎに　梶の音聞こゆ　御食つ国　野島の海人の　船にしあるらし（6・九三四）

c島隠り　我が漕ぎ来れば　羨《とも》しかも　倭へのぼる　ま熊野の船（6・九四四）

d海人娘子　玉求むらし　沖つ波　恐き海に　船出せり見ゆ（6・一〇〇三）

eあり通ふ　難波の宮は　海近み　海人娘子らが　乗れる船見ゆ（6・一〇六三）

f梶の音ぞ　ほのかにすなる　海人娘子　沖つ藻刈りに　船出すらしも（7・一一五二）

g年魚市潟《あゆちがた》　潮干にけらし　知多の浦に　朝漕ぐ船も　沖に寄る見ゆ（7・一一六三）

これらのうち、まず、a・eはあきらかに陸上からのまなざしによるもの、また、d・gも陸上(海岸)からの眺望とみられる。fも海岸にあっての詠とみてまちがいないだろう。これに対してbのばあいはおなじく海上にあって海霧のなかにでもいるときの詠などともみられないことはない。またcはあきらかに海上詠だ。

ただ、こうしてみると、類似する用例のなかでも、「船が出る(出ている)」とよむばあいは陸上(海岸)からのものの蓋然性がおおきいことがしられる。そしてまた、「語り手」は「海人」ではないこともしられよう(ついでにいえば、二五六異伝は「海人の釣船浪の上ゆ見ゆ」といっていて、これはあきらかに海上詠の体になっている)。そして、もうひとつ重要なことは、これは諸注が指摘するように、このうたが航海の無事を祈念する予祝的な志向をもっているということだ。

みぎのような条件を勘案するとき、「語り手」の状況に関してどのようなことをかんがえるのが妥当だろうか。ひとつは、自身が航海をしているが、いまは停泊中でまだ出航してはいない状態がかんがえられる。さきにひいた『全註釈』はこのたちばにたつものだろう。だがまた、「語り手」は航海者自身ではなく、出航をおくったり、または帰還をまちのぞみ、でむかえたりするたちばにある、とも十分にかんがえられるのだ。そのようなみかたが従来まったくかえりみられなかったのは、いうまでもなく「語り手」＝制作者＝人麻呂という固定観念に支配されていたからだろう。

以上の考察によれば、ひとつの蓋然性として、このうたは冒頭歌(二四九)と呼応するもので、帰還する「君」をまつ女人の詠としておかれている、という解釈の余地がうまれるようにおもわれる。

この歌群についてまとめよう。もしもこの「羈旅歌八首」を、以上のような設定と構成とによる歌群とみることができるならば、この作品は、冒頭と末尾とに「旅する人」＝「君」をみおくり、またその帰還をまちのぞむ、おそらくは「家人」すなわち「妻」のたちばの詠を配し、一方、その間の六首によって、瀬戸内海を航海する「旅人」の、明石海峡を中心とする畿内境界の地をめぐる感懐、旅愁と家郷へのおもいをえがいた、「旅」を主題とするすぐれて構成的な作品だったといえるだろう。そしてそのような構成をささえているのが、作者によるふかいおくゆきにみちた空間把握と、「語り手」の設定の創意だったのではないだろうか。

第十二章　「石見相聞歌」

　本書の終章にあたるこの章であつかうことになるいわゆる「石見相聞歌」は、おそらく「泣血哀慟歌」(第六章)とともに、とくに時空論的な視点からみたとき、もっとも問題をはらんだ作品ということができるだろう。「泣血哀慟歌」とおなじ長歌連作で、しかもその形成過程についても、同様にかまびすしく論議されてきていることもあるが、それをおくとしても、すでに「泣血哀慟歌」のところで指摘しまた分析したように、ふたつの長歌作品相互の関係、またそれぞれの内部での長歌と反歌との関係が複雑にからまり、あたかも作者はわたくしたちの論理的な分析をはばもうとしているかのようにみえる。それだけに、時間・空間の視点からの分析にとっては、文字どおりの試金石としてわたくしたちのまえにたちはだかる作品といえるのだ。

　しかしまた、この両作品は、時間と空間の視点をぬきにしてはその表現の根幹をとらえることはむずかしいとおもわれる。すでにみてきたように、「泣血哀慟歌」のばあい、研究者の関心がもっぱらその形成過程にそそがれてきたきらいがあり、むろんそれはそれとして、重要な問題ではあるけれど、作品の表現手法や構成意識といった面に同等の注意がはらわれたとは、かならずしもいいがたいとおもう。それにくらべれば、「石見相聞歌」は、のちにみるように、従来の研究のなかでもそれらのことが認識され、また検討されてきた作品なのだが、はたしてそれは十分なものだったといえるだろうか。

また、この「石見相聞歌」という作品は、その舞台が石見国で、一方、おなじ巻二の挽歌部に

柿本朝臣人麻呂在石見國臨死時自傷作歌一首

という題詞をもつ

鴨山の　磐根しまける　我をかも　知らにと妹が　待ちつつあるらむ　（2・二二三）

といううたがあるところから、歌人人麻呂の伝記的考察の重要な資料ともみなされてきた。すなわち、人麻呂はその晩年にいたって大和をはなれ、石見の地におそらく国司として赴任し、そこでつまをめとり、一度は、おそらく四度使などの任務で上京し（当該歌）、帰任したが、国内巡察などの途次「鴨山」で客死した（自傷歌）、というようなすじがきだ。もっとも、契沖などは人麻呂を石見人とみて、当該歌をその閲歴の初期、上京出国のおりのものとみていたらしい。

契沖説はさておき、通説化していた「石見相聞歌」晩年制作説は、すでに本書でもたびたび言及してきた稲岡一九七三の、反歌頭書による編年論によって、その妥当性を否定されたといってよい。すなわち、本作品は反歌の頭書に、長歌作品の編年からみて前期（持統六、七年の交以前）の制作にかかることをしめすとみられる「反歌」の記載を有するので、晩年制作説はなりたたないのだ。いずれにしろ、作品の表現と作家の伝記的考証とを直結させること自体、本書のたちばからして容認することのできないものではあるけれど。

それでは、作品内容、すなわち表現手法や構成意識の面で、みるべき先行研究がほかにはなかったのかといえば、むろんそうではない。一例をあげるなら、伊藤一九七三などによってこころみられている、この作品の、とくに長歌の構成手法についての分析だ。

しかし、あらためていえば、この作品にあっては、時空の構造の分析こそがもっとも重要な課題だとおもう。本章ではしたがって、もっぱらこの観点に限定して分析をおこなうことにする。

この作品についていえば、のちにくわしく紹介するように、時間と空間の問題に着目したすぐれた先行研究、すなわち前掲伊藤論文が存在している。しかしながら、その後の研究は伊藤論文の先見性を十分には理解していなかったようにおもわれる。そのような状況にかんがみ、伊藤の後塵を拝することにはなるにしても、いっそう徹底した時空論的視点から、この作品の表現構造をみなおす意義はあるだろう。

なお、この「石見相聞歌」を構成するふたつの長歌作品について、先行論文ではまちまちな呼称がもちいられているが、ここでは、「泣血哀慟歌」(第六章)や「吉野讃歌」(第九章)と同様に、それぞれI群・II群と称することにし、以下の記述では、直接の引用のばあいをのぞいてこの呼称をもちいることにする。

柿本朝臣人麻呂従石見國別妻上来時歌二首并短歌

石見の海　角の浦みを　浦なしと　人こそ見らめ　潟なしと　人こそ見らめ　よしゑやし　浦はなくとも
よしゑやし　潟はなくとも　いさなとり　海辺をさして　和田津《にきたづ》の　荒磯の上に　か青く生ふる　玉藻沖つ
藻　朝羽振る　風こそ寄せめ　夕羽振る　波こそ来寄せ　波のむた　か寄りかく寄る　玉藻なす　寄り寝し
妹を　露霜の　置きてし来れば　この道の　八十隈ごとに　万たび　かへり見すれど　いや遠に　里は離り
ぬ　いや高に　山も越え来ぬ　夏草の　思ひしなえて　偲ふらむ　妹が門見む　靡けこの山

反歌二首

石見のや　高角山の　木の間より　我が振る袖を　妹見つらむか
笹の葉は　み山もさやに　さやげども　我は妹思ふ　別れ来ぬれば

或本の反歌に曰く

石見なる　高角山の　木の間ゆも　我が袖振るを　妹見けむかも
(2・一三一〜一三四)

つのさはふ　石見の海の　言さへく　辛《から》の崎なる　海石《いくり》にぞ　深海松《みる》生ふる　荒磯にぞ　玉藻は生ふる　玉藻なす　靡き寝し子を　深海松の　深めて思へど　さ寝し夜は　いくだもあらず　はふ蔦の　別れし来れば　肝向かふ　心を痛み　思ひつつ　かへり見すれど　大船の　渡の山の　もみち葉の　散りの乱《まが》ひに　妹が袖　さやにも見えず　妻こもる　屋上の山の　雲間より　渡らふ月の　惜しけども　隠らひ来れば　天伝ふ　入り日さしぬれ　大夫《ますらを》と　思へる我も　敷たへの　衣の袖は　通りて濡れぬ

反歌二首

青駒が　足掻きを速み　雲居にぞ　妹があたりを　過ぎて来にける

秋山に　落つるもみち葉　しましくは　な散り乱ひそ　妹があたり見む

（2・一三五～一三七）

或本歌一首并短歌

石見の海　津の浦をなみ　浦なしと　人こそ見らめ　潟なしと　人こそ見らめ　よしゑやし　浦はなくとも　よしゑやし　潟はなくとも　いさなとり　海辺をさして　和田津の　荒磯の上に　か青く生ふる　玉藻沖つ藻　明け来れば　波こそ来寄せ　夕されば　風こそ来寄せ　波のむた　か寄りかく寄る　玉藻なす　靡き我が寝し　敷たへの　妹が手本を　露霜の　置きてし来れば　この道の　八十隈ごとに　万たび　かへり見すれど　いや遠に　里離り来ぬ　いや高に　山も越え来ぬ　はしきやし　我が妻の子が　夏草の　思ひしなえて　嘆くらむ　角の里見む　靡けこの山

反歌一首

石見の海　打歌《うった》の山の　木の間より　我が振る袖を　妹見つらむか

（2・一三八～一三九）

なお、本書ではほぼ一貫して本文歌を分析対象にしてきているが、この作品に関しては先行研究とのかかわり等で、異伝歌に多少なりともふれないわけにはいかない。そこで、ここでも第六章などと同様に、或本反歌や或本歌群も掲出しておくことにしたい。ただし、ここで形成過程そのものを論じようとするわけではないので、行論に不要な歌中の異伝は、やはり省略してある。

このついでにいえば、この作品に関しては、まさしく異伝の存在が関心をあつめ、それが形成過程の論議となって研究の主流をなしてきた観がある。そのことはたとえば、本作品に時空論的分析を導入した先駆的研究というべき前掲伊藤論文が、一方ではその記述のなかばを形成過程の分析にさき、そのタイトルにもそれにふさわしく「構造と形成」とうたっている点に如実にしめされている。たしかに、そうした論議は、作者の表現意図、もうすこしくわしくいえばその構想の変化や展開のあとをたどれるという点で、一定の有効性をもつことはみとめなければならないだろう。しかし一方で、それをなしくずしに作品分析の次元にもちこんだばあい、共時論と通時論、静態論と動態論とをみさかいなく混用することになりかねず、結果的に作品分析に無用の混乱をもたらすことになりかねない。それをさけるためには、たとえ異伝歌を分析の対象にふくめるばあいでも、そこに復元想定される異伝作品のひとつひとつが、それぞれに独立の作品世界を構成し、したがってそのおのおのが独自の時空構造をもっていることをわすれてはならないだろう。

ここでは、さきざきの章とおなじく、もっぱらいわゆる「本文形」を分析対象とすることにする。これをいわゆる「推敲説」のたちばにたっていうなら、現時点でほぼ通説化しているみかたにしたがって、この作品の最終形態を検討の対象とするということになる。

作品のよみについても、これだけ長大な、しかも長歌連作で、さらに或本歌群までともなっているだけに、解釈上のおおくの問題点が存在している――身﨑一九九七はそうした訓詁注釈のこころみの一例だ――ことは否定できないが、それらについても、すべてに言及している余裕はない。今後の分析過程で、必要なかぎり言及することにして、ここではもっぱら時間と空間という視座から分析をすすめていこう。

この問題をめぐっては、すでに指摘しておいたように、あらかじめ参照すべき先行研究として前掲伊藤一九七三がある。論文集収録時にあらためられた題(「石見相聞歌の構造と形成」)にしめすとおり、この論文は時空構造から作品の形成過程にいたるまで、「石見相聞歌」を総体として論じたもので、その形成過程の論の方は、ほぼ定説としての位置を確立しているといってよいだろう。その一方で、時空構造論の方は、賛否両論をふくめさまざまな論議をまきおこしてきた。いわゆる「石見相聞歌」だけでなく、これにつづく人麻呂のつま依羅娘子の詠とされるうた(2・一四〇)までをもとりいれた、伊藤のユニークな「求心的構図」の論は、周知のものとはおもわれるが、以下の行論の都合上、その概要をここで紹介しておきたい。

伊藤は、ふたつの長歌作品からなる石見相聞歌を、「泣血哀慟歌」のばあいと同様に連作の手法をとった作品とみるたちばから、両群の関連のありかたに注目する。まずII群の長歌の「前奏部」(序奏部)がI群にくらべていちじるしく簡略化されていることに注目し、その理由を、II群がI群をふまえそれに依存しているところにもとめる。そして「主想部」(主題部)については、

歌があとにあるから時間も空間も当然第一群に後れるとし、第二群の地名は第一群の地名より「都」がわにあると理解してきたのは、思いこみでしかないと思う。

として、従来の通説的な理解(窪田『評釈』などがその代表的なもの)を批判し、時間や場面において、II群はあきらかにI群よりまえに属すると断言する。さらに反歌二首の考察をへて、伊藤は両群の時間的な前後関係についてもうすこし具体的に

第二群は、その総体をもってしても第一群の長歌における末尾の段階までにも達していないのである。

と説明する。この説明のしかたに注目すべきだろう。

伊藤は、長歌作品のえがきだす時間のはばということに十分に意識的で、両群が単純な、かさなりをもたないような前後関係(さきに第六章でいくつかの類型をしめした、その分類でいえば①)をなすとはかんがえていない

ことがわかる。だからこそ、これにつづいて

　第二群は、第一群の中途に立ち入って、第一群が内包していたものないしは第一群がうたわなかったところを詳しく描くことによって第一群に対応しようとした歌群であることが、明瞭だ。

という分析(これはほぼさきの分類の④に相当するだろう)と、よくしられている求心的構図の図式が提示されることになる。伊藤の時空構造論を批判する後続論文のおおくは、このあたりの伊藤の分析のこまやかさを、かならずしも十分に、というより率直にいってほとんど理解しえていないようにおもわれる。もっともその原因の一斑は、伊藤のしめした模式図のわかりにくさにもあったかもしれない。ともあれ、ここで伊藤はII群全体の終局部——それは、わたくしなりにいえば、II群反歌2(一三七)の最終場面ということになろう——がI群の、それも長歌一三一の最終場面よりも前だ、ということを主張しているわけだ。

　そして、念のために指摘しておくのだが、さきの引用からも確認できるように、伊藤がそのように時間の関係を確定する根拠となっているのは、両者の位置(つまり空間)の前後関係だ、という点だ。それは当然のことで、この作品は典型的な叙事的作品だから、基本的に時間軸にそった叙述がなされているのはもちろんだが、一方でこの作品は「旅」をうたうものだから、空間移動の描写が豊富に存在し、その空間相互の位置関係が、時間の前後を定めることになるわけだ。伊藤論文が、みようによってはわかりにくくもおもわれる例の図示をあえてこころみたのは、この時間と空間との両方の要素を提示したかったからにほかならないのではないだろうか。

　この伊藤による画期的ともいえる分析は、しかしひろく学界の承認をえるにいたらなかったといわねばならない。のちにひく橋本・塩谷両論文以外にも、たとえば神野志一九七七は旧来の理解のわくぐみにたって伊藤説を批判している。しかも、この点は近年の執筆にかかる神野志一九九九でも、基本的にかわっていないようだ(しかし、神野志はすくなくとも身﨑一九九八の批判にこたえる義務があるだろう)。また、塩沢一九九五も、ほぼ橋本論文とおなじたちばから同様に伊藤説に反対する。これらの説については、以下の検討のなかで批判をくわ

えていくことになるが、塩沢が時空をこの作品の分析の基軸にすえている点は、結論はともかく、おおいに評価すべきものといえるだろう。ともあれ、あらかじめ結論をのべておくなら、これらの批判はいずれも伊藤の水準をこえていないとおもう。さきにものべておいたように、伊藤のいわんとしたところを正確に把握しているかどうかもうたがわしいとおもう。

さて、伊藤は作品全体の終局部、あるいは長歌の最終場面について、その相互の前後関係をのべているわけだが、「第二群は、第一群の中途に立ち入って」などという記述からもうかがえるように、両者のそれぞれしめる時間帯(時間のはば)に共有部分(つまりかさなり)があることを否定していない。そうしてみたとき、この伊藤の主張と、たとえば塩谷一九八四が、両群を「同じ旅路を歌い返した」関係とみつつも

第一群の長歌全体の場面と第二群の長歌のそれとは、かなりの部分で重なり合っていると言えよう。

と認定しているのとは、時間構造の把握という点では、それほどくいちがっているわけではない。これに対して、橋本一九七七が、みずからの分析結果について

これは通説の時間的、進行的に捉える見方や、通説に対する批判に発して新たに求心的構図を描いてみせた伊藤氏の説とも異なり、いわば同時・並行の構図ともいうべきものであった。

といっているのは、一見塩谷論とにているようで、実はことなる。第六章にしめした類型にあてはめていえば、橋本のいうところの「通説」は①、橋本自身の説は②にあたり、これに対して塩谷の把握のしかたはむしろ④あるいは③にちかいというべきか。そして、これらのうちどの把握のしかたがもっとも妥当なものかを判定するためには、まず、おのおのの群にあって、長歌の末尾＝最終場面での時空、あるいはそれにつづく反歌それぞれの時空はどのように設定され、長反歌をあわせた群全体としてはどのように構造化されているのか、という点を正確に把握するとともに、その把握のうえにたって、Ⅰ・Ⅱ両群の時空が、相互にどのような関係にあるのかをみさだめる必要があるだろう。

Ｉ群、その長歌(一三二)の分析からはじめよう。この長歌は伊藤論文等にも指摘されているように、まずおおきく序奏部と主題部にわけられる。ここで注意しておいた方がよいことは、三九句からなるこのうたで、序奏部が二二句と、そのしめるわりあいが全体のなかばをはるかにこえている点だが、これについてはまたのちにふれることがあるだろう。一方の主題部は、時間の要素に着目するとさらにこまかく四分されるだろう。それに反歌二首をあわせると、Ｉ群全体は七分節からなるとみることができる。そこで、五分節からなる長歌だが、つぎのような次第となる。

①石見の海～か寄りかく寄る(玉藻)　――序奏部(無時間的現在)
②玉藻なす寄り寝し妹を　――くりかえされた過去の妹との生活(過去1)
③露霜の置きてし来れば～いや高に山も越え来ぬ――きょう一日の行動(過去2)
④夏草の～偲ふらむ　――妹の状態の推測(現在)
⑤妹が門見む靡けこの山　――山へのよびかけ(未来)

もっとも、「語り手」のいまは、そのように「山」にむかってよびかけている、そのいまだということになろう。つまり、この長歌は過去への言及、すなわち回想をふくむものの、全体が回想形式をとるといった作品ではなく、いわば叙述すなわち「語り」の内部の時間が、過去に発して次第に現実の時間(というより「語り手」の時間というべきだろうか)においついていくタイプなので、最終場面のいま・ここは、末尾で「語り手」が、「妹」と自分とをへだてる「山」に対して「妹が門見む靡けこの山」と命じ(哀訴し)ている、その時点と地点がそれにあたるといってよいだろう。いいかえれば、「語り手」はこのときここまできて、これまでの、そしてきょう一日の行動をふりかえり、そのあげくに感きわまって、こうさけばずにはいられなかった、というところか。ついでにいえば、全体が回想形式をとる作品とは、このばあいとはことなり、「語り手」のいまが、かたられる作品世界の最終時点から完全にへだたっているばあいをいう。

長歌の内容をまとめてみると、以下のようになるだろう。「語り手」は、むつまじくつれそったつまをいえにのこし、さとをはなれやまをこえてきた。そして、つまのすむさとの眺望がきかないやまのこちらがわへこえてしまったところで、つまをおもうこころがつのり、へだてるやまにむかって、「靡け」と命じている。そのやまは無情にも「妹」のすむ「(角の)里」を視界からさえぎる存在だ。そして「語り手」は「いや高に山も越え来ぬ」とあるように、その山頂(ここでは厳密な意味での最高地点をいうわけではない。このやまをこえるみちの最高部を、かりにこういっておくことにする)をもはやこえてしまったところにいる。だからこそ無理を承知でそのやまに対し「靡け」と命ずるほかないのだ。この「山」こそは、伊藤が窪田『評釈』や西郷一九五九の記述からとりいれてその論の中心概念のひとつとした「見納め山」にほかならないだろう。伊藤は直接的には反歌1の「高角山」を「見納め山」としているわけだが、その「高角山」と長歌末尾のこの「山」との関係について「高角山」がそのような山であれば、この山での袖振りが最終の交感を願うしぐさであり、決定的な離別を惜しむ所作であることはいうまでもない。ついさっき、「妹が門見む靡けこの山」と命じた場所の極限の地に人麻呂は立っている。

と、いささかわかりづらいいいかたをしている。ここに、後続の論者の見解がまちまちになる原因があるようにおもわれるのだが、伊藤論文の全体像からみれば、むろんこれは「見納め山」でなければならないはずだ。それが「見納め山」でないならば、「靡け」と命ずる必要もないからだ。では、なぜ伊藤はこのような説明のしかたをしているのか。それは、伊藤は、私見とはことなり、長歌末尾、「妹が門見む靡けこの山」とうったえる場面を、やまをのぼりつめるまえ、すなわち山頂以前と解しているからだ。そのことは、このすぐあとの進み離れれば離れるほど、逆に、より強くより執念く人麻呂の心は後に置いてきた「妹」の方へ帰って行く。その極限の悲願が「夏草の思ひ萎えて偲ふらむ妹が門見む靡けこの山」という長歌の結びであった。この悲願は、しかし、「いや遠に」「いや高に」山道を登って行く段階においてこそ可能であった。

という記述からあきらかだろう。そして反歌1（一三二）は「見納め山」たる「高角山」の山頂での行為をうたったもの、反歌2（一三三）は「今や妻の里とは無縁の異郷の地をただ一人下って行く」ときのもの、ということになる。そこで、伊藤のこの見解を、わたくしなりに模式図化してみるなら、図1のようになるとおもわれる。

　ところが、三田一九九九は、伊藤論文の記述について、私見とはことなる解釈をしめす。くわしい紹介ははぶくとして、結論にあたる部分を引用すれば、

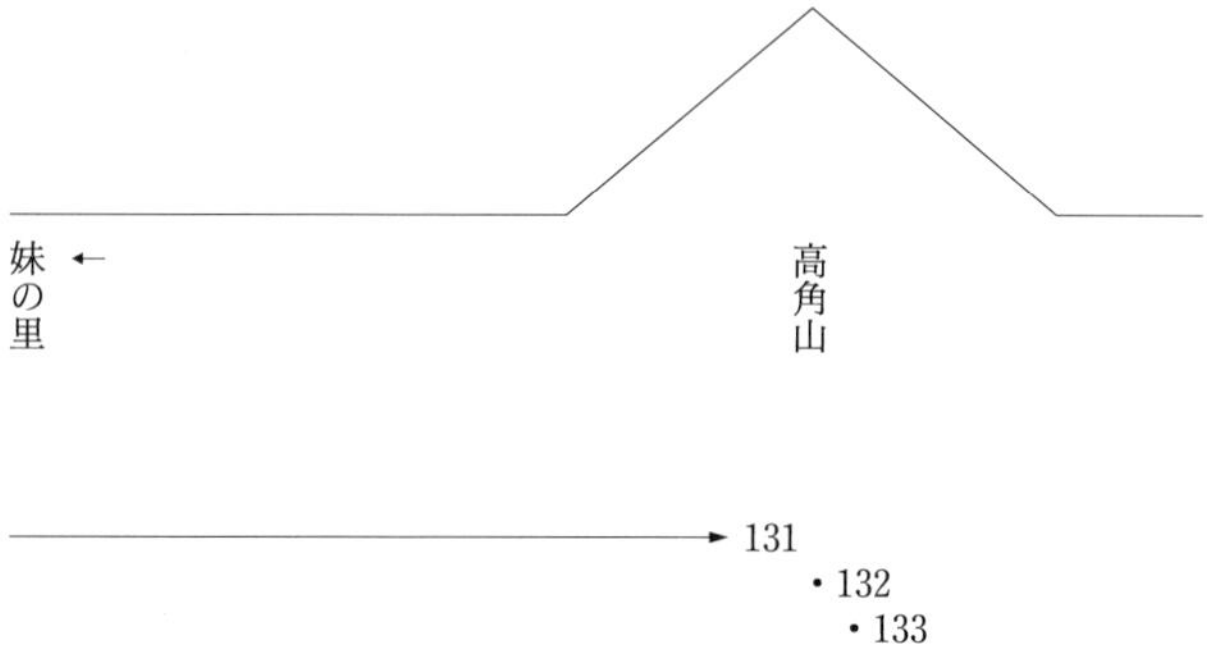

図1

　①②の「山」「この山」は、石見の実際の地理としては高角山の一部をなしていてもかまわないが、文脈においては③を歌う時点で足元にある高角山とは別の山、すくなくとも別の峰であると理解される。

ということになる（文中の①②は長歌のふたつの「山」をふくむ引用文、③は「高角山」をうたう反歌1）。むろん、三田自身もこのたちばをとっている。またこれは、三田自身指摘するように、さかのぼって稲岡一九八〇がとっていた解釈だ。

　見おさめ山に立ち、妻の家のあたりを隠している山に向って靡けという。

という文言から、そのことがしられよう。もっとも、稲岡の近年の二著（『全注』巻二および『和歌大系』一）では、そこのところが明言されていないが。

　要するに、「見納め山」としての高角山のてまえに、実質的な（？）それが存在するということなのだろう。三田論文は、それであってもかまわない、ということの論証をこころみているわけだが、実のところわたくしにはその論理は理解できない。誤解をおそれずにあえていうなら、実際に

「見納め山」などというものがあるわけではない。それはあくまでも作者によって作品世界に措定され存在するものなのだ。そして、この作品で「高角山」が「見納め山」であるのならば、その「山」は、まさに「角の里」をみはるかすことのできる最後のやまでなければならない。その前面にたちはだかって視界をさえぎるやまなどがあってはならないのだ。ほかにも、「いや高に山も越え来ぬ」とあるのをどう解するのか、「この山」とあるのを無視するのか、等々、三田論文にはかずかず疑問があるが、いまはいちいちとりあげることはしない。

伊藤論文の主張にもどろう。たしかに、「妹が門見む靡けこの山」とうったえる場面を、やまをのぼりつめるまえ、山頂以前とする伊藤の見解には、一理も二理もあるといわねばならない。反歌1で、「我が振る袖」を「妹」がみるだろうか、という表現がなりたつためには(このばあい実際に、たとえば地理的・距離的にいって、みることができるかどうかといったようなことは、いま問題にする必要はない)、すくなくとも、その地点は山頂以前でなければならないだろう。だとすれば、長歌末尾の場面もまたおのずから(というふうにはかんがえないみかたも実際にはあること、しかしそれはあやまりだということについてはのちにのべる)、山頂以前ということになる。ひとまずは合理的なみかたというべきだろう。だが、率直にいってこの伊藤説には同じえない。「見納め山」の、まだ「こちらがわ」をのぼりながら、あらかじめ「妹が門見む靡けこの山」などというのはやはり不自然だ。これはあきらかに、山頂をこえてしまって、実際に「妹の里」と自分とのあいだに無情にもたちはだかる山容に接したときのさけびとみるべきではないか。それに、長歌の末尾以前に、すでに

いや遠に　里は離りぬ　いや高に　山も越え来ぬ

という叙述のあったことを無視することはできない。この時点ですでにやまは、山頂はこえられてしまっているのだ。もっとも、このこえてきたやまを、三田が解したように「見納め山」すなわち「高角山」とは別の、より「妹の里」がわにあるものとみれば矛盾はない。事実、のちにも問題にするように、伊藤自身II群ではそうしたやまの存在をみとめている。しかし、いまのばあいにかぎっていえば、さきほど引用した部分でもしられるよう

に、伊藤も「いや遠に」「いや高に」のぼった「山」は「見納め山」たる「高角山」そのものだとみているはずだ。すくなくとも、わたくしは伊藤説をそう理解している。それならば、「越え来ぬ」といっているのに、「登って行く段階」と解する、これは矛盾以外のなにものでもないだろう。

あらためて確認しておきたい。Ⅰ群長歌(一三一)の最終場面は、「語り手」が、「見納め山」たる「高角山」の山頂をこえてしまったあと、そこで「妹」と自分とをへだてるやまに対して「妹が門見む靡けこの山」と命じている、その時点と地点がそれにあたるだろう。

反歌にうつろう。便宜上、順序をかえて反歌2(一三三)からさきにかたづけることにする。このうたが「今や妻の里とは無縁の異郷の地をただ一人下って行く」ときのもの、「別れ来ぬれば」がそこでの「孤愁を叙述したもの」だとする伊藤説を否定すべき理由はなにもない。すくなくとも、長歌(一三一)の最終場面のありようと矛盾するものではない。というより、反歌2の時点は長歌末尾にほとんど接しているといってよいだろう。この事実は、必然的に反歌1(一三二)の時点をも決定することになるのだが、結論をいそがず、その反歌1の検討にすもう。このうたについてはまず、回想形式のうたなのかどうかを確認しておく必要がある。このうたの異伝としてつぎにならべられている「或本反歌」(一三四)のばあい、

石見なる　高角山の　木の間ゆも　我が袖振るを　妹見けむかも

となっているから、これはあきらかに回想形式をとるうただといえる。ただそのばあいには、回想しているいまをどうかんがえるかがあらためて問題となる。回想しているいまと回想される事実(このばあいでいえば「高角山の木の間」から「語り手」が「袖」をふったこと)とのあいだの時間の経過はいかようにも──ながくもみじかくも──解釈できるからだ。極端な例として、稲岡『全注』の解釈をあげておこう。稲岡はこれを

石見の国を離れたところでの作として詠まれたものであろう。

と指摘している。だがそれは長歌(このばあい伊藤をはじめ、諸家が推定しているように、一三一「一云」系統

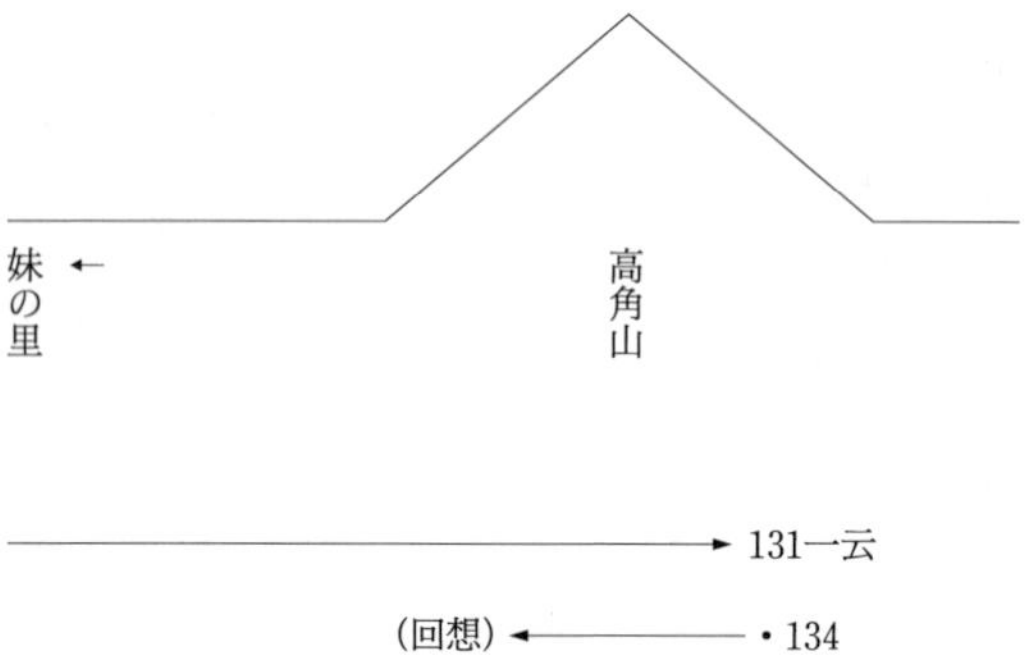

図2

がそれにあたるとするのが妥当だろう）との一体性を考慮しないみかたで、したがうわけにはいかない。或本反歌は、長歌の最終場面にすぐ接する時点をいまとし、そこからふりかえって、山頂か、それ以前のことを回想しているとみておくのが順当だろう。つまり図2といったところだ。なお、このついでにいっておくと、この作品の分析においても、他の作品のばあいと同様に、先行研究のおおくは、回想している「語り手」のいまと回想されたいまとを明確に区別しえていない。すくなくとも、明確に区別して説明してはいない。回想ということば自体の用法も曖昧だ。このために、たがいに先行の論文のよみとりをあやまるなど、無用の混乱をきたしている。ここにひく諸家の論も、おおかたそのそしりをまぬかれないものだが、この点に関して今後いちいち指摘することはしない。

「或本反歌」はそれでよいとして、それなら本文系統の反歌1（一三二）のばあいはどうか。これも「或本反歌」と同様に回想形式のうただとする説がすくなくない（前掲橋本・塩谷両論文など）。またたしかに、そうかんがえるのも、理由のないことではない。そもそも「或本反歌」がそうなのだから、ということもあるし、またそれよりなにより、内容的にみて、橋本のいうように

ごく常識的にいっても高角山の木の間から袖を振るという行為は決定的に妹の里が視界から消え去った後のことではありえない。

とみるのが順当だろうからだ。しかるに、さきほど確認したように、長歌の最終場面で「語り手」はすでに山頂をいかほどかこえてしまっている。この矛盾を解消するためには、時間をまきもどすのでなければ、回想の表現

だとしてきりぬけるしかないようにみえる。

だがしかし、語法的にみて「つ・らむ」は回想とは解されない。「らむ」だけの単純な現在推量とはちがって、ちかい過去におこったことの推量をあらわす用法もあるが、それもついいましがた、という程度のもので、ここでいえば、

わたしが振った袖を、今、妻はしかと見ただろうか。

というようなところだろう。これをしも回想というべきだろうか。

さてそれならば、回想ではないとして、どのような解釈が可能か。それにはふたとおりの解釈のしかたがあるだろう。まずひとつは、いましがたいったように、時間をまきもどす、つまり、このうたのいま・ここそのものを長歌末尾の時点よりさかのぼったところ＝山頂以前に設定する、というものだ。これならば矛盾はひとまず解消する。このように反歌の時空を長歌の最終場面よりもまえにおくというかんがえかたは、たとえば、前掲橋本論文が、おそらくII群の方の反歌(一三六および一三七)についてとっているものだ。II群についてはのちにあらためて検討するとして、さしあたって結論をのべるなら、反歌の時空を長歌末尾以前にさかのぼらせるというかんがえかたは、長歌作品という形式にそぐわない、机上の空論でしかない。この点について前掲塩沢論文は、橋本と同様の見解をのべたあとで、

そもそも長歌から反歌へと時間や空間が進行するとか逆上っていくとかいう構造を持つものだと決めつけること自体に問題があるのではないか。

とし、さらにその根拠として、反歌というものが

長歌の末尾を繰り返したり、主題を彫琢して述べたり、二首の場合は、長歌の前半と後半の主潮を純化して歌ったりさまざまな場合がかんがえられるはずである。

という点をあげる。だが、これはいうまでもないことながら、反歌の内容が長歌のどのあたりをなぞっているか

ということと、長・反歌の時空の関係——いま・ここの設定——がどうなっているのかということとは、あくまでも別次元の問題だ。長歌がどのくらいの時空のはばを表現しているか、また、反歌が回想の形式をとるかいなかによって、両者の関係はさまざまなかたちをとるだろう。

反歌の時空が、なんの伏線もしかけもなしに、いきなり長歌の最終場面の、すなわち「語り手」の（もっとも、回想形式のばあい、両者はことなる）いま・ここをとびこえて、過去にさかのぼっていくなどというかんがえかたは、やはりとることができない。とすれば、のこるのは、もっとも平凡な、単純なみかた、つまり、反歌1（一三二）の時空は、そのおかれた位置どおりに、長歌の最終場面と反歌2のそれとのあいだにおさまる、というみかたしかない。つまりそれは、「見納め山」たる「高角山」の山頂をこえてしまったところ、「靡けこの山」とさけんだあと、ということになる。

だが、そもそもそれでは、「見納め山」の山頂をこえてしまっているのに「我が振る袖を妹見つらむか」などというしらじらしいせりふをはいていることになる。この方がさきの回想説とかよりもよほど矛盾がはなはだしいといわなければならないだろう。というよりおそらく、こうした表現からみて、どうしてもそれは山頂以前でなければならない、とかんがえられたからこそ、回想説とか遡上説とかが考案されたのだ。だが、I群の時空の自然なながれは反歌1を山頂以降におくべきことをもとめている。その可能性は本当にないのか。

わたくしはあるとおもう。なぜなら、「見納め山」たる「高角山」がなびいて、「見納め山」山頂以前の状態が再現されたからだ。長歌の最終場面で「語り手」は、「妹の里」と自分とのあいだに無情にもたちはだかるやまにむかって「靡けこの山」とさけんだ。そのことばに感応してやまはなびいたのだ。といっても、むろんこれは「語り手」をとらえた幻想でしかない。「靡け」といったのだから、もしかしてやまはなびいたかもしれない、いや、確実になびいたはずだ——「語り手」はそう信じた。うたの表現のうえで、そのかぎりにおいて「語り手」にそうした一瞬の幻想を許容する可能性が、万葉の世界にはあったのではないだろうか。というよりそれは、必然ですらあったのではないだろうか。一瞬、やまがなびいて「妹が門」が視界にはいった、その「妹が門」にむかって、「語り手」はそでをふった。だが、瞬時に視界はとざされ、眼前にはもとのようにやまがたちふさがっている。だからこそ、「語り手」は「我が振る袖を妹見つらむか」と自問せざるをえなかったのではないか。

なお、このばあい、やまはなびくものではない、なびくとすれば「山の草木」などがなびくのだ、といった批判があるかもしれないが、それは無用の論議だとおもう。しばしばこの部分の参考としてひかれる

……おきそ山　美濃の山　靡けと　人は踏めども　かく寄れと　人は踏めども……（13・三二四二）

にてらして、そのような常識論は通用しないとおもうが、さらにいえば、このばあい、具体的になにがなびくのかはさほど問題ではなく、その、なびいた結果として、「語り手」の視界に「妹が門」のあたりがとらえられたこと、つまり、「我が振る袖」がもしかして(といっても、実際問題としては、おそらくそれは距離的にいってありえないことなのだが)「妹」にはみえたかもしれないこと、そのことが重要なのだ。

長歌の最終場面のクライマックス、最高潮において「靡けこの山」とうたっておさめたからには、反歌1はそれになんらかの意味においてこたえる必要があった、とかんがえない方が、作品のよみかたとしてはよほど不十分だと、わたくしはおもう。この意味において、伊藤が

ついさっき、「妹が門見む靡けこの山」と命じた場所の極限の地に人麻呂は立っている。よって、感覚的には人麻呂の眼には妹の門が見えている。人麻呂はその幻視の妹に向かって袖を振ったのである。

と指摘しているのに同調したい。むろん、さきにのべたように、いま・ここの認定においてわたくしの見解は伊藤とおなじではない。また、ここで伊藤のいう「人麻呂」はわたくしなりにいいなおせば「語り手」ということになる。が、それはともかくとして、「感覚的には人麻呂の眼には妹の門が見えてい」て、「その幻視の妹に向かって袖を振っ」ている、と解する点において、まさにこの伊藤の見解は正鵠をえているとかんがえる。

幻視とか幻想とかいったことばは、乱用をつつしまなければならないことはいうまでもない。論証をぬきにし

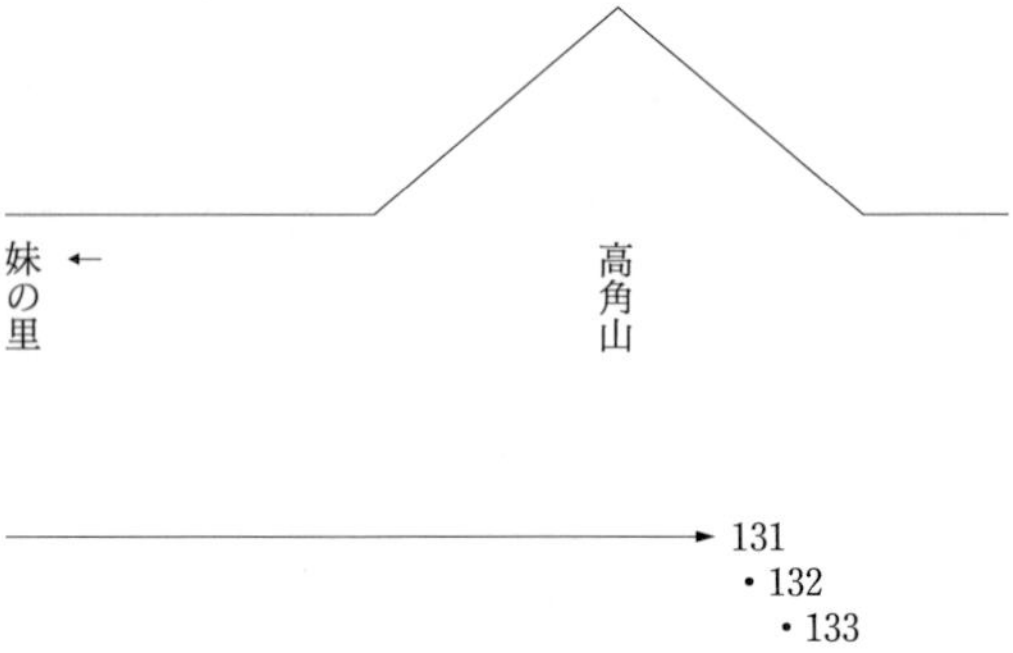

図3

て自説に都合のよい結論にもっていくのに利用されやすく、またそれだけに、反発もうけやすいからだ。現に、伊藤のこの見解も、橋本からは「やや無理があるように思われ」るという批判をあびている。またわたくし自身、この章でものちに(II群の読解のおり)、神野志によってしめされたその種の見解を批判することになるだろう。だが、このばあいはむしろ、そうした非難はあたらないとおもう。「妹が門見む靡けこの山」という長歌末尾の表現を正当に解するならば、必然的にたどりつくべき解釈だとおもうのだ。

反歌1にうたわれた「袖振り」は、幻想のなかでおこなわれた「見納め」の行為だった。だがそれはあくまでもむなしい幻想でしかない。かくして、現実にたちもどった「語り手」が「別れ来ぬれば」と決定的な別離の確認をうたう反歌2がおかれて、この歌群はとじられる。

I群の時空構造に関する以上のような私見を、さきの例にならって模式図にしめしておく(図3)。なおこのばあい、I群三首の(「語り手」の)いま・ここのずれは、ほとんど無視してよいくらいちいさなものだといってもよいだろう。

つづいて、II群の時空の構造の分析にはいろう。II群長歌(一三五)は、I群長歌(一三一)と同工異曲などと評されるくらいで、ほぼ同様の構成になっている。したがって、これについてもI群長歌とおなじように分析をおこなうことができそうにみえる。だが、このばあい、注意を要することがある。たしかに、序奏部と主題部とからなる全体のおおまかな構成も、そして内容もあらすじだけでいえば、ほぼ同一だといってよいかもしれない。しかも全三九句と、句数まで同一ときている。ところが、実際によんでみると、うける印象におおきなちがいのあることに気づくだろう。それは、序奏部がわずか八句とおおはばに簡略化され、その分主題部の叙述量が格段におおくなっていることによる。そのなかで、別離前の夫婦の交情や、とりわけ「語り手」のたどる道程がくわしく描写されることになるのだ。通常、続編的な作品が構想されるばあい、そうした部分はむしろ簡略化がなされやすいもののようにおもわれるのだが、ここではそうなっていない。このことから、このII群の、すくなくとも主眼のひとつは、道程をくわしくかたるということにあったのではないかという推定が可能になるだろう。

さて、I群にならって長歌(一三五)を時空の観点から分節化してみよう。こちらでは、時空の観点からみて、主題部はおおきく三分される(②〜④)。

①つのさはふ〜玉藻は生ふる――序奏部(無時間的現在)
②玉藻なす靡き寝し子を〜いくだもあらず――くりかえされた過去の妹との生活(過去1)
③はふ蔦の別れし来れば〜入り日さしぬれ――きょう一日の行動(過去2)
④大夫と思へる我も〜通りて濡れぬ――「語り手」の心情(?)

ここで問題になるのは、この長歌の末尾

大夫と　思へる我も　敷たへの　衣の袖は　通りて濡れぬ

という悲嘆の最終場面を、I群のばあいと同様に、「語り手」のいま・ここといってしまってよいかどうか、という点だ。というのも、この表現はI群長歌末尾の「靡けこの山」のばあいとことなり、全体が回想形式になっているという解釈の余地をのこすからだ。つまり、ここだけでみれば、もちろん

立派な男子だと自負していたわたしも、いまここへきて、悲しみがきわまって、衣の袖はこのとおり涙でぐっしょり濡れてしまった。

とも解せるが、同時にまた、

立派な男子だと自負していたわたしも、あのとき(または、さきほど)あそこでは、悲しみがきわまって、衣

の袖はぐっしょり濡れてしまったのだった。

というふうにも解せないわけではない。しかし、Ⅰ群長歌のところでものべた、長歌と反歌の時空の連続性の観点からいえば、むろん前者がただしいとおもう。Ⅱ群のとじめをなす反歌2（一三七）で「語り手」が、「秋山」で「もみち葉」にむかって

しましくは　な散り乱ひそ　妹があたり見む

とうたえているからだ。つまり、Ⅱ群の最終場面で、「語り手」はいまだ山中に、すくなくともそれが眼前にある地点にいることはあきらかだ。そしてそれは、長歌でいえば

大船の　渡の山の　もみち葉の　散りの乱ひに　妹が袖　さやにも見えず

あたりに対応しているから、そこと最終場面とのあいだに、時空のへだたりはさほどないとみるべきで、したがって、あらためて長歌の末尾のいま・ここを確認するなら、それは、わかれをおしみそでをふる「妹」のすがたがみえなくなり、おりから「入り日」がさしてきて、「語り手」が不覚にもなみだにそでをぬらしてしまった、その時点ということになる。自然なみかたといえるだろう。ところが、前掲神野志論文はこれに異論をとなえている。神野志は、『万葉考』が「敷たへの」という語のニュアンスに着目しておこなっている指摘に依拠して

下着まで涙に濡れ通ることをいうのが、第二長歌の結びだ。別れの時点の涙などではなく、悲しみにひたる宿りの夜の時間の広がりにおいてうけとられねばならぬであろう。真淵はこれを正当にいい当てているのである。

というふうに解している。これは、のちにのべるように伊藤の「求心的構図」の論を否定して旧説、すなわちⅠ群→Ⅱ群という単純な時空のながれを主張する神野志の意図に発したもののようだ。だがそれでは、さきに確認したようなⅡ群の最終局面、反歌2のありようとは矛盾をきたしてしまう。むろん、神野志もそのことに気づかないわけではない。では、それを神野志はどのように回避しようとしているかというと、右に引用した部分の注

に、この反歌2やそれに対応する長歌中の表現について「さやにも見えず」「隠らひ来れば」によって、女は男の目にまだ見え隠れしていると伊藤注(5)前掲書はいうのであるが、「妹が袖」は、幻覚(あるいは幻覚の願望)としてうたわれているのであろう。「妹があたり見む」(一三七歌)というのもやはり見えるからそういうのではあるまい。散りしきる黄葉のなかに幻覚にでもみたいと思うこころであろう。

というふうに説明してきりぬけている。だが、わたくしがI群反歌1に関して「幻視」を想定したのとはことなり、ここには、それが幻覚(または幻覚の願望)でなければならない必然性がいささかもしめされていない。いたずらに「幻覚」といったことをもちだして矛盾の解消をはかることはさけるべきで、神野志の見解には賛同しがたい。

ならば、神野志説や、これに先行する真淵説の根拠になった、「敷たへの」という枕詞表現をどう解するか、だが、これについては、かならずしもそれを実際の「夜の宿り」にむすびつける必要はないだろう。というより、むしろそれは、集中の用例に即して川島一九八八がといているように、夫婦のともねの「夜の床」のイメージをあやにくに喚起するものとして、ここに配されているとみるのが妥当だ。

さて、多少よりみちをすることになるが、ここでひとつだけ、空間配置の問題とかかわって注釈的な次元での問題をとりあげておきたい。それは「天伝ふ入り日さしぬれ」というくだりについてだ。この已然形の用法は、いうまでもなく条件句をなし、つづく

大夫と　思へる我も　敷たへの　衣の袖は　通りて濡れぬ

という状態を出来させるものとしてうたわれる(ここを逆接ととる説もあるが、そうではないだろう)。それはなぜだろうか。先行の諸注・諸論文にも、この点を明快にといたものがみられない。なかにあって佐佐木一九八二は、これを人麻呂における〈自然〉の発見の問題として論じていて、その視点自体は興味深いが、「入り日」が

なぜ「涙」をさそったのかについての説明は、いまひとつ具体性をかいていて、隔靴掻痒の感はいなめない。なかでは前掲川島論文などのとくところがひとまずは評価できる。すなわち、「入り日」は男女の交会の時間でもある夕刻の到来を暗示する、というものだ。さきほどの、「敷たへの」の問題ともあいまって、妥当な理解ではあろう。だが、この部分の叙述の意味はそれだけではないようにおもわれる。

まず第一に、「入り日」だけでなく、それがさす、ということをうたっている点に注目する必要はないだろうか。「入り日」ということばだけならば、たとえば「入り日なす」のかたちで「隠る」につづく「泣血哀慟歌」II群長歌(二一〇)の用例がおもいだされる。しかしここは単に「入り日」なのではなく、それが「さす」ことがうたわれているわけで、このような例をただちに援用するわけにはいかないだろう。もっとも、いわゆる「中大兄三山歌」の反歌2(一五)の三句めはまさに「入り日さし」(わたくし自身は「入り日見し」の訓詁を採用するものだが)と解されることがおおい。しかしこれとて、たとえこの訓が妥当なものとしても、いまのばあいに直接むすびつく例とはいえそうにない。したがってここは、この作品世界のなかで「天伝ふ入り日さしぬれ」という叙述が現出する景観を、すなおにおもいうかべてみるしかあるまい。それは、落日が一瞬のかがやきをみせて、あたり一面をてらしだしたことをいっているのだろう。とすれば、この時点でここは西方が比較的ひらけた地形として了解されるはずだ。そこでもし、「語り手」の一日の行程を、おおまかに石見の地からの上京、すなわち東上ととるならば——実際のところ、石見のこまかい地理などに不案内な享受者には、その程度の地理感覚がせいぜいのところだろう。実地踏査は、制作者によりそって制作事情をさぐるうえでは貴重だが、表現されたものの理解につねに有効だとはかぎらない——、そしてこれを神野志のように旅宿でみる幻想の光景などととらず、まさに山中のみちをたどっている時点での景ととるならば、それは山頂をこえてしまったところではなく、やまの西斜面をのぼりつつある時点にふさわしい光景ということになる。つまり、この光景から、このつぎにくる長歌の最終場面も、そのすこしまえで

大船の　渡の山の　もみち葉の　散りの乱ひに　妹が袖　さやにも見えず

とえがかれていたところからはさほどとおくない地点、しかも「渡の山」の山頂以前だということが、自然にみちびかれる。この事実が重要なのだ。ついでにいえば、この表現は、それが晩秋のとあるひの、日没直前の時刻だということをもあきらかにする。そのことの重要さは、すぐにあきらかにされるだろう。

みぎにのべたことは、作品の時空を追求する本書の意図からは重要な事実だが、肝腎の、「入り日」が「涙」をさそうのはなぜか、という問題とは関係がなさそうにみえる。だがそうではない。なぜなら、この位置からは、「入り日」はまさに「語り手」がうしろがみひかれるようにあとにしてきた「妹があたり」の方角から、あたかも「妹」のおもいをつたえるかのようにさしてきていることになるからだ。川島の指摘に、このことをつけくわえてここのところをよんでみたい。佐佐木のいうのとはすこしちがった「〈自然〉と〈人間〉との交点」を、わたくしはこの表現にみる。

そして第二に、たぶん、より重要な理由として、「入り日」がさすということは、当然日没が目前にせまっているということをしめす。太陽が没してしまえば、視界はくらくなって、「妹があたり」は「さやにも」どころかまったくみえなくなってしまうだろう。「妹があたり」をふりかえりふりかえりあゆんできた「語り手」のめに、一瞬、くものきれめから落日がかおをのぞかせ、あたり一面を暮色にそめる。それとともに、「妹」と「語り手」とを決定的にへだてる「闇の世界」の確実な到来の予感が、ひたひたとせまってきて、「語り手」はついに感きわまってしまうのだ。

あらためて確認しておこう。II群長歌(一三五)の末尾、最終場面は、「渡の山」のやまみちをのぼっていった「語り手」の背後から「入り日」がさしてきて、「語り手」は不覚にもなみだにそでをぬらしてしまった、というところだ。また、反歌2(一三七)でも、さきにもみたように、「語り手」はやはりまだ山中におり、そこからは本来みえるはずの「妹があたり」が、おりからの「落つるもみち葉」にさえぎられてみえない。この部分は、た

しかに先行の諸説が指摘しているように、長歌中の

大船の　渡の山の　もみち葉の　散りの乱ひに　妹が袖　さやにも見えず

あたりと呼応しているけれど、だからといって、そこが長歌の最終場面をさかのぼった時点だとかんがえる必要はないだろう。このような状態は「秋山」(=「渡の山」)のこちらがわにいるかぎりずっとつづいているわけで、そうかんがえるなら、これを長歌末尾からの自然な時空のつづきとみることをさまたげない。ほとんど同時、といってもよいくらいの位置・時間が想定できるだろう。これがこのII群全体の最終場面ということになる。ならば、その二首にはさまれた反歌1(一三六)はどうか。「来にける」でむすぶこの回想のうたは、ある時点にたって、こしかたをふりかえっているおもむきだが、その「ある時点」=いま・ここを、長歌～反歌2のあいだにそのまま位置づけることに、とくに支障はないだろう。これを、例によって模式図化してみる(図4)。

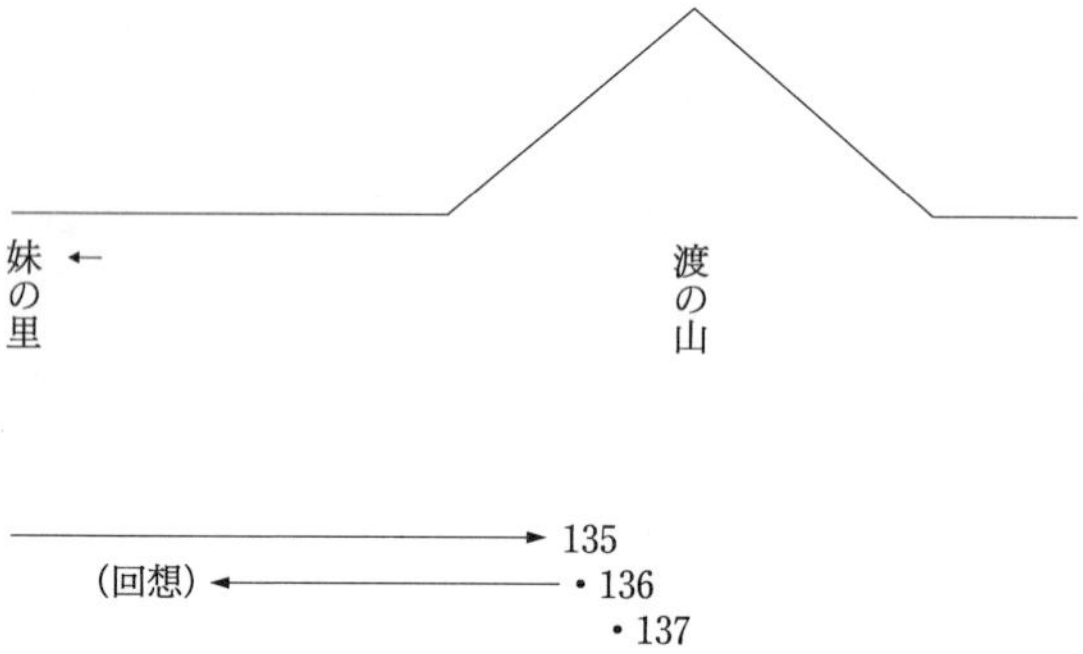

図4

これでI群およびII群おのおのの、時空の構造が確認できたわけだが、それならば両者の関係はどうなのだろうか。もっとも、たとえ連作的な作品であっても、そのように関係づける必要はない、あるいは関係づけるべきではない、というかんがえかたもあるだろう。しかしながらわたくしは、連作的な関係にある以上、そうした対応関係ははかられているし、したがってそれをあきらかにすることが必要だとかんがえる。

ところで、それをあきらかにするためには、「山」の問題を解決しておかなければならないだろう。II群には、

「大船の渡の山」「妻こもる屋上の山」(一三五)および「秋山」(一三七)と、「山」が三回登場する。これらはどのような関係にあるか。そしてそれらの、Ⅰ群の「山」「この山」「秋山」＝「高角山」との関係はどうなっているのか。

まず、すでにのべてきたように、Ⅱ群反歌2(一三七)の「秋山」は長歌(一三五)の「渡の山」をさすものとみてよい。対して、「屋上の山」の方は、おなじものをいいかえたのではなく、これらとはことなるものとみるべきだ。序詞中に登場するものだし、かりに、それがこの作品世界のなかに景として実在する(都築一九八二)としても、日没直前の「月」は当然東天にのぼるものだから、「妻こもる屋上の山の雲間より渡らふ月の」と描写されるのは、「語り手」のはるかゆくてにたちはだかる別のやまということになるはずだ。一方、Ⅰ群についてはさきにみておいたが、もう一度確認しておくと、「いや高に山も越え来ぬ」とふりかえられ、「靡けこの山」とうったえられるのは、「高角山」で、それこそが「妹」と「語り手」とをへだてる「見納め山」で、そこには「み山もさやに」「笹」がさやいでいるのだった。

そうなると、つぎの問題は、Ⅰ群の「高角山」とⅡ群の「渡の山」とがどういう関係にあるかということになってくる。それが確定できれば、両者の空間の、ひいては時間の関係がおおよそあきらかにされるだろう。これについては、「渡の山」は「高角山」とは別で、より「妹の家に近い山だった」とする伊藤説と、名称はことなっても同一だとする橋本・塩谷・塩沢などの諸氏の説が対立しているが、同一とみる説の方は、その根拠が明確にしめされているわけではない。伊藤説はこの点でも単純明快だ。両群の時間的・空間的前後関係からいっても、また山名がちがうという点からいっても、「同じ山ではない」というわけだ。しかし、これにはむろん検討の余地がある。

やまの名称の点からかんがえてみよう。なるほど、連作的な作品中で名称がことなるということは、もしもそれが同一対象をさすとすれば、無用の誤解をまねきかねない。したがって「同じ山ではない」とかんがえるのが自然のようにみえるのだが、しかしまた、こうした名称は、作品のなかではたす機能に応じてえらばれ、かえられる性質のものでもあったのではないか。現に、この「石見相聞歌」でも、I群反歌2にうたわれる山名は、作品の演練の過程で「打歌の山」から「高角山」へと推敲されたということがひろくみとめられている。また、かの「泣血哀慟歌」のII群では、亡妻のおもむいた(埋葬された)のが、長歌(二一〇)では「羽易の山」とされ反歌2(二一二)では「引手の山」とされる。どちらかが(あるいはどちらも)、作品内での表現性を考慮して創出された虚構の山名とおもわれる。

「高角山」と「渡の山」についても、おなじようにかんがえてよいのではないだろうか。「高角山」は、伊藤がときあかしたように、「妹」と「語り手」とのむつまじい生活のおもいでにひたされた「角」の地名をおった山名で、ここを「見納め山」としてえがこうとするI群のモチーフにふさわしい。ではもう一方の「渡の山」の方はどうか。これに関しては、前掲神野志論文に指摘がある。この山名は「舟に乗って渡るというイメージにおいて引きだされる」もので、冒頭の「つのさはふ」や「言さへく」「辛の崎」などと同様に「妹」の地との決定的な別離・隔絶のイメージをそこにみとるべきだ、というのがその主張だ。しかしそれは、論理の明快さにもかかわらず、かならずしも「渡(る)」という語の実態に即した解釈ではない。集中で「渡る」といえば、七夕歌などの例をもちだすまでもなく、おとこが、そしてまれにはおんなも、交会のために「川」や「橋」を「渡る」というような用法が、まず念頭にうかぶのではないか。例として、ここではおんなが「渡る」ばあいをあげておこう。

人言を　繁み言痛《こちた》み　おのが世に　いまだ渡らぬ　朝川渡る　(2・一一六)

したがってここは、冒頭部とではなく、むしろ、これにつづいて登場する「妻こもる」や、末尾の「敷たへの」と一連のイメージ=相聞情調を発散する表現としてえらばれたものとみるべきだとおもう(念のためにいっておけば、このことは、この「渡の山」が実名であるとか、たとえば大河の渡渉地点などにちかいところからあたえられた名称である、とかいったことと、矛盾するものではない)。

つぎに時間的・空間的前後関係の点だが、ここで注意しなければならないことは、たとえ同一の山中からの眺望であっても、当然のことながら、山頂を境にして条件はことなってくるという点だ。ここでいえば、山頂以前、つまり「角の里」からみて「こちらがわ」にいるうちは、「妹があたり」はみえるはずだし(II群)、山頂をこえてしまえば「妹が門」はみえない(I群)。みてきたような両群の時空のありようは、「渡の山」を「高角山」と同一とみることをけっしてさまたげないといえる。というより、むしろ作品の表現そのものは「渡の山」＝「高角山」とみるべきことを要求しているのではないだろうか。たとえば、「袖」の対応。「渡の山」では、そこにいる「語り手」にむかって「妹」がふっているはずの、そして「高角山」からは「語り手」が「妹」にむかってふっている「袖」だ。前者では「妹が袖」といっているだけだが、いうまでもなくその「袖」は、わかれてきた「語り手」にむかって万感のおもいをこめてうちふられているそれにちがいない。両者のあいだには、「袖」をふる主体に彼我のちがいがあり、山頂をはさんでこちらがわとむこうがわのちがいもあるが、しかしそれはあきらかに対応している。なぜなら、彼我のちがいがある、といったが、「妹が袖さやにも見えず」となげきつつ、そのとき「語り手」もまた、みえない「妹」にむかっておぼつかなくもどかしいおもいとともに「袖」をふっていた(あるいは、ふろうとした)ことはいうまでもない。また一方、「我が振る袖を妹見つらむか」といったときおもいうかべるのは、まぎれもなく、それにこたえてみずからもはげしく「袖」をうちふる「妹」のすがただろう。「見納め山」での「妹」との最後の交感を、ふりしきる「もみち葉」によってさまたげられ、ついに山頂をこえてしまった「語り手」は、「靡けこの山」とさけんで、幻想のなかにそれを再現しようとする。だが、結局のところ、前者(II群)ではその「妹が袖」は「さやにも見え」なかったし、後者(I群)で「我が振る袖」は、幻想のなかでなびいたやまのあなたにむかってふられたもので、現実には「妹」をみることは不可能だ。どちらのばあいも、実際には「袖」はあいてにはみえない点でも、両者はみごとに対応している。こうしてみるとき、ふたつのやまを同一のものとみることの妥当性が実感されるだろう。

さらに根本的な理由をあげよう。伊藤は「高角山」を「見納め山」とみとめる一方で、その「高角山」よりもてまえにもうひとつ「渡の山」があったとする。だがそれならば、前掲三田論文がいかにとこうとも、その「渡の山」こそが「妹があたり」(=「角の里」)に対する「見納め山」だったとかんがえるのがむしろ自然だろう。伊藤の判断を可能なものとするためには、標高や距離など、さまざまな特別な地理的条件をかまえる必要がある。だが、それはうたの表現とかかわらない「現実」の次元の問題になってしまう。それに、たとえそれが可能になったとしても、今度は、もしも「渡の山」が「見納め山」でないとすると、II群で「かへり見すれど」「妹が袖さやにも見えず」「隠らひ来れば」「妹があたり見む」と、「見る」ことにつよく執着する理由がわからなくなってしまうし、長歌末尾での「入り日」をみての悲嘆も、そらぞらしいものになってしまうだろう。まさにそれは、この機会をのがせば、もはや「見る」ことがかなわなくなってしまうのだったからにほかならない。あきらかに、「渡の山」もまた「見納め山」だったのだ。そして、「見納め山」はいくつも存在しては意味をなさない。

かくして、I群の「高角山」がII群では「渡の山」とよばれていることがあきらかになった。しかしそれはなぜだろうか。たしかに、すでにのべたように、ふたつの山名はそれぞれにことなるイメージを発散するもので、それを計算にいれてえらびとられていることはまちがいない。だが、それだけではなく、さらにもうひとつ、別の理由があるのではないか。II群はあえて「高角山」とよばなかったというよりも、「高角山」とはうたいえなかったのではないだろうか。このことは、II群の、ひいては「石見相聞歌」という作品全体の理解にかかわるすこぶる重要な問題をはらんでいるとおもわれる。

かんがえてみると、なにもこの山名にかぎらず、II群には「角」という地名が一度も登場していない。序奏部同士を対比してみればわかるように、I群の「角の浦」はII群では「辛の崎」におきかえられているからだ。もっともII群長歌の冒頭には、「石見の海」に「つのさはふ(角障経)」という枕詞が冠せられていて、その用法の特殊性からみても、そこに実は「角」の地名への執着が暗示されていることはまちがいない。しかし、この枕詞のかかりかたがどうであれ、「障」の用字がしめしているように、そこには消極的な、もっといえばネガティブな意識が反映している。前掲神野志論文はこれを、さきにも紹介したように、「隔絶のイメージ」をあたえるものとしてとらえ、「渡の山」を、『妹』の地を決定的に離れるべく渡ろうとしている地点」とみなす根拠のひとつとしている。しかし、その「渡の山」が「高角山」だったとすると、どういうことになるのだろうか。ある地名、とくに、この「石見相聞歌」における「角」のばあいのように、作品のいわば核心をなすような地名を、なざしたり(I群)なざさなかったり(II群)するということは、なにを意味するものなのだろうか。

ひとつの仮説をここに提示したい。みてきたように、II群はその最終場面のいま・ここにおいて、まだ「見納め山」たる「渡の山」の山頂をこえてはいない。そこは「高角山」ともよばれるように、「角」の地と他郷とのさかいに位置するからこそ、「見納め山」なのだ。ならば、まだその山頂をこえていない「語り手」は、「角」の地の領域内にいることになる。II群が「角」の地をうたえないのは、「語り手」が「角」の地の領域内にいて、いまだそれを対象化できるところにいないからではないだろうか。これに対して、I群がその冒頭から「角」をうたいあげるのは、I群のいま・ここが、もはや「角」の領域をでてしまって——山頂をこえてしまって——、「角」の地を対象化できるところに位置しているからなのではないか。

ようやくにして、わたくしたちはI群とII群の時空の関係を確定することができた。ふたつの「山」はかさねあわせることができるから、さきにしめした図もひとつにかさねることができる(図5)。

ここに模式図化された「石見相聞歌」の時空の構造が、結果的に伊藤説とことなる結果となったことはいなめないだろう。しかしながら、I群とII群との時間の前後関係、空間の位置関係についていえば、すくなくとも、その最終場面に関するかぎり、II群はI群以前だという伊藤の分析は、肯綮にあたいするものだ。まさに「第二群は、その総体をもってしても第一群の長歌における末尾の段階までにも達していない」のだった。後続の論者がその点を正当に評価しえなかったことは、そして現在でも伊藤説の正当性を十分に認識しえていないことは、

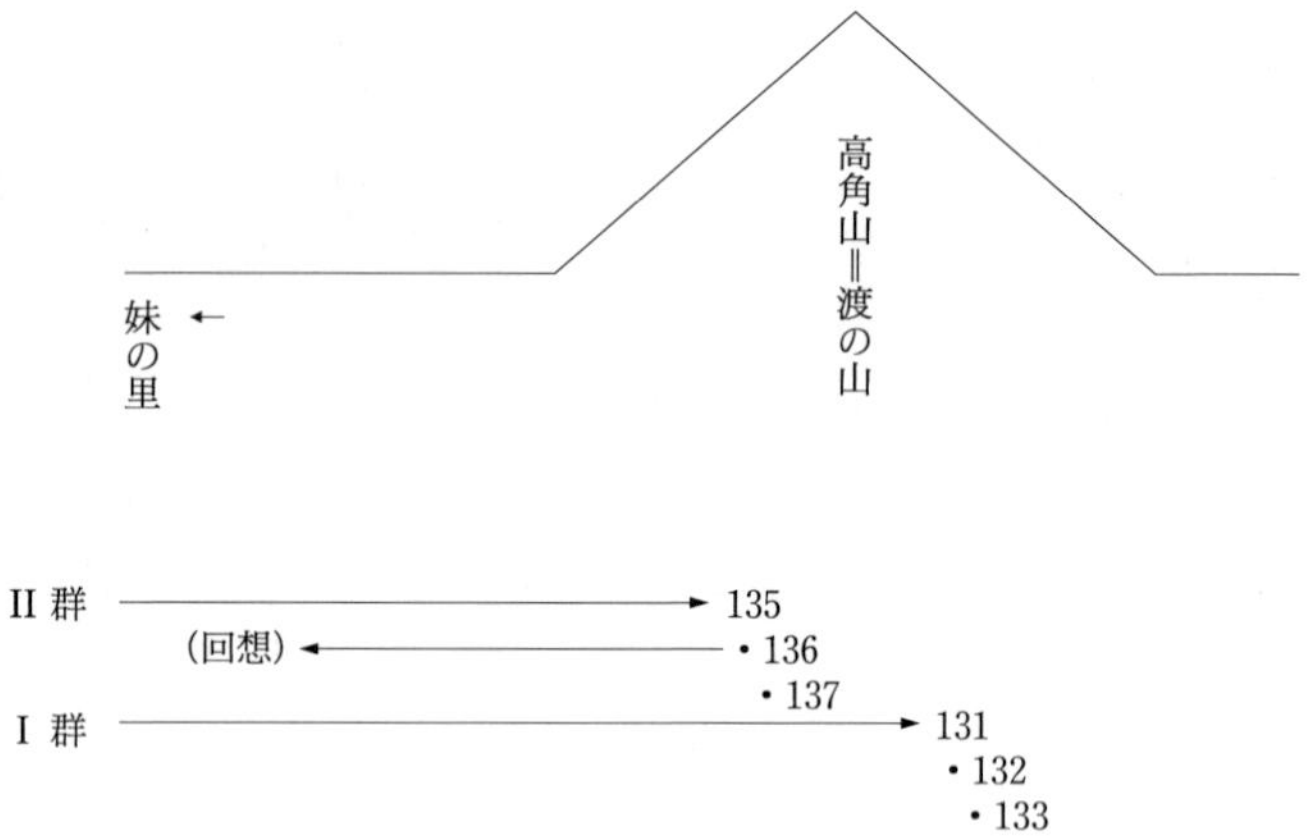

図5

「石見相聞歌」の研究史にとっておおきな損失だといわなければならないだろう。

これまでの考察によって、「石見相聞歌」全体の時間・空間の構造を、ほぼあきらかにすることができたとおもう。ここから反転して、各作品のよみを修正したり、またあらたなよみを付加したりすることが可能だし、またそうした作業は不可欠だろう。一例をあげておくなら、I群反歌2（一三三）のえがきだす情景、あるいはイメージの問題がある。このうたの世界は、うえの模式図をみるまでもなく、作品のつくりだす時空の全体のとじめをなすものだ。ところで、さきにもふれたように、これよりまえにあたるII群長歌（一三五）の末尾ちかくに「天伝ふ入日さしぬれ」とあって、この「見納め山」たる「渡の山」の山頂以前の時点で、すでに作中世界が夕刻をむかえていることがわかる。とするなら、そのあとにつづく作品内の世界はすべて、夕刻以降に位置づけられることになる。したがって、そのとじめにおかれた「笹の葉は」のうたは、せまりくる「夕闇」、ないしは（夜間の山行が実際にありえたかどうかはともかくとして）漆黒のやみのなかでのできごととして解されるべきものだということになる。折口一九三八の

笹の葉の歌は、昼山道を上つてゐる時に、山おろしが吹いて、山道をかへり見〱してゐる自分に吹き当る様を表したと思ふのが、普通であらう。が、此は疑ひなく夜の歌である。

という主張が、あらためて想起されるところだ(もっとも、折口はそれを山中の経験とはかんがえていないようだが)。やみのなかでとぎすまされた聴覚がとらえたものとして、このうたのえがきだす情景を理解する方向が要求されるだろう。難訓をかかえるこのうたの解釈に、それはなにかしらの寄与をするにちがいない。

だが、時空構造の解明、あるいはそれにともなう訓詁・注釈の前進、それのみを自己目的化してすますわけにはいかない。作品のそうした時空構造、またそれをつくりだしている長歌連作の形式、それらを通じてこの「石見相聞歌」なる作品が、すなわち「石見相聞歌」の作者がわたくしたちにうったえかけてくるメッセージはなにか、いいかえれば、この作品の主題はなにか、そしていかなる方法によってそれは実現されているか、ということがかんがえられなければならないだろう。むろん、従来の研究においても、そうした主題・方法論議にはおおきな精力がそそがれてきている。とりわけ、連作ということに着目して、I群とII群との主題や方法のちがい(対照)をさぐるという方向が、おおくの先行研究において追求されている。それらを参照しつつ、本書の視点から、ひとつの提起をこころみたい。

「石見相聞歌」が、その総体において「愛する妻との別れの悲しみ」をうたったものだということはまちがいない。この作品の主題は端的にいえばそれだということになる。それをみとめたうえで、I群とII群とのあいだによこたわる方向性のちがいに着目したはやい指摘としては、清水一九六〇がある。清水は、作品評価の点からはII群がI群に「劣るものである」と断定したうえで、その表現意図の方向性を、宮廷社会に提供するために私的心情を一般化・社会化せんとしたもの、と推定している。この清水説は、なによりもまず、その評価の妥当性自体がとわれなければならないだろうが、さらにいえば、I群とII群との有機的な関連に注意をはらっていない点が問題だろう。後者への否定的評価も、そこに起因するものだということは明白だ。単独の作品とみるばあいと、連作的な構成の一翼をになう作品とみるばあいとでは、評価の観点はおのずからことなってくるからだ。

I群とII群とのちがいという点をより鮮明に主張したのが中西一九七〇だ。中西はそこに

　Ⅰ群　別離ということがらを、妹中心に
　Ⅱ群　別離の心情を、我中心に

というあざやかな対照をみいだしている。もっともこれは、主題そのものというよりはモチーフのちがいというところか。この、Ⅰ群＝妹中心、Ⅱ群＝我中心、というみかたは、前掲橋本論文も採用するところだ。

また、両群の性格の対比に照明をあてた論としては上野一九八三がある。上野はこの作品の表現の方法に

　Ⅰ群　「船歌」などの伝統的な主題や方法の継承
　Ⅱ群　登山臨水の中国詩文をふまえる

というちがいがみられるとし、Ⅰ群からⅡ群へのうたいつぎと、それにともなう推敲の結果、その主題も「航行不能の辺境の悲劇的な別れ」から「登山臨水の甘美な離別」へと変貌した、と主張する。ただし、この指摘も主題論としてよりはむしろ表現手法の分析として評価されるべきだろう。

近年の主題論研究でもっとも注目されるのが、前掲塩谷論文のしめしている見解だ。塩谷は、形成過程に関しては伊藤説にしたがう一方、作品の時空構造に関しては橋本とおなじく、Ⅰ群とⅡ群はほぼかさなるとみる（ただ、両者の見解に実はずれのあること、すでに指摘したとおりだ）。つまり両群は「同じ旅路を歌い返した」ものだが、その主題は

　Ⅰ群　別れの拒絶
　Ⅱ群　別れの受容

という変化をみせているとする。この説は、Ⅱ群に関していえば、それを「決定的な別離の意識」をうたっているとした前掲神野志論文と一脈通じるものがあるだろう。塩谷論は、それまでの諸説をひろくみすえ批判的に検討し、表現の細部にまでめくばりをおこたっていない点、おしえられるところのおおい論だし、「別れ」を共通にうたいつつ、Ⅰ群＝拒絶、Ⅱ群＝受容という対照をみせている、とする主題把握のしかたは、先行諸研究にく

らべてもはるかにスマートだ。

しかしながら、わたくしはこの塩谷説もまたみとめることができない。そのことは、さきにしめした時空構造にてらしてもあきらかだろう。Ⅰ群→Ⅱ群ではなくⅡ群→Ⅰ群という時空のながれにそってみるとき、塩谷説を援用するとそこに受容→拒絶という、逆転した心境の変化をみとめざるをえないが、そうした変化はやはりかんがえにくい。それにまた、Ⅰ群Ⅱ群双方の最終場面をしめす反歌2の抒情のありようも、塩谷説とは合致しないとおもわれる。あらためて両者を比較してみよう。

笹の葉は　み山もさやに　さやげども　我は妹思ふ　別れ来ぬれば　（一三三）
秋山に　落つるもみち葉　しましくは　な散り乱ひそ　妹があたり見む　（一三七）

前者の第三句の訓をめぐってかまびすしい論議のあることは周知のとおりだが、ここでは、最初にも掲出しておいたとおり、とりあえずみぎのようによんでおく。ここで重要なのは結句だ。両者の結句をくらべてみれば、塩谷のようにⅠ群＝拒絶、Ⅱ群＝受容とはいえないことは明白ではないだろうか。あえていえば、「別れ来ぬれば」とうたうⅠ群こそ「別れ」の受容を表明しているとみるべきだろう。塩谷がこの点をみのがすはずはないのだが、このⅠ群反歌2（一三三）は、「石見相聞歌」という作品の形成過程の最終段階になってⅠ群に追加されたものだ、とする伊藤説を援用することで、その事実にめをつぶってしまう。これはおかしい。主題論や構造論はあくまでも静態においてとらえられるべきもので、形成過程論をそこに混入することはゆるされない。Ⅰ群の主題という以上、それは、反歌2までをふくんだ全体においてみとめられるべきもののはずだ。静態と動態と、共時態と通時態とのちがいを明瞭に認識すべきなのだ。

それならば、わたくしたちは主題、あるいはモチーフという点から、Ⅰ群とⅡ群との関係をどうみすえたらよいのか。ここでもう一度この作品の時空構造からみなおしてみよう（前掲図5参照）。Ⅰ群が現出したいま・ここは、「見納め山」たる「高角山」の山頂をすでにこえて、「角」の地ではない領域にふみこんでしまった時点だった。

そうすると、本来的な意味での「見納め」はそれ以前におこなわれていなければならないが、長歌(一三一)にはそれはうたわれていない。また反歌1(一三二)は「見納め」をうたうが、それはあくまでも幻想(幻覚)のなかでのできごとにすぎない。つまり、この作品には真の「見納め」が欠落しているのだ。それをうたわずに、「見納め」は幻想(幻覚)のてにゆだね、I群はひたすら別離という結果(もはや「別れ」てきてしまったこと)、その事実だけをかみしめる。

表現におけるその欠落は、作中世界において「見納め」がおこなわれなかったことを意味するといってよいだろう。長途の行旅、「妹」とのつらいわかれに際して、当然なされるべき「見納め」をせずにきてしまったこと、そのことのもたらす不安と、みもだえするような悔恨のおもい、それが別離の主題を精彩あふれるものとしてうかびあがらせる。

このことは、表現の方法としてはたしかに、逆説の効果、あるいは「空所」の魔力とでもいうべきエネルギーをうみ、本来的な意味での「見納め」そのものをうたうよりもつよいインパクトをあたえることに成功しているようだ。だが、それにしても、「見納め山」を主要なモチーフとしてうたっていながら、肝腎の「見納め」の行為自体をうたわないという作者の手法は、素朴な疑問を生じさせずにはおかない。なぜ「見納め」をしなかったのか、と。また一方、「別れてきてしまったこと」をうたってしまった以上、そのうえにまたうたいつぐべきものがあるとすれば、どのようにして「別れ」てきてしまったか、その別離の過程を精細にえがくことしかないだろう。「見納め」をしえなかった理由もふくめて。

作者はII群で、こうした課題にこたえるべく、長歌(一三五)において、序奏部をおもいきってきりつめ、その分、「見納め山」たる「渡の山」をこえようとしつつある「語り手」の、うしろがみひかれるおもい、そしておりからの「もみち葉の散りの乱ひ」にさまたげられ、さらには漆黒のよるのやみがせまってきて(「入り日さしぬれ」)、「見納め」がはたせそうにないことへの焦燥を入念にえがく。つづいて反歌1(一三六)ではここまでの別離の行程を反芻し、反歌2（一三七）でふたたび「見納め」への執着をうたったところで、この歌群はとじられる。享受の心理からいえば、そこからふたたび作中の世界はⅠ群の時空につながっていくわけだ。すでに確認してきたように、ついにはかばかしい「見納め」をはたせないまま、山頂をこえて「角」の領域をはなれてしまったことがもたらす万感のおもいが、そこではうたわれることになる。

「石見相聞歌」という作品は、別離という主題を、実現しえなかった「見納め」、というモチーフを中心にして十全にえがいた作品だった。Ⅰ群では、別離というおもい現実に直面し、幻想のなかでなりと「見納め」を実現したいとあがく絶望的な激情をへて、別離の事実をうけいれるにいたる「語り手」の心情をえがき、Ⅱ群ではそこから時空をさかのぼって、「見納め」をはたせぬままにきてしまった別離の行程を、そのおりの心情とともに反芻する。こうしてみると、時空の遡上という方法は、作家による作品制作の事実からいえば、段階的形成過程といった、外的な条件のもたらしたものかもしれないが、作品の、すなわち作者の論理としても、ある意味で必然的なものだったといってもよいのではないだろうか。

はじめにものべたように、近年では、「石見相聞歌」は人麻呂の長歌作品の編年のうえで初期に位置づけられている。その作品において、しかし時間と空間の設定のしかたは、すでに作品の構成の方法として十分に意識されているとみなければならない。

あらためておもえば、人麻呂は、人間という存在が時間と空間のただなかにほうりだされ翻弄されるものだということを、かたときもわすれることがなかった歌人だったのだろう。

付記

はじめにものべておいたように、本書も旧著二冊とおなじく、既発表の論文をそのまま収録したものではない。むしろ旧稿の原形をおおかたとどめていないことがすくなくない。参考のため、本書にその全部または一部を解体し、また吸収・再編した既発表の論文、および本書の内容に関連する既発表の論文を以下にあげる(公表順)。

柿本人麻呂「阿騎野の歌」試論　『稿』一号　一九七七年一二月
柿本人麻呂阿騎野の歌　『万葉集を学ぶ』第一集　一九七七年一二月
日並皇子挽歌　『万葉集を学ぶ』第二集　一九七七年一二月
柿本人麻呂献呈挽歌　『万葉集を学ぶ』第二集　一九七七年一二月
日並皇子殯宮挽歌試論　『稿』四号　一九八二年六月
明日香皇女殯宮挽歌試論　『文学・語学』第九三号　一九八二年六月
吉備津采女挽歌試論　『国語と国文学』第五九巻第一一号　一九八二年一一月
柿本人麻呂泣血哀慟歌試論(一)　『国語国文研究』第七二号　一九八四年八月
柿本人麻呂泣血哀慟歌試論(二)　『国語国文研究』第七四号　一九八五年九月
柿本人麻呂泣血哀慟歌試論(三)　『国語国文研究』第七五号　一九八六年三月
日並皇子舎人慟傷歌群試論　『北海道大学文学部紀要』三五―一(通巻第六〇号)　一九八七年一月
天武挽歌試論　『万葉集研究』第一五集　一九八七年一一月

人麻呂挽歌の〈話者〉『日本文学』第三七巻第一号　一九八八年一月
宮廷讃歌の方法『日本文学』第三九巻第一号　一九九〇年一月
歌の中の叙述の主体という観点はどのような歌のよみかたをひらくか『国文学』第四一巻第六号　一九九六年五月
近江荒都歌論『万葉学藻』一九九六年七月
「石見相聞歌」論『万葉集研究』第二三集　一九九八年七月
吉野讃歌『セミナー万葉の歌人と作品』第二巻　一九九九年九月
柿本人麻呂「留京三首」論『国語国文研究』第一一三号　一九九九年一〇月
「羈旅歌八首」おぼえがき『声と文字　上代文学へのアプローチ』一九九九年一一月
万葉集研究の新しい方法を求めて『富山県高等学校教育研究会国語部会研究紀要』第三八集　二〇〇〇年三月
作者／作家／〈作家〉『別冊国文学五五　万葉集を読むための基礎百科』二〇〇二年一一月
「明日香皇女挽歌」の時空『国語と国文学』第八〇巻第九号　二〇〇三年九月
泣血哀慟歌再考『国語国文研究』第一二六号　二〇〇四年三月

引用一覧

本書のめざした方向のしからしむるところ、先行研究の引用は最小限にとどめている。個別の作品論であれば当然あげなければならない重要な先行研究も、時間・空間・「語り手」の問題に直接かかわらないものは、もらしているばあいがすくなくない。おおかたの寛恕をこう。

序章

長谷川一九三三a　長谷川如是閑「万葉集に於ける自然主義――革命期に於ける政治形態との関係」（『改造』一九三三年一月）
長谷川一九三三b　長谷川如是閑「御用詩人柿本人麿」（『短歌研究』一九三三年三月）
斎藤一九三四　斎藤茂吉「長谷川如是閑氏の人麿論をよむ」（『柿本人麿　総論篇』一九三四年）
臼井一九四六　臼井吉見「短歌的なるものへの訣別」（『展望』一九四六年五月）
藤間一九五〇　藤間生大「人麿についての研究ノート」（『文学』一九五〇年一〇月）
身﨑一九九〇　身﨑壽「万葉集――古代史研究とのかかわりにおいて」（『国語と国文学』一九九〇年五月）
清水一九六五　清水克彦『柿本人麻呂』（一九六五年）
神野志一九九二　神野志隆光『柿本人麻呂研究』（一九九二年）
身﨑一九八七　身﨑壽「万葉集――挽歌の世界の変貌」（『古代史研究の最前線』三、「文化編」上、一九八七年一月）
伊藤整一九五六　伊藤整「芸術は何のためにあるか」（『中央公論』一九五六年七月）
→『芸術は何のためにあるか』（一九五七年）、全集一八
山本一九五六　山本健吉「現代文学覚え書（六）」（『新潮』一九五六年九月）
→『現代文学覚え書』（一九五七年、改題「芸術、この規定しがたきもの」）、全集一三
金井一九七一　金井清一「柿本人麻呂論序説（一）」（『古典と現代』三四号、一九七一年五月）→『万葉詩史の論』（一九八四年）

上野二〇〇〇　上野理『人麻呂の作歌活動』(二〇〇〇年)
遠山一九九八　遠山一郎『天皇神話の形成と万葉集』(一九九八年)
杉山一九七六　杉山康彦「表現位置『いま』『ここ』の発見」(『ことばの芸術』一九七六年)
花輪一九七八　花輪光「語手論のために」(『文芸言語研究』二、一九七八年三月)
入沢一九六八　入沢康夫『詩の構造についての覚え書』(一九六八年)
中山一九九五　中山眞彦『物語構造論』(一九九五年)
池田・山本一九六三　池田弥三郎・山本健吉『万葉百歌』(一九六三年)
ジュネット一九七二　ジェラール・ジュネット『物語のディスクール』(一九七二年、邦訳一九八五年)
小西一九六七　小西甚一「分析批評のあらまし」(『解釈と鑑賞』一九六七年五月)
根来一九六七　根来司「源氏物語の文章――ぬえ的な地の文」(『国文学雑誌』二、一九六七年六月)
→『平安女流文学の文章の研究』(一九六七年、改題「源氏物語の文章(三)」)
太田二〇〇〇　太田豊明「持統朝宮廷讃歌の話者をめぐって」(『古代文学の思想と表現』二〇〇〇年一月)
身﨑一九九八　身﨑壽「万葉歌人の誕生」(『額田王』一九九八年)
身﨑一九九四　身﨑壽『宮廷挽歌の世界』(一九九四年)
平野一九七三　平野仁啓「古代日本人の時間意識の成立」(『明治大学人文科学研究所紀要』一一、一九七三年三月)
→『続古代日本人の精神構造』(一九七六年)
永藤一九七九　永藤靖『古代日本文学と時間意識』(一九七九年)
粂川一九七三　粂川光樹「試論・人麻呂の時間」(『論集上代文学』四、一九七三年一二月)
森一九八九　森朝男『古代文学と時間』(一九八九年)
伊藤益一九九〇　伊藤益『ことばと時間』(一九九〇年)
エリアーデ一九五七　ミルチャ・エリアーデ『聖と俗』(一九五七年、邦訳一九六九年)
真木一九八一　真木悠介『時間の比較社会学』(一九八一年)
リーチ一九六一　エドマンド・リーチ「時間の象徴的表象に関する二つのエッセイ」(『人類学再考』一九六一年、邦訳一九九〇年)
ミンコフスキー一九三三　ユージェーヌ・ミンコフスキー『生きられる時間』(一九三三年、邦訳Ⅰ一九七二年、Ⅱ一九七三年)

ボルノー一九六三　オットー・フリードリッヒ・ボルノー『人間と空間』（一九六三年、邦訳一九七八年）
杉山一九七〇　杉山康彦「初期万葉の離陸（上）」（『日本文学』一九七〇年一二月）

第一章

身﨑一九九四　身﨑壽『宮廷挽歌の世界』（一九九四年）
伊藤一九五七ａ　伊藤博「挽歌の誦詠」（『国語国文』一九五七年二月）
　→『万葉集の歌人と作品』上（一九七五年、改題「人麻呂殯宮挽歌の特異性」）
村田一九九二　村田右富実「柿本人麻呂日並皇子挽歌論」（『国語国文研究』九一、一九九二年三月）
　→『柿本人麻呂と和歌史』（二〇〇四年、改題「日並皇子挽歌」）
清水一九六五　清水克彦「殯宮挽歌」（『柿本人麻呂』一九六五年）
渡瀬一九七一　渡瀬昌忠「島の宮（中）」（『文学』一九七一年一〇月）
　→『柿本人麻呂研究　島の宮の文学』（一九七六年、改題「舎人慟傷歌群」）、著作集六
西澤一九九〇　西澤一光「高市皇子挽歌の時間」（『日本上代文学論集』一九九〇年四月）
伊藤一九五七ｂ　伊藤博「人麻呂の表現と史実」（『万葉』二三、一九五七年四月）→『万葉集の歌人と作品』上（一九七五年）

第二章

身﨑一九八七　身﨑壽「天武挽歌試論」（『万葉集研究』一五、一九八七年一一月）
身﨑一九九四　身﨑壽『宮廷挽歌の世界』（一九九四年）
大畑一九七八　大畑幸恵「〈対句〉論序説」（『国語と国文学』一九七八年四月）
伊藤一九七五　伊藤博「天智天皇を悼む歌」（『美夫君志』一九、一九七五年七月）→『万葉集の表現と方法』上（一九七五年）
身﨑一九七九　身﨑壽「殯宮挽歌論序説（その一）」（『稿』二、一九七九年三月）
身﨑一九八〇　身﨑壽「殯宮挽歌論序説（その二）」（『稿』三、一九八〇年二月）

第三章

身﨑一九九四　身﨑壽『宮廷挽歌の世界』(一九九四年)
大野保一九五七　大野保「嬬の命のたたなづく柔膚」(『万葉』二四、一九五七年七月)
宮田一九八五　宮田持江「万葉集巻二194番歌の一考察――『嬬の命』について」(『高知女子大国文』二一、一九八五年一〇月)
西郷一九五九　西郷信綱『万葉私記』第二部(一九五九年、再刊一九七〇年)
山本一九六二　山本健吉「長歌様式の終焉」(『柿本人麻呂』一九六二年)、全集二
阪下一九六六　阪下圭八「人麻呂挽歌の構造――『泊瀬部皇女挽歌』をめぐって」(『東京経済大学人文自然科学論集』一二、一九六六年二月)
橋本一九六七　橋本達雄「人麻呂作『献泊瀬部皇女忍坂部皇子歌』の考」(『万葉』六四、一九六七年七月)
→『万葉宮廷歌人の研究』(一九七五年、改題「献呈挽歌」)
土井一九七六　土井清民「河島皇子挽歌」(『古代の文学2　柿本人麻呂』一九七六年四月)
太田一九九四　太田豊明「『河島皇子挽歌』論」(『古代研究』二七、一九九四年九月)
岡内一九八四　岡内弘子「人麻呂『献呈挽歌』の論」(『和歌文学研究』四八、一九八四年三月)
木村二〇〇〇　木村康平「人麻呂『河島皇子挽歌』論」(『古代文学の思想と表現』二〇〇〇年一月)
曽田一九八六　曽田友紀子「河島皇子挽歌の手法――葬歌との関係から」(『古代研究』一八、一九八六年三月)
駒井一九九六　駒井陽子「柿本人麻呂の『献呈挽歌』試論」(『叙説』二三、一九九六年一二月)
村田一九九五　村田右富実「柿本人麻呂献呈挽歌論」(『女子大文学　国文篇』四六、一九九五年三月)
→『柿本人麻呂と和歌史』(二〇〇四年、改題「献呈挽歌」)
倉持一九九四　倉持しのぶ「人麻呂『献呈挽歌』試論」(『美夫君志』四九、一九九四年一〇月)
身﨑一九七七　身﨑壽「柿本人麻呂献呈挽歌」(『万葉集を学ぶ』二、一九七七年一二月)
澤瀉一九四一　澤瀉久孝「『か』より『や』への推移」(『万葉の時代と作品』一九四一年)
大野晋一九九三　大野晋「カとヤ」(『係り結びの研究』一九九三年)

第四章
渡瀬一九七七　渡瀬昌忠「明日香皇女挽歌」（『万葉集を学ぶ』二、一九七七年一二月）、著作集七（改題「明日香皇女殯宮挽歌」）
身﨑一九八二　身﨑壽「明日香皇女殯宮挽歌試論」（『文学・語学』九三、一九八二年六月）
門倉一九八三　門倉浩「明日香皇女殯宮挽歌考――その表現上の主体について」（『国文学研究』八一、一九八三年一〇月）
倉持一九九五　倉持しのぶ「人麻呂『明日香皇女挽歌』試論」（『国語国文研究』九九、一九九五年三月）
太田二〇〇四　太田豊明「『明日香皇女挽歌』考――『話者』について」（『国文学研究』一四二、二〇〇四年三月）
平舘一九九〇　平舘英子「明日香皇女挽歌の表現と構想」（『万葉』一三七、一九九〇年一一月）
→『万葉歌の主題と意匠』（一九九八年、改題「『名』に見る構想」）
青木一九七九　青木生子「柿本人麻呂の抒情と時間意識」（『万葉集研究』八、一九七九年一一月）
→『万葉挽歌論』（一九八四年、改題「人麻呂の抒情と時間意識」）、著作集四
渡辺一九九一　渡辺護「『明日よりは』とうたう意味」（『万葉』一四〇、一九九一年一〇月）
伊藤延子二〇〇四　伊藤延子「明日香皇女殯宮挽歌論――異文歌と本文歌の『明日』」（『国語国文研究』一二七、二〇〇四年七月）

第五章
門脇一九六五　門脇禎二『采女』（一九六五年）
稲岡一九七三　稲岡耕二「人麻呂『反歌』『短歌』の論」（『万葉集研究』二、一九七三年四月）
清水一九六二　清水克彦「吉備津采女死せる時の歌」（『万葉』四五、一九六二年一〇月）→『柿本人麻呂』（一九六五年）
北山一九七二　北山茂夫「柿本人麻呂論序説　その一――その詩人的前歴を探る」（『文学』一九七二年九月）
北山一九七三　北山茂夫『柿本人麻呂』（一九七三年）
澤瀉一九五六　澤瀉久孝「万葉の虚実」（『文学論集〈関西大学〉』五―一・二合併号、一九五六年三月）
→『万葉歌人の誕生』（一九五六年）
神堀一九七四　神堀忍「『吉備津采女』と『天数ふ大津の子』」（『万葉』八三、一九七四年二月）
伊藤一九七六　伊藤博「人麻呂における幻視」（『国文学』一九七六年四月）→『万葉集の表現と方法』下（一九七六年）

第六章
阿蘇一九七三　阿蘇瑞枝「柿本人麻呂の作品」(『万葉集講座』五、一九七三年二月)
金井一九七〇　金井清一「『軽の妻』存疑——人麻呂作品の仮構性」(『論集上代文学』一、一九七〇年一一月)
→『万葉詩史の論』(一九八四年)
伊藤一九六六　伊藤博「歌俳優の哀歓」(『上代文学』一九、一九六六年一二月)→『万葉集の歌人と作品』上(一九七五年)
渡辺一九七一　渡辺護「泣血哀慟歌二首」(『万葉』七七、一九七一年九月)
都倉一九六九　都倉義孝「私的挽歌における人麿の一手法」(『国文学研究』四〇、一九六九年六月)
身﨑一九八四　身﨑壽「柿本人麻呂泣血哀慟歌試論(一)」(『国語国文研究』七二、一九八四年八月)

第七章
伊藤一九八三　伊藤博「『家』と『旅』」(『万葉のいのち』一九八三年)
土佐一九九八　土佐秀里「石中死人歌の構成——〈神話〉の解体」(『古代研究』三一、一九九八年一月)
森一九七五　森朝男「人麿長歌における〈神話〉と抒情」(『古代文学』一四、一九七五年三月)
→『古代文学と時間』(一九八九年、改題「柿本人麻呂と《神話》」)
犬養一九五七　犬養孝「人麻呂と風土——さみねのしま」(『万葉』二五、一九五七年一〇月)→『万葉の風土　続』(一九七二年)
清水一九六一　清水克彦「石中の死人を見て作れる歌」(『万葉』四〇、一九六一年七月)→『柿本人麻呂』(一九六五年)
村田一九九三　村田右富実「柿本人麻呂石中死人歌論」(『女子大文学　国文篇』四六、一九九三年三月)
→『柿本人麻呂と和歌史』(二〇〇四年、改題「石中死人歌」)
遠山一九九〇　遠山一郎「石中死人歌における朝廷の神話」(『国語と国文学』一九九〇年一二月)
→『天皇神話の形成と万葉集』(一九九八年、改題「石中死人歌と国生み神話と」)
三田一九九二　三田誠司「人麻呂挽歌の一考察——石中の死人を見る歌」(『万葉』一四二、一九九二年四月)
岡一九三三　岡不崩「菟芽子考」(『万葉集草木考』二、一九三三年)

第八章

岩下一九七八　岩下武彦「近江荒都歌論——人麻呂の方法」(『日本文学』一九七八年二月)
→『柿本人麻呂作品研究序説』(二〇〇四年、再編改題「近江荒都歌の資料構造」)
神野志一九七九　神野志隆光「近江荒都歌論」(『論集上代文学』九、一九七九年六月)→『柿本人麻呂研究』(一九九二年)
丸山一九九九　丸山隆司「近江荒都歌」(『セミナー万葉の歌人と作品』二、一九九九年九月)
斎藤一九八六　斎藤英喜「荒都・語り・人麻呂」(『近江荒都歌論集』一九八六年五月)
清水一九八六　清水章雄「近江荒都歌の空間と時間」(『近江荒都歌論集』一九八六年五月)
身﨑一九九六　身﨑壽「近江荒都歌論」(『万葉学叢』一九九六年七月)
西郷一九五九　西郷信綱「柿本人麻呂」(『万葉私記』第二部、一九五九年、再刊一九七〇年)
益田一九五七　益田勝実「柿本人麻呂の抒情の構造」(『日本文学』一九五七年二月)
平野一九七二　平野仁啓「柿本人麻呂の時間意識」(『文芸研究』二八、一九七二年一二月)→『続古代日本人の精神構造』(一九九六年)
北野一九八六　北野達「近江荒都歌論」(『文芸研究』一一三、一九八六年九月)
藤間一九五〇　藤間生大「人麿についての研究ノート」(『文学』一九五〇年一〇月)

第九章

岩下一九八二　岩下武彦「人麻呂の吉野讃歌試論」(『国語と国文学』一九八二年一一月)
稲岡一九七三　稲岡耕二「人麻呂『反歌』『短歌』の論」(『万葉集研究』二、一九七三年四月)
神野志一九九〇　神野志隆光「人麻呂の天皇神格化表現をめぐって」(『日本上代文学論集』一九九〇年四月)
→『柿本人麻呂研究』(一九九二年)
西澤一九九一　西澤一光「人麻呂『吉野讃歌』の方法とその基底——『吉野』創出の根源としての『大王』」(『国語と国文学』一九九一年一二月)
太田一九九四　太田豊明「柿本人麻呂『吉野讃歌』の主題と構造」(『国文学研究』一一四、一九九四年一〇月)

第十章
稲岡一九七三　稲岡耕二「人麻呂『反歌』『短歌』の論」(『万葉集研究』二、一九七三年四月)
山本一九六二　山本健吉「挽歌的発想」(『柿本人麻呂』一九六二年)、全集二
上野一九七六　上野理「安騎野遊猟歌」(『古代の文学2　柿本人麻呂』一九七六年四月)→『人麻呂の作歌活動』(二〇〇〇年)
阪下一九七七　阪下圭八「柿本人麻呂――阿騎野の歌について」(『日本文学』一九七七年四月)
森一九七六　森朝男「柿本人麿の時間と祭式」(『鑑賞日本古典文学3　万葉集』一九七六年一〇月)
→『古代文学と時間』(一九八九年、改題「朝――阿騎野遊猟歌の《時》」)
西郷一九七三　西郷信綱『古事記研究』(一九七三年)

第十一章
伊藤左千夫一九〇二a　伊藤左千夫「連作之趣味」(「続新歌論(四)」『心の花』一九〇二年一月)、全集五
伊藤左千夫一九〇二b　伊藤左千夫「再び歌之連作趣味を論ず」(『心の花』一九〇二年四月)、全集五
伊藤左千夫一九〇四　伊藤左千夫「万葉集短歌通解」五(『馬酔木』一九〇四年一一月)、全集五
尾崎一九八一　尾崎富義「伊勢行幸と人麻呂留京歌」(『常葉国文』六、一九八一年六月)
細矢一九九六　細矢藤策「柿本人麻呂伊勢行幸留京三首の創作意図について」(『王朝文学史稿』二一、一九九六年三月)
村田一九七六　村田正博「柿本朝臣人麻呂が羈旅の歌八首」(『和歌文学研究』三四、一九七六年三月)
→『万葉の歌人とその表現』(二〇〇三年、改題「『柿本朝臣人麻呂羈旅歌八首』の形成」)
身﨑一九九八　身﨑壽「宇治のみやこ――回想」(『額田王』一九九八年)

第十二章
稲岡一九七三　稲岡耕二「人麻呂『反歌』『短歌』の論」(『万葉集研究』二、一九七三年四月)
伊藤一九七三　伊藤博「〝歌人〟の誕生」(『言語と文芸』七六、一九七三年五月)
→『万葉集の歌人と作品』上(一九七五年、改題「石見相聞歌の構造と形成」)
身﨑一九九七　身﨑壽「『朝羽振る風』と『夕羽振る浪』」(『国語教室』六一、一九九七年一月)

郵便はがき

料金受取人払

札幌中央局
承　認

1748

差出有効期間
2006年10月31日
まで

0 6 0 - 8 7 8 7

札幌市北区北九条西八丁目
北海道大学構内

北海道大学図書刊行会　行

ご氏名（ふりがな）		年齢　歳	男・女
ご住所	〒		
ご職業	①会社員　②公務員　③教職員　④農林漁業 ⑤自営業　⑥自由業　⑦学生　⑧主婦　⑨無職 ⑩学校・団体・図書館施設　⑪その他（　　　）		
お買上書店名	市・町　　　書店		
ご購読新聞・雑誌名			

書　名

本書についてのご感想・ご意見

今後の企画についてのご意見

ご購入の動機

1書店でみて　　2新刊案内をみて　　3友人知人の紹介

4書評を読んで　　5新聞広告をみて　　6DMをみて

7ホームページをみて　　8その他（　　　　　　）

値段・装幀について

A　値　段（安　い　　普　通　　高　い）

B　装　幀（良　い　　普　通　　良くない）

神野志一九七七　神野志隆光「人麻呂石見相聞歌の形成」(『国語と国文学』一九七七年一月)
→『柿本人麻呂研究』(一九九二年、補訂改題「石見相聞歌論」)
神野志一九九九　神野志隆光「石見相聞歌」(『セミナー万葉の歌人と作品』二、一九九九年九月)
身﨑一九九八　身﨑壽「『石見相聞歌』論」(『万葉集研究』二二、一九九八年七月)
塩沢一九九五　塩沢一平「石見相聞歌の時空」(『駿台フォーラム』一三、一九九五年七月)
塩谷一九八四　塩谷香織「石見相聞歌の構成——別れの拒絶とその受容」(『上代文学論叢』一九八四年三月)
橋本一九七七　橋本達雄「石見相聞歌の構造」(『日本文学』一九七七年六月)→『万葉集の作品と歌風』(一九九一年)
西郷一九五九　西郷信綱「柿本人麻呂」(『万葉私記』第二部、一九五九年、再刊一九七〇年)
三田一九九九　三田誠司「石見相聞歌二群の構成——『求心的構図』以後」(『万葉集研究』二三、一九九九年一一月)
稲岡一九八〇　稲岡耕二『鑑賞日本の古典2　万葉集』(一九八〇年)
川島一九八八　川島二郎「敷栲の衣の袖は通りて濡れぬ」(『山辺道』三二、一九八八年三月)
佐佐木一九八二　佐佐木幸綱「詩と自然」(『柿本人麻呂ノート』一九八二年)
都築一九八一　都築省吾『石見の人麻呂』(一九八一年)
折口一九三八　折口信夫「万葉恋歌読本　その三」(『婦人公論』一九三八年三月)、全集九(旧)、六(新)
清水一九六〇　清水克彦「石見の国より上り来る時の歌(その二)」(『女子大国文』一七、一九六〇年五月)
→『柿本人麻呂』(一九六五年)
中西一九七〇　中西進『日本詩人選2　柿本人麻呂』(一九七〇年一一月)
上野一九八三　上野理「石見相聞歌の生成——航行不能の辺境の船歌より登山臨水の離別歌へ」(『国文学研究』七九、一九八三年三月)→『人麻呂の作家活動』(二〇〇〇年、改題「石見相聞歌」)

身 﨑　 壽（みさき　ひさし）

1946 年　東京都品川区にうまれる
1969 年　東京教育大学文学部卒業
1976 年　東京教育大学大学院文学研究科博士課程単位取得退学
立正女子大学教育学部専任講師，文教大学教育学部助教授，北海道大学文学部助教授をへて
現　在　北海道大学大学院文学研究科教授（日本文化論講座）

主要著書
『宮廷挽歌の世界』1994 年（塙選書 96）
『和歌植物表現辞典』1994 年（平田喜信氏と共著，東京堂）
『額田王　萬葉歌人の誕生』1998 年（塙書房）

北海道大学大学院文学研究科 研究叢書 7
人麻呂の方法――時間・空間・「語り手」
2005 年 1 月 25 日　第 1 刷発行

著　者　身 﨑　壽
発行者　佐 伯　浩

発 行 所　北海道大学図書刊行会
札幌市北区北 9 条西 8 丁目　北海道大学構内（〒060-0809）
Tel. 011(747)2308・Fax. 011(736)8605・http://www.hup.gr.jp/

アイワード/石田製本

ISBN4-8329-6491-7